Son de Almendra

Mayra Montero

Son de Almendra

1. El mensaje

El mismo día en que mataron a Umberto Anastasia en Nueva York, escapó un hipopótamo del Zoológico de La Habana. Puedo explicar esa conexión. Nadie más puede hacerlo, sólo yo, y aquel sujeto que cuidaba de los leones. Se llamaba Juan Bulgado, pero prefería que le dijeran Johnny: Johnny Angel o Johnny Lamb, todo dependía de su estado de ánimo. Además de darles de comer a las fieras, se encargaba del matadero, ese hediondo rincón donde sacrificaban a las bestias que servían de alimento a los carnívoros. Una larga cadena de sangre. El zoológico es eso. Y la vida, a menudo, también lo es.

Juan Bulgado no ha muerto, está encerrado en un hogar de ancianos, ha olvidado que su nombre de batalla es Johnny, y las monjitas que lo cuidan lo llaman Frank, luego diré por qué. Cuando lo conocí, en octubre del 57, frisaba los cuarenta años. Me parece que llegó a cumplirlos en medio del vendaval. Yo en cambio era muy joven, acababa de pasar por el amargo trago de mi fiesta de cumpleaños, la número veintidós, que se celebró de una manera muy parecida a las veintiuna anteriores: mamá en su nube, un poco mareada por causa del Marsala all'Uovo, el único licor que acostumbraba beber en ese entonces; papá abrazado a mi hermano mayor, ingeniero como él, ambos fumando sus torpedos H. Upmann; mi hermana, que había cumplido diecisiete, incómoda en su vestido de encajitos. Éramos tres hermanos muy diferentes entre sí, con un padre bastante parecido a mi hermano mayor, y una madre que no se parecía a nadie: desgarbada, fumadora, tensa, con una voz que era como un cristal histérico, y el pelo totalmente blanco. Tan atrás como la puedo recordar, la recuerdo canosa, y probablemente tenía canas antes de traerme al mundo. Pudo haber sido una mujer interesante, pero sus amigas la consideraban latosa. Y los hijos de sus amigas, algunos de los cuales fueron mis compañeros de clase, se encargaron de transmitirme esa opinión.

Anastasia murió acribillado en el Park Sheraton de Nueva York, en Séptima con 55, sobre un triste sillón de barbería, donde quedó con la cara aún embarrada de espuma, como un pastel a medio decorar. La noticia llegó por teletipo al periódico. No se suponía que me importara, porque mi trabajo, desde hacía año y medio y quién sabe por cuánto tiempo aún, era el de entrevistar artistas: cantantes, bailarinas, comediantes. Los comediantes, por lo general, son presumidos con muy mal carácter. No me gustaba lo que hacía, detestaba ese tipo de periodismo ligero, pero no había tenido alternativa cuando empecé a trabajar en el *Diario de la Marina*, recomendado por un amigo de mi padre. Todas las plazas que hubiera preferido estaban ya cubiertas, y sólo necesitaban algún estúpido que se sintiera feliz de averiguar qué nuevos planes calentaba la cabecita hueca de Gilda Magdalena, la más rubia de nuestras vedettes; o de qué harén se había escapado Kirna Moor, bailarina turca que arrasaba en las noches del Sans Souci; o de qué orquesta se hacía acompañar Renato Carosone, payaso italiano que cantaba la absurda canción que no paraban de poner por radio: *Marcelino Pan y Vino*.

Arranqué del teletipo el cable que contaba la muerte de Anastasia y corrí donde el jefe de Redacción, un animal con voz de capataz que se llamaba Juan Diego.

—¿Vio esta noticia? —le extendí el papel—.

Apuesto a que caerán varias cabezas. Aquí mismo, en La Habana, yo creo que...

Juan Diego se llevó el dedo índice a los labios para que me callara, tomó el cable de mis manos y leyó dos o tres líneas antes de tirarlo sobre su escritorio.

—¿Y a quién le importa? —silabeó con desdén—. ¿A quién le va ni le viene que hayan matado a ese gordo?

Hizo una pausa, garrapateó una nota sobre otro cable y cayó en la cuenta de que me había quedado allí, clavado en el suelo, aferrado a la última esperanza de cubrir algo más sustancioso.

—¿No tienes nada que hacer? —preguntó sin levantar la vista, condescendiente como si le hablara a un niño.

—Sí —respondí—. Puedo escribir un artículo sobre la muerte de Anastasia. Puedo ir al Hotel Nacional, o a la Placita de los Judíos.

—Vete al zoológico —alzó la voz y también la cabeza: vi su cara porcina, llena de lunares—. Se escapó un hipopótamo y lo mataron ayer tarde. No te preocupes por Tirso, yo le diré que te mandé a cubrirlo. Averigua lo que puedas.

Tirso era mi jefe y controlaba las páginas de Espectáculos. Flaco, indeciso, con unos dedos largos y resecos que parecían fideítos caducados. Su pasatiempo favorito era coleccionar las fotos de las jovencitas, cantantes o actrices de dieciséis o diecisiete años, que salían de la nada y a la nada tantas veces tenían que volver. Una de ellas lo atraía más que ninguna, se llamaba Charito, y cuando el fotógrafo del periódico la retrataba, tenía que hacer un juego de copias adicionales para el Flaco T., que era como le decían a mi jefe. Luego yo lo veía meter las fotos en un cartapacio, y se me figuraba que al llegar a su casa, en la tranquilidad de la noche, las extendía sobre la cama y las miraba fijo, soltero al fin se desvestía mirándolas. A mí también me gustaban las actrices, pero las mayores. Esas mujeres de treinta o treinta y cinco que solían tratarme con mucho sosiego, conversaban sin ponerse necias, y alguna que otra vez me permitían acompañarlas a la cama. Varias me lo permitieron. Era lo único realmente conmovedor de aquel trabajo de infelices.

Salí del periódico y me dirigí al zoológico. En aquel tiempo, yo manejaba un Plymouth del 49 que había sido de mi padre, y que más tarde heredó mi hermano, hasta que mi hermano comenzó a ganar dinero y fue capaz de comprarse lo que él denominaba «un trueno para dos», que no era otra cosa que un Thunderbird del 57. Me detuve a pocos metros de la entrada. No había vuelto al zoológico en muchos años, casi diez habían pasado desde la última vez que mi madre nos había llevado a mi hermana y a mí. Mi hermana en aquel tiempo era una niña alegre y emprendedora, en la que ya iban asomando las formas, los gestos, las aficiones de un varón.

Contrario a ella, nunca me gustaron los animales, ni siquiera los perros. Me irritaba el hedor del zoológico, y no le veía la gracia a las jirafas ni a los elefantes, ni mucho menos a los flamencos. Ignoro por qué razón tenían allí tantos flamencos. No importaba cuán colorido o simpático fuese un animal, carecía y aún carezco de esa sensibilidad para encariñarme con ninguno. Volver al zoológico, en aquellas circunstancias, me parecía en cierto modo vergonzoso: debía buscar el lugar donde había caído el hipopótamo, entrevistar al director, al cuidador del animal, quizá a unos pocos niños. Los lectores, en su mayoría, son tan perversos como para interesarse por las opiniones de los chiquitos. A eso se limitaba, por el momento, mi flamante carrera: escribir sobre un animal medio podrido y olvidarme de que Umberto Anastasia, el Gran Ejecutor de Murder, Inc., había caído en Nueva York, casi seguro que por meter las narices en los negocios de La Habana. Una historia soberbia que le tocaría escribir a otro. O a nadie. Los dueños de los periódicos evitaban abordar esos temas.

Un barrendero que encontré justo a la entrada del zoológico me condujo hasta la oficina del director. A medida que avanzaba por el parque, me venían a la mente ciertas imágenes de mi niñez: senderos encharcados, algodones de azúcar, un mono malherido que agonizaba dentro de una jaula, todo ello matizado por los ridículos reproches de mamá, que intentaba inútilmente corregir los gestos de mi hermana. Como no lo lograba, culpaba entonces a mi padre. «Voy a tener una hija marimacha —se quejaba en mi presencia, quizá en presencia de mi hermano, jamás delante de la niña—, y a ti, Samuel, parece que te dé lo mismo». Mi padre no le respondía, actuaba como si no la oyera, íntimamente era consciente de que su hija Lucy no tenía remedio. Era su tercer hijo varón empaquetado en un robusto cuerpo de mujer. Una desgracia como cualquier otra.

El director del zoológico no parecía director de ningún zoológico, al menos no me lo hubiera imaginado así: pulcro y distante, un hombrecito retraído, de cara fofa, con una medio mueca de asco, enseguida me di cuenta de que estaba asqueado, pero no se me ocurría de qué. Cuando entré en su oficina tenía el sombrero en las manos, me figuré que estaba a punto de ponérselo para salir. Hablamos poco, me dio unos cuantos datos sobre el hipopótamo: dijo que era un macho recién salido de la adolescencia, que había nacido en el Zoológico de Nueva York y llevaba unos cinco años en Cuba, bastante inquieto, eso sí; de acuerdo con el cuidador, había sido siempre un animal nervioso. Si deseaba tomarle una fotografía, con mucho gusto un empleado me acompañaría hasta el lugar en donde había caído y en el que continuaba tendido, en espera de que lo examinara el veterinario forense. Por lo demás, era pronto para determinar si había escapado porque alguien propició la huida, o si el propio animal había embestido y derribado las cercas, tan propensos como eran a deambular de noche. Mientras me hablaba, supongo que adivinó el hastío que me producía estar allí y cambió de tono, me miró de arriba abajo y preguntó, con un poco de sorna, si por fin deseaba retratar al animal, o si bastaba con lo que me había dicho. Respondí que no bastaba, que quería entrevistar al cuidador y tomar unas fotografías.

—Buscaré a alguien que lo acompañe —dijo.

Se asomó a la puerta y le pegó un grito a un tal Matías. Respondió un anciano barbudo, desdentado, cuya pestilencia se encajó en mi nariz como un anzuelo. Sin presentarnos, le ordenó que me llevara, primero, al estanque que había ocupado el hipopótamo, y luego a la linde del bosque que rodeaba el zoológico, donde había un área acordonada alrededor del animal. El viejo me miró con curiosidad, yo llevaba una libretica en la mano y una cámara colgada al hombro.

—Venga por aquí —me dijo, y lo seguí en silencio, jurándome que acabaría lo antes posible.

Cuando llegamos al estanque, vi que otra bestia chapoteaba en el agua.

—Es la hembra —anunció el viejo—, se ha quedado viudita.

Repitió «viudita», quizá esperando que le riera la gracia, y le dirigí una mirada de sumo desprecio. Tomé un par de fotos y le hice seña de que continuáramos. Me quedaba lo peor: enfrentarme a esa mole que imaginé descolorida, supurante, desfigurada por la hinchazón. Al llegar comprobé que el espectáculo superaba por mucho cualquier horror que me hubiera cruzado por la mente: al hipopótamo se le salían las tripas, que con el resplandor del sol, desde el lugar donde me hallaba, parecían de un metálico intenso, entre el verde y el violeta claro. Un puñado de auras tiñosas lo sobrevolaba en círculos, formando eso que llaman una corona negra.

—Ahí tiene al paseante —me advirtió el viejo mostrándome lo obvio, porque era imposible no ver al hipopótamo tendido de costado, rodeado de hombres con overoles grises que supuse eran empleados del zoológico, y que curioseaban en silencio. Uno de ellos era una especie de guardia que impedía que nadie se acercara demasiado—. A éste me le abres paso —vibró la voz del viejo con una autoridad desdentada, su registro recordaba el de una trompetica china—. Viene del *Diario de la Marina*.

Todos se volvieron para mirarme. Tengo la impresión de que esperaban ver a un sabueso de carácter, un hombrón con las mangas enrolladas y el sombrero echado para atrás. En su lugar se encontraron a un rubio esmirriado, con el bozo de monaguillo y los zapatos de dos tonos que parecían heredados de su padre. Y así mismo era: yo los había heredado de papá.

—Primero tomaré unas fotos —propuse—. Pónganse de lado, como si acabaran de encontrar al hipopótamo.

Es un recurso que no falla: a este tipo de gente le encanta salir en los periódicos. Mientras enfocaba al animal, y a la turba de fronterizos que sonreía a la cámara, me puse a pensar qué pregunta original podía yo hacerle a nadie sobre la estampida y posterior deceso de la bestia; qué ángulo distinto se podría destapar, o en qué detalle valdría la pena hurgar. Aun cuando me amargaba tener que escribir aquella nota, tampoco era cosa de tirarla por la borda. Nunca se sabía de dónde podría surgir el golpe de suerte que me allanara el camino para salir de Espectáculos hacia otra zona más suculenta del periódico:

las noticias de los juzgados, por ejemplo, o las crónicas del Aeropuerto.

Empecé por el cuidador del animal: negro retinto y taciturno, de unos cincuenta años, con aires de estibador y un diente de oro que le vi cuando mordió el tabaco. Tenía además un quiste enorme en mitad de la frente, como una pelota de ping-pong que se le hubiera incrustado allí. Poca cosa podía contarme, tan sólo que al llegar al zoológico, en la madrugada, unos soldados ya andaban rastreando al animal y a él le prohibieron acercarse. Lamentaba no haber llegado antes, pues la bestia conocía su voz, y más que su voz, el aullido que le daba siempre para avisarle que le traía comida. A continuación emitió el aullido para que yo lo oyera, y me llamó la atención que a nadie le hiciera gracia esa ridiculez, ninguno allí se echó a reír. Me di cuenta de que la fauna que trabajaba cuidando de los animales era más fauna que los propios bichos. Le pedí al negro que se acercara al hipopótamo para tomarle una fotografía, y me complació sin chistar. Es más, se arrodilló junto al animal y apoyó su mano sobre el lomo reseco. Era todo cuanto necesitaba. Sabía que una imagen así valía más que cualquier párrafo que pudiera escribir sobre la situación del negro, súbitamente huérfano; el infeliz proyectaba orfandad. Tomé otras fotos en las que aquel tipo abría la boca y apretaba los ojos, en un gesto parecido al llanto, pero que no era tal. Mucho más tarde comprendí que los cuidadores del zoológico jamás lloran por animal alguno. No deben ni pueden hacerlo.

Cuando empezaba a guardar la cámara, una Kodak Retina nuevecita, regalo de cumpleaños de mi hermano, noté que uno de los hombres del grupo se me acercaba. Era un tipo aindiado, de ojos nerviosos, femeninos casi, con una gorra de presidiario que no pegaba para nada con el uniforme. Pensé que me quería preguntar algo sobre la cámara y me apresuré a meterla en el estuche, no me interesaba entablar conversación con nadie, y menos con un cuidador de monos o algo así. Levanté brevemente la vista y vi que el hombre sonreía, tenía los labios oscuros y los dientes amarillos. Señaló con la cabeza hacia el rendido cuerpo del hipopótamo.

—Eso es un mensaje para Anastasia.

Me tomó unos segundos comprender aquella simple frase. Comprenderla bajo el sol, en la frontera entre el zoológico y el bosque, frente al inmenso vientre abierto del animal, del que empezaban a desprenderse velocísimas burbujas. De pronto reaccioné y quité la vista de la cámara para mirar a los ojos de aquel hombre. ¿Quién podía haber sabido, de entre toda esa gente que me veía por primera vez, que apenas un par de horas atrás yo había intentado escribir una historia sobre Umberto Anastasia, acribillado en el sillón de la barbería del Park Sheraton en Nueva York?

—Anastasia está muerto —repuse.

El otro quedó un poco desconcertado y miró al suelo.

—Qué desperdicio —susurró—. No recibió el mensaje.

Me eché a reír, tratando de ganar unos minutos. Acusé un nerviosismo de principiante, miré el reloj, volví a mirar al hombre, que a su vez observaba la llegada del veterinario forense, un calvo impasible que se abría paso con gran pompa, acompañado de tres o cuatro ayudantes, seguidos de un carretón tirado por una mula, cargado de cajas y poleas.

—¿Hablamos del mismo Anastasia?

Se encogió de hombros y tuve un presentimiento. Busqué el paquete de cigarrillos, creyendo que lo traía en el bolsillo del saco. No había nada allí, ni tampoco encontré una idea que me permitiera retomar el hilo de la conversación. Permanecimos callados dos o tres minutos, mientras mirábamos ambos al veterinario forense, que daba vueltas alrededor del hipopótamo.

—Un Anastasia murió hoy en Nueva York —dije por fin—. Lo acribillaron.

—Ése es el hombre —precisó él sin pestañear y sin dejar de mirar al frente—. Por eso mataron al hipopótamo.

Traté de actuar con naturalidad, como un cirujano lleno de frialdad, de sudor frío también. Uno de los ayudantes del forense pidió que nos retiráramos para poder empezar con la necropsia. Del carretón habían bajado las poleas y un letrero que clavaron en el suelo y que decía «Silencio».

—¿Por qué no hablamos de eso en otra parte? —propuse, pero enseguida me arrepentí porque lo vi sonreír. Tuve el temor, tal vez absurdo, de que me confesara que todo era una broma.

—Usted dirá —me respondió.

—¿Qué le parece mañana?

Demoró en contestar y pensé que lo meditaba, pero no era así, tan sólo se estaba divirtiendo con las piruetas del forense, que se había subido a una escalera de mano y hacía equilibrios para mirar dentro del vientre abierto del animal.

—Tendrá que ser por la noche —murmuró—, a eso de las ocho. Yo vivo en Neptuno, pero me gusta ir al Sloppy Joe's.

El Sloppy era un bar de americanos, me extrañó que un tipo como él frecuentara un lugar como ése. No obstante, hurgué en mi bolsillo y saqué dos pesos.

—Tenga... Tómese algo mientras me espera. ¿Cuál es su nombre?

—Johnny —repuso, sin interesarse por saber el mío. De todas formas le dije que me llamaba Joaquín, tampoco añadí mi apellido.

Di media vuelta para salir del zoológico. El viejo apestoso que me había guiado hasta el hipopótamo corrió hacia mí.

—¿No va a sacar más fotos?

Hice un gesto con el brazo que quería decir que no, o que tal vez, pero que no se me acercara. Y logré mi propósito, porque se mantuvo a distancia, algo desconcertado, sintiéndose probablemente sucio, humillado por mi actitud. En aquel tiempo, los viejos por lo general me repugnaban, no lo podía evitar. Me desagradaban la piel cuarteada, excesivamente seca, y la caspa que genera esa piel. Si además el viejo andaba en harapos y olía a mierda, como era el caso de aquel hombre, mi repulsión era infinita.

Arranqué el Plymouth, que era verde y se llamaba Surprise, conduje lentamente por el caminito bordeado de palmas y concluí que la verdadera sorpresa era ésa: había llegado al zoológico totalmente hastiado, y ahora salía con ilusión, sin prisa, incluso con bastante apetito. Fui derecho al Boris, un restaurante judío de la calle Compostela. En el pasado, me había topado allí con ciertos personajes, supuse que aquel día muchos de ellos tenían motivos para celebrar, y que quizá lo hicieran con un almuerzo en aquel lugar discreto. Boris, el dueño polaco del lugar, reservaba siempre una mesa para Meyer Lansky, apareciera o no apareciera el cliente. En esa mesa, como en todas, había botellas de vino descorchadas y vueltas a cerrar con un tapón cubierto por una corona de plata. En las coronas ponía una inscripción en hebreo, pero yo no sabía su significado; me propuse averiguarlo aquella misma tarde. Detuve el Plymouth en el callejón de Porvenir, junto a una vidriera donde compré cigarros, nunca había pasado tanto tiempo sin fumarme uno, así que lo prendí con ansias y lo terminé antes de llegar al restaurante. En la puerta del Boris prendí el segundo.

Tenía los ojos nublados por el humo cuando la empujé.

2. Hey, kids...

Fue la tarde muerta del día de Navidad. Corría el año 46 y Julián seguía siendo mi mejor amigo, lo había sido desde el kindergarten. Él estaba a punto de cumplir doce años, pero parecía menor, tan bajito y presuntuoso, con la cara redonda de un bebé. Su madre se llamaba Aurora y era una viuda joven, que se dedicaba a decorar salones. No sé decirlo de otro modo. Llevaba consigo los manteles, las velas, preparaba unos centros de mesa con flores naturales, orquídeas en su mayoría, unas que eran moradas por entero, y otras rayadas como caramelos. La contrataban a menudo para adornar las mesas en los banquetes de los militares, y para otras comidas de alcurnia en clubes o casas particulares. Mamá, que era su gran amiga, solía decir que Aurora no necesitaba trabajar, pues el padre de Julián le había dejado dinero suficiente, pero parece que ella se divertía dando órdenes, mangoneando a su pequeño ejército de colaboradores: dos mujeres calladas, tan idénticas que parecían gemelas, y cinco o seis mulatos que corrían de un lado para otro y se encargaban del trabajo bruto, moviendo sillas o colgando telas, a veces grandes letreros con escarcha.

Aurora nos había propuesto que la acompañáramos aquella tarde. A mí seguramente me incluyó para que Julián no se aburriera solo. Pero no me importó, yo estaba deseando conocer aquel hotel, que decían que era el mejor de Cuba. En esos días no estaba abierto al público, sino cerrado por una convención, una reunión de americanos ricos, eso fue lo que nos dijo Aurora. Al poco de llegar, la seguimos hasta la cocina. Ella fue junto a los chefs para presentarse y de paso averiguar los detalles del menú; siempre la oí decir que la comida y la decoración tenían que ir de la mano y parecerse un poco. Aquella cocina gigantesca estaba abarrotada de tipos con prisa, unos con gorro de cocinero y delantal, otros simplemente en camiseta. Había mujeres uniformadas, impasibles, pelando piñas o picando la carne. En una esquina, junto a los fregaderos, respirando levemente y estremeciéndose a ratos, estaban los flamencos. Eran diez o doce animales de un rosado intenso, apilados uno encima de otro. Julián y yo nos acercamos y él murmuró que sentía lástima de verlos de ese modo, casi muertos, pero no lo bastante como para no percibir que estaban en un lugar hostil, oyendo voces, y sobre todo el borboteo del agua con que iban a pelarlos; el borboteo era lo peor. A mí no me daban lástima, pero sí repugnancia, sobre todo porque abrían los ojos, miraban a su alrededor y era increíble que no los acabaran de degollar, que los dejaran ver los cuchillos. Había largos cuchillos junto a ellos.

A nuestro lado se agachó un muchacho poco mayor que nosotros, que luego supimos que trabajaba barriendo las plumas y las escamas que caían al suelo. Nos dijo que se llamaba Pancho, le respondí que no nos importaba, se puso furioso y agregó que si queríamos ver tortugas, ya destripadas, teníamos que seguirlo. Le propuse a Julián que fuéramos a verlas, y él aceptó un poco renuente, así que empezamos a escurrirnos detrás de aquel muchacho y por entre las piernas de los cocineros, invisibles para todo el mundo; recuerdo que le grité algo así, que éramos invisibles.

Llegamos al otro extremo de la cocina, Pancho abrió una puerta y salimos a un patio interior con lavaderos. Había cubos, mangueras, un machete curvo y terrible cuyo brillo se me figuró sonrisa, y había sangre, sobre todo sangre, charcos coagulados y olor a marisco. Vimos las tortugas abiertas y docenas de cangrejos vivos, algunos que intentaban subir por la pared. En una palangana descomunal se amontonaban las ostras.

—Es lo que comen los americanos —reveló Pancho—. Casi no comen otra cosa.

Julián y yo nos miramos y el otro agarró un cangrejo, nos enseñó la forma de hacerlo con dos dedos, por la parte de atrás, de una manera rápida para que el animal no alcanzara a hacerle daño con las pinzas.

—Todos están en este hotel —susurró, y señaló con el índice hacia los pisos altos—: Son gánsters, como los de las películas.

Tiró el cangrejo y salió disparado. Julián estaba pálido, porque era flojito con los animales. Yo me quedé pensativo, quizá algo pálido también, pero por otra cosa: al oír esa palabra, gánsters, me vino a la cabeza una película que acabábamos de ver en familia, de las pocas veces que papá y mamá nos llevaron a los tres al cine. Ahora, al cabo de tantos años, me parece premonitorio que George Raft protagonizara esa película, aunque protagonizar es un verbo muy amplio y él todo lo que hacía era jugar a las cartas, le echaban la culpa de un asesinato, se batía a tiros con la policía y huía a Saint Louis. Su novia, que era Ava Gardner, lo dejaba por el dueño de un club, pero al final se descubría que todo había sido una trampa: Raft estaba herido y ella corría a su encuentro para cambiarle las vendas, ponerle un cigarrillo entre los labios, cocinarle un caldo, esas pequeñas cosas que hacen las magníficas. Después de ver la película, mi hermana se pasó la noche diciendo que Ava Gardner era novia suya. Era pequeña aún, pero sabía lo que significaba ser la novia de alguien.

Le pedí a Julián que fuéramos a ver a los americanos. Percibí su alivio: todo lo que quería era salir de la cocina y perder de vista aquel reguero de tripas. Regresamos al punto de partida, escurriéndonos de nuevo. Nadie nos tomaba en cuenta, sólo Pancho nos miraba desde lejos, con la escoba en la mano; algo de envidia había en sus ojos, y algo de resentimiento también, aquella especie de juramento adulto. La madre de Julián nos llamó en ese momento y salimos con ella de la cocina. Dijo que empezaría a decorar los salones y que nosotros, mientras tanto, podíamos ir a los jardines, sin alejarnos demasiado, claro, y sin alborotar, pues los americanos no soportaban la bulla. Besó a su hijo, lo besaba a menudo, y a mí me sonrió; no era mi madre para darme un beso, aunque me pareció ver ese impulso, como si hubiera estado a punto de poner sus labios en mi frente y en el último instante algo la hubiese detenido. Lástima, porque Aurora tenía la voz ronca y un bonito semblante. Sin una sola cana en su melena, era todo lo opuesto a mi mamá. Yo había empezado a amarla mucho antes, cuando pasé unos días en su casa, a raíz de la muerte del padre de Julián. Vivían en el Paseo del Prado, en una casa antigua con cantidad de cuartos, y a pesar de que el Vedado se había puesto de moda, ella nunca se quiso mover de ese lugar. Recuerdo el baño, el que ella usaba, con una vieja bañadera llena de dibujos, y la coqueta que tenía cien años, sus perfumes en fila como soldaditos, varias polveras de cristal y una cajita rococó de colorete, cajita que una vez abrí y olí, rocé un poquito con el dedo, y luego el dedo me lo metí en la boca.

Julián y yo dimos una vuelta por el vestíbulo. Una vez que hubo dejado atrás los animales moribundos, recuperó su tono de siempre, que era un tono de mando. Apenas salimos hacia los jardines, que vio aquel aburrido panorama, se detuvo y me hizo seña de que regresáramos.

—Mejor subimos, tú. Deben estar arriba.

Asentí y volvimos al vestíbulo. Como él ya conocía el hotel, caminamos directo al ascensor, teníamos ese aire de superioridad, bien vestidos y con relojes de oro. El de Julián era mejor que el mío, mucho mejor, era un reloj de hombre, el de su difunto padre. El mío yo lo había heredado de mi hermano, pero no dejaba de llamar la atención. El ascensorista ni chistó, nos llevó al segundo piso y al abrir la puerta dijo: «Caballeros...», hizo una reverencia que me pareció de burla, pero Julián sabía cómo contestarle, los enanos siempre saben: le dirigió al ascensorista una mirada de gánster, una auténtica mirada de desprecio que más me pareció un disparo. Así miraba ese muchacho. Avanzamos con mucha seguridad, cruzándonos con una fauna más o menos normal: camareros que iban y venían portando bandejas; tipos fornidos, con pintas recelosas, que nos imaginamos que eran guardaespaldas, y dos mujeres a las que, después de tantos años, soy capaz de recordar por sus zapatos: sandalias de tacón por cuya punta asomaban unos deditos ambiciosos, de uñas pintadas.

—Apuesto a que es allí, hay un salón...

Nos acercamos a la puerta y la empujamos sin encomendarnos a nadie, sin tocar previamente. En realidad, la empujó Julián, a quien siempre le quedaba el recurso de encogerse, sacar su carota de bebé y fingirse una criatura de menor edad: siete, ocho, ¿nueve añitos? Aquella puerta comunicaba con un pasillo, y al final del pasillo había, en efecto, un gran salón de conferencias. En principio, sólo distinguimos la enorme mesa rodeada de hombres, y la humareda que flotaba sobre sus cabezas. También oímos las voces, muy comedidas, eso sí, me pareció sospechoso que los gánsters hablaran tan bajito, con tanta educación. Se lo dije a Julián.

—Pues son ellos —contestó—, aquí no hay más americanos que ésos.

Se agachó de repente, la espalda pegada contra la pared, y tiró del bajo de mi pantalón para que me agachara a su lado. Desde allí teníamos un mejor ángulo para espiar a los hombres sentados en torno a la mesa. Yo entendía algo de inglés, y Julián entendía bastante más que yo, pero ninguno de los dos fue capaz de comprender lo que decían. Hablaban demasiado rápido y en el fondo lo que nos importaba era mirarlos, verlos moverse, escudriñar sus gestos tras las volutas de humo, todos fumando sus torpedos H. Upmann, o quién sabe qué clase de cigarro que era capaz de quemar de esa manera, como si ejecutara una pequeña música. Con el tiempo supimos que llevaban una sortija como contraseña, era un zafiro estrella en el meñique, en ningún otro dedo. Se respiraba el lujo, y más que el lujo, la autoridad de cada cual, que era un perfume que se imponía sobre cualquier otro. Eso lo comprendimos Julián y yo aquel mismo día. Por eso él dijo que, cuando fuera grande, iba a ser como ellos, y en cierto modo cumplió su palabra. Por lo pronto, éramos sólo un par de idiotas que aspiraba el humo ajeno. Un par de niños bien peinados, con chaquetas de invierno y zapatos de amarrar. Los míos, heredados de mi hermano. Los de Julián, en cambio, recién estrenados en la pasada Nochebuena.

Esa imagen, se me figura que bastante inofensiva, fue justo la que vio aquel hombre que se acercó por el pasillo. Olfateó la diferencia, no éramos precisamente intrusos en el hotel. «*Hey, kids...*», dijo al pasar, y siguió de largo rumbo a la reunión, pero se detuvo en la puerta, volvió a mirar hacia nosotros como si tuviera una duda: era bajito y orejón, tenía unos ojos medio adormecidos, inexpugnables, la clase de ojos que no pierden la calma, que nunca se abren del todo ni siquiera a la vista de un revólver. Agregó otra frase en un inglés muy rápido, tal vez lo había pensado mejor y preguntaba quiénes éramos, o qué estábamos haciendo allí. No nos movimos por si acaso y él descartó la duda, la descartó o le dio pereza insistir con dos mocosos, el caso es que nos dio la espalda. Dentro había ruido de vasos, me pareció que era un momento de receso, algunos americanos abandonaban el salón y nos pasaban por el lado, discutiendo entre sí. Le comenté a Julián que seguíamos siendo invisibles, y él me respondió una frase que, durante muchos días, estuvo dándome vueltas en la cabeza.

—De eso nada, Quin, invisibles son ellos.

Un gordo con pies de plomo salió también de la reunión, mascando chicle. Tenía el pelo rizado y negro, una onda de cabello grasiento que se peinaba hacia un lado. Se secó la frente y no guardó el pañuelo, sino que lo retuvo en la mano, y al pasar junto a nosotros, que el pañuelo aleteó, dejó escapar aquel perfume rancio, levemente amargo. Ese amargor bajó por mi garganta, en un segundo rebotó en mi lengua.

—¡Anastasia!

Alguien lo había llamado desde el salón y él se dio vuelta. Toda su ropa era blanca, menos la pajarita roja que llevaba en el cuello. Me pareció incomprensible que un individuo de sus proporciones tuviera un nombre de mujer. Se lo comenté a Julián, que respondió que los americanos, muchas veces, se ponían nombres de «jevas», usó ese término de los muchachos de la calle y yo me eché a reír. Fue un error mi risa, porque el gordo nos descubrió en ese momento, nos miró como a dos moscas imprevistas, abrió la boca para decir algo, pero volvió a cerrarla cuando escuchó que lo llamaban por segunda vez. Miramos hacia la puerta del salón, que era el lugar de donde provenía la voz, y vimos a un hombre achinado, canoso, vestido con un traje oscuro. En una mano sostenía el cigarro, y con la otra sujetaba a un perro, lo sujetaba contra el pecho, más que perro parecía una rata. El gordo le respondió algo, y el otro replicó con una frase helada. Sentí el frío en la coronilla, el perro también debió de sentirlo, porque comenzó a ladrar, más bien a chillar; esos perros en miniatura, aparte de asquerosos, son bastante histéricos. Aquel gordo llamado Anastasia se encaminó de nuevo hacia el salón, lo hizo a regañadientes, y el del perro lo esperó sonriendo. Sonreía como un mismo chino, con ese enigma jugándole en los labios.

Dos meses más tarde, un domingo en que buscaba los cómics del periódico, me topé con la fotografía: era el mismo tipo con el mismo perrito, imposible olvidar su cara. En el periódico ponían que el día anterior, sábado 23 de febrero, el jefe de la Policía de La Habana, Benito Herrera, lo había mandado detener en el restaurante del Vedado donde acostumbraba ir por las noches. Arranqué la página para llevársela a Julián: ahí estaba el americano, se había dejado agarrar el comemierda y ni siquiera había soltado al perro para batirse a tiros con la policía, que era lo que hacían los gánsters. Lo que le habíamos visto hacer a George Raft: disparar hasta la última maldita bala para poder escapar hacia Saint Louis.

Julián se inclinó sobre el recorte del periódico, se empezó a reír, aún recuerdo lo que dijo:

—Éste no tiene nombre de jeva.

Me encogí de hombros y él cambió de expresión, pronunció cada palabra minuciosamente:

—Charles «Lucky» Luciano. Me gustaría llamarme así.

3. Boris

Vacío. Así estaba el Boris aquel extraño mediodía. Sólo se oía el rumor de las aspas de los ventiladores y los ruidos de la calle, que llegaban algo apagados y borrosos, como si hubieran dejado de ser reales. Ocupé una de las mesas, el instinto me dijo que lo hiciera, y permanecí allí sentado, con los ojos clavados en la puerta de la cocina, esperando que apareciera el dueño, que casi siempre estaba en el salón atendiendo a la clientela, o Constantino, el camarero ruso, un oso altivo que transpiraba vodka, y que solía ofrecer la sopa del día y los platos fuera de la carta en hebreo y polaco, jamás en español.

Fue Julián quien me llevó por primera vez al Boris. Para entonces, ya nos habíamos convertido en hombres. Él acababa de regresar de una universidad de Boston donde había pasado algún tiempo, fingiendo que estudiaba arquitectura, aprendiendo otras cosas. Ese día, durante el almuerzo para celebrar nuestro reencuentro, me contó la verdad sobre la llamada «convención de americanos», y sobre aquella tarde de gánsters que habíamos vivido en el Hotel Nacional. Anastasia no era un nombre de «jeva», como habíamos pensado, sino el apellido de un importante capo. A Lucky Luciano, poco después, la Policía cubana lo había metido en un barco turco y deportado con destino a Génova. Y en cuanto al tipo de párpados caídos y orejas de sonámbulo, aquel que nos saludó con ese insípido «*Hey, kids*», no era otro que Meyer Lansky, quien pronto habría de convertirse en el jefe de todos los negocios, un auténtico imperio al que constantemente se sumaban nuevos cabarets y hoteles. Según Julián, a ese cónclave de Navidad sólo faltó Bugsy Siegel, el hombre fuerte de Las Vegas, y eso por razón de peso: no era del todo conveniente que escuchara la forma en que planeaban su propia ejecución. En la reunión del Nacional se concluyó que Bugsy era un estorbo, se decidió esperar unos seis meses, y luego alzaron las copas en prueba de conformidad. Lo eliminaron el 20 de junio del 47, sobre el sofá de su casa de Los Ángeles, mientras leía el periódico y esperaba por su gran amigo, el actor George Raft, con quien había quedado para cenar en Jack's. Así se había batido el cobre en aquella «convención», mientras Aurora, la madre de Julián, iba poniendo orquídeas en los centros de mesa, ajena a todo, radiante porque por esas fechas estaba enamorada, acababa de enamorarse nuevamente, aunque ni su hijo ni yo lo sospecháramos, era un secreto entre ella y el hombre que la conquistó. Los vi una vez, mucho más tarde, bailando aquel danzón: *Almendra*. A mí me parecía que escuchar *Almendra* era como mirar un péndulo, que era una melodía capaz de hipnotizar a los que la bailaban, a ellos sobre todo, pero también a los que soportaban la visión del baile. Aurora y aquel hombre, como una sola semilla, satisfechos al fin y por lo mismo fuertes, se probaban en frío, recién salidos de la cama, y eso lo comprendí pese a mis pocos años. Había algo sólido y distinto en la manera de acoplarse, en la forma honrada en que seguían el ritmo. No había esperanzas para nadie más.

Después de aquel almuerzo, me aficioné a la comida del Boris, o al ambiente, no sé bien. Tal vez sólo era la curiosidad, y en el fondo algo mucho más íntimo, algo que tenía que ver con el morboso afán por castigarme y castigar aquel absurdo sueño: tendría la oportunidad de ver a mi rival, y la rivalidad es un norte como cualquier otro. Julián me aseguró que Meyer Lansky también solía comer allí. Antes del almuerzo, llegaba al barrio con sus guardaespaldas, se acercaba a la panadería de la calle Luz, compraba el pan de los judíos y se quedaba un rato conversando con el panadero. En ocasiones, se les unía el dueño de una joyería cercana, también llamado Meyer, famoso porque conseguía las mejores piedras, y cuando digo piedras, no hablo sino de aquel zafiro estrella que usaban todos en el dedo meñique. Lansky salía a la calle seguido de sus hombres, echaba a caminar por los alrededores del Arco de Belén, y durante el paseo iba pellizcando trocitos de pan y se los llevaba a la boca. Hacia la una o las dos de la tarde, cuando el pan ya iba por la mitad, retornaba a la calle Compostela entre Merced y Bayona. Allí, Boris Kalmanovich lo esperaba con la mesa puesta y una botella de pernod recién abierta, que era el único licor que le gustaba beber.

En Boris la comida era buena: el pollo hervido, las bolitas de pescado seco, y la sopa de kreplaj —así la llamaba Constantino—, que era una sopa de un color sutil y un perfume agridulce, unos tercos aromas que podían aspirarse desde la calle. Por eso, y por el gusto de meter las narices en aquel universo de perfiles inclinados —las mesas estaban colocadas de tal forma que sólo se veían perfiles—, me dejaba caer por el lugar al menos una vez a la semana. Coincidía casi siempre con los dueños de los almacenes de la calle Muralla, hombres que comían apresuradamente, pero sin faltarle a la comida, eso no, con ademanes educados, guardando las distancias, tomaban el té y luego volvían al trabajo. Varias veces me topé con Meyer Lansky, que tenía un aspecto soñoliento. Cualquiera hubiera podido tomarlo por un simple relojero —era tan apagado como un buen relojero—, o por el dentista del barrio, o el contable de uno de aquellos almacenes de te-

las. Ya en esa época, yo había empezado a organizar un fichero muy rudimentario con nombres, relaciones y actividades de la mafia en Cuba. Soñaba con escribir un gran
reportaje, que en el fondo sabía que ningún periódico se
atrevería a publicar. A veces Lansky llegaba en compañía
de su hermano, llamado Jack y apodado El Cejudo, y
ambos comían en silencio, no le sonreían a nadie, excepto a Dimitri, el cocinero ucraniano, que abandonaba la
cocina únicamente para saludarlos, un poco atolondra-
do, sumiso hasta los huesos, portando unos pequeños
platos con gelatina, no sé qué extraña gelatina de color
cobrizo, o la bandejita de arroz con lentejas, que era el
plato preferido de Lansky. El Cejudo sólo devoraba carne
roja, la exigía sangrante y le ponía yogurt.

—Hoy no hay mesas.

Tan absorto estaba en mis recuerdos, que ni siquiera lo sentí llegar. Constantino, el camarero ruso, estaba
parado frente a mí, mordiendo la punta de un tabaco
siniestro, mirándome con sus ojitos azules y viscosos.

—¿Que no hay mesas? —miré a mi alrededor: el
salón solitario, sin ruidos propios, como instalado en mitad
de un sueño—. Pues yo las veo todas vacías...

Por lo general, en el Boris no ponían manteles, pero
aquel día sí los habían puesto, unos blancos, bastante finos,
con las iniciales bordadas: B de Boris, y K de Kalmanovich.

—Está completo —se había sacado el tabaco de la
boca, pero aún hablaba como si lo estuviera mordiendo—.
Hay un almuerzo dentro de un rato. Todo reservado, no
puedes comer.

La última frase parecía un telegrama. Era brusco
por naturaleza, sobre todo con los que no pertenecíamos
a su reino de comerciantes de tela de la calle Muralla u
operadores de casino.

—Vuelve mañana.

Dejó de mirarme, clavó la vista en la puerta y se cruzó de brazos: era obvio que estaba a punto de sacarme a empujones. Antes de que lo hiciera, me levanté y caminé hacia la salida, pensando que al fin y al cabo era lógico que Lansky hubiera mandado cerrar el restaurante para poder conversar con tranquilidad. Me dejaba cortar la cabeza si esa tarde no acudían allí la mayor parte de sus lugartenientes: Luigi Santo Trafficante, Joe Stassi y su hijo, «El Pequeño» Stassi, Nicholas «Fat the Butcher» DiConstanza, Dino Cellini, quizá Amletto Battisti. Y, tratándose de un caso tan delicado, seguramente Lansky se haría acompañar por Milton Side, un tipo con la cabeza fría, qué digo fría, totalmente helada, aunque por ironías del destino ese hombre moriría quemado, muchos años después, en el casino de un hotel de Puerto Rico.

Por lo pronto, aquella tarde de fines de octubre tenían que hablar de sus estrategias, organizarse para los complicados días que se avecinaban: días de sigilo, esquivando a los detectives que llegarían desde Nueva York para meter las narices en el Nacional y el Sans Souci (el Sans Souci era el cabaret de Trafficante), y sobre todo en los papeles del Riviera y del Capri, dos hoteles que estaban a punto de inaugurarse. Me extrañó que ninguno de los comerciantes que generalmente acudían al Boris se hubiera presentado ese día. Concluí que los dueños de los almacenes habían sido avisados de que el restaurante permanecería cerrado para el almuerzo. Me quedé plantado en la acera, prendí otro cigarrillo y me puse a buscar mentalmente un lugar donde pudiera tomar unas cervezas y a la vez observar el movimiento alrededor del Boris, las personas que entraban o salían. Pero en ese instante sentí que alguien se me pegaba por la espalda, fue un acercamiento intrépido, deliberadamente obsceno, y cuando me di vuelta me topé con ese rostro angosto, cubierto de goticas de sudor. Tenía un costurón en la barbilla, la frente baja y unas cejas canosas, que parecían pegadas allí por una mano torpe.

—Yo a ti te conozco —dijo su voz pastosa, le asomaba un moco seco por la nariz, y tuve la corazonada de que le dolían los pies—, ¿tú no eres el periodista del *Diario de la Marina*?

Di un paso atrás y descubrí que en la acera de enfrente había otro tipo observándonos, un mulato forzudo, evidentemente armado.

—Lárgate —añadió el que estaba sobre mí—. Te me estás largando ahora mismo.

Negué con la cabeza; lo hice por pura incredulidad, aunque todo era perfectamente creíble, perfectamente lógico. Y entonces Boris se asomó a la puerta, tan gordo y lívido, fue una aparición teatral, de esas que se atribuyen a la mano de Dios.

—Ya te dijeron que está cerrado, chico —dijo jadeando, supuse que había salido corriendo desde la cocina, todo un esfuerzo teniendo en cuenta que padecía de gota.

—Y yo ya me iba —mentí, mirando fijamente al tipo del moco—. La verdad es que no sé qué pasa aquí.

—Sí lo sabes, caballo —dijo él—. ¿Cómo está el Flaco Tirso? Ése es tu jefe en el periódico, ¿no?

Se pasó el pulgar por la nariz en un gesto de desafío, cayó el moco y reparé en sus dedos casposos, huesudos pero despiadados, seguramente acostumbrados a lastimar, a causar descomunal dolor. Di media vuelta y caminé hacia mi automóvil, ese Plymouth del 49 que de pronto me pareció lejano y diminuto, como un carrito de juguete. Sentí la cara roja cuando prendí el motor. Toda la calle estaba infestada de guardaespaldas, y de los vigilantes que siempre iban acompañando a Lansky, sanguinarios mulatos irascibles, escogidos y pagados por el Ministerio de Gobernación. Pensé que era muy raro que no hubiera reparado anteriormente en la presencia de ese pequeño ejército. Al llegar yo había mirado a todas partes y no había notado nada especial, así que lo más probable es que acabaran de apostarse allí, solían hacerlo una hora antes de que apareciera el jefe. Alcancé a ver que Boris entraba de nuevo en el restaurante, y que aquellos hombres trajeados que montaban guardia ni siquiera se tomaban el trabajo de cerciorarse de que yo me alejaba. Sabían de sobra que lo haría, que no me atrevería a permanecer ni un minuto más en ese barrio, en esas calles que de repente se volvían irreconocibles, falsas dentro de la rutina, como si los edificios fuesen un decorado y los transeúntes, cómplices perfectos.

Regresé al periódico. Me senté frente a la máquina de escribir y me froté las manos. Era un gesto pueril, el inútil alarde de alguien que intenta persuadirse de su propia sed de venganza. La nota me salió de un tirón y le puse este título: «El hipopótamo muerto: ¿mensaje para Anastasia?»

Aún recuerdo la primera línea: «El hipopótamo sacrificado ayer en el Zoológico de La Habana pudo haber sido la víctima inocente de un mensaje enviado a los hombres del capo mafioso Umberto Anastasia, quien también caía abatido ayer en la ciudad de Nueva York».

Pasaba luego a rellenar una cuartilla y media con los datos de la bestia y de su cuidador (otra bestia de menor envergadura); los comentarios de algunos empleados del zoológico, la llegada tan solemne del veterinario forense, y las expresiones de los niños, estas últimas totalmente apócrifas. En suma, una sarta de estúpidas anécdotas y condolencias. Me reservé para el final esas pequeñas, delicadas líneas que eran la razón de ser de mi artículo:

«Entrada la tarde, una fuente de entero crédito le aseguró a este reportero que la evasión del hipopótamo habría sido propiciada por elementos del bajo mundo habanero, quienes intentaban enviar un mensaje al capo neoyorquino Umberto Anastasia. El mensaje, al parecer, llegó muy tarde».

Corrí a llevársela al jefe de Redacción. No estaba en su mesa y se la dejé encima de la montaña de papeles, como una guinda sobre el maremágnum de cables y colaboraciones. Yo tenía que volver a Espectáculos, a las garras del Flaco T., que aún no me había dirigido la palabra porque sabía que yo estaba escribiendo una historia que no le concernía.

—¿Terminaste con lo del oso? —me preguntó al fin, sin levantar la vista, mientras se le caía la baba sobre la foto de Noemí, la bailarina exótica del Nightandday.

—No era un oso —le dije—, sino un hipopótamo. Y esa que tienes ahí me parece que es la querida de un tal Fat the Butcher.

Puse el dedo en la foto, concretamente sobre la barriguita impúber de Noemí, a la que yo había visto hacer un número bastante obsceno, impropio de su boca escolar, pero no en el Nightandday, sino en la cueva de Mandrake, literalmente una cueva en la que un negro con tres huevos se desnudaba para los turistas. El Flaco T. me miró con rencor, pero no me di por aludido, yo no tenía la culpa de que los gánsters se hubieran apoderado de las mejores caderas de La Habana.

—Pues vas a tener que entrevistar a esta otra —musitó con resentimiento, poniéndome delante la foto de una rumbera entrada en años, o sea, entre los veinticinco y los veintisiete. Se le acababa de ocurrir esa entrevista y me la encargaba a mí: era el castigo por haber arruinado su interludio; por meterme en lo que no me importaba y recordarle que Noemí tenía un dueño difícil. Contrario a lo que él esperaba, estuve a punto de reaccionar con entusiasmo: la vedette que él me mandaba entrevistar era la estrella del show del Sans Souci, y desde que supe de la muerte de Anastasia, yo había estado jugando con la idea de caerle a Trafficante en su propia guarida. Iba a decirle al Flaco T. que qué se le iba a hacer, que la entrevistaría, pero en eso nos interrumpió el jefe de Redacción, ese gusano de Juan Diego, que agitaba en la mano las dos cuartillas que le había dejado.

—No dejes que este muchacho coja sol —le dijo al Flaco T.—. Esta mañana el pobrecito cogió una insolación. Fue al zoológico y le hizo un daño del carajo: la verdad es que no sabe lo que escribe.

—Sí lo sé —me atreví a replicar, cogido entre dos aguas, entre dos tipos podridos que me estaban apurruñando.

—Que no, coño. Te dije que dejaras quieto el asunto de Anastasia, que ese gordo no le importaba a nadie. Le voy a sacar toda esa mierda a tu nota. A lo mejor ni la publico.

Luego, dirigiéndose a mi jefe, que aún manoseaba la foto de Noemí:

—Flaco, te devuelvo a este flaco.

Juan Diego se fue, y el Flaco T. soltó la foto y se quedó mirándome, creo que le di lástima.

—No se mezclan las cosas —dijo—. Ni aquí en Espectáculos, ni en ninguna otra parte del periódico. Si quieres sobrevivir, apréndete eso.

Tenía pómulos de cadáver, ojos hundidos y ese mentón de bruja que asustaba a las niñas. Me entregó los datos de la vedette del Sans Souci, que se llamaba Kary.

—Entrevístala y no jodas.

4. Sans Souci

Fue como el presentimiento de lo que vendría después. La sensación de haber llegado a un punto muerto, o a un punto inexplicable de partida. En la penumbra de aquel salón abarrotado de objetos tan dispares, miré hacia atrás, miré los años de mi vida, mi manera de conformarme, las inútiles horas que pasaba en el periódico y la rutina dentro de mi casa, con una madre que era una lagartija irónica y un padre que era otra clase de reptil distante, concentrado en mi hermano, su fiel espejo; más una hermana renegada y sonámbula, que ahora se levantaba por la madrugada para ponerse corbata y orinar de pie. Lo abarqué todo y lo que me quedó fue un humo. De las profundidades de ese humo salió Juan Bulgado, el cuidador de fieras del zoológico. Primero estuvimos en el Sloppy Joe's, nos dimos unos tragos y hablamos del hipopótamo, de los rumores que le habían llegado y de la manera absurda en que le dieron muerte al animal. Más tarde fuimos a su casa, que era la de su suegra. Nunca imaginé que ese infeliz viviera en un caserón de tales dimensiones, un lugar que en el pasado había tenido cierto esplendor, pero ya no, el polvo y la vicisitud lo habían hundido: recibidor siniestro, pasillos más siniestros aún, muchas puertas cerradas a ambos lados y un tempo carcelario y triste que lo impregnaba todo. Hacia el fondo, como el final de un cuento, estaba aquel salón caótico donde me ofrecieron un butacón antiguo para que me sentara. La suegra de Bulgado, una tal Sara, llevaba un sello de amargura en el rostro, trataba de mantener las apariencias y fue cortés cuando me vio llegar en compañía de su yerno: pronunció «bienvenido» y se alejó enseguida para preparar café. A Juan —ella lo llamaba Juan, no Johnny Lamb ni Johnny Angel— lo miraba con cansancio, con la misma expresión de alguien que contempla las ruinas de su casa tras apagarse un incendio. Pensé que era lo lógico, ¿no?, ninguna mujer medianamente acomodada podía sentir orgullo de ver a su hija casada con un empleado del zoológico; un empleado que además era el último en la escala de la repugnancia, el que se dedicaba a limpiar la caca de los leones y a descuartizar caballos para servírselos al desayuno.

Elvira, la mujer de Bulgado, era gorda y risueña, una rubia en la treintena, con espejuelos de mucho aumento, zapatos ortopédicos y grandes tetas sin ilusión: todos los elementos de una discreta retardada. Comprendí enseguida que a su madre se le había hecho imposible casarla con algún muchacho de su categoría, por lo que recurrieron a Juan Bulgado, alias Johnny Angel o Johnny Lamb, un individuo astuto que no se expresaba mal, y que tal vez hubiera podido conseguir un trabajo mejor, pero que se metió en el zoológico por diversión, por llevarle la contraria al mundo y a su suegra. Alguna pieza, sin embargo, no encajaba en su cráneo: la gente no malgasta su vida por casualidad. En el caso de Bulgado, había ciertos indicios: la obsesión por un actor de Hollywood, eso en primer lugar. Me contó que se sabía de memoria las películas de George Raft, y que de joven se había aprendido las frases más solemnes del artista, se las había aprendido en inglés, aunque Bulgado no hablaba ese idioma. Estaba convencido de que sólo un periodista de mi categoría, reportero de Espectáculos en el *Diario de la Marina,* podría conducirlo hasta Raft cuando el artista cayera por La Habana, lo que acontecería de un momento a otro, ya que había sido contratado como *greeter* del Capri, un hotel que estaba a punto de ser inaugurado. El trato que me proponía Bulgado era el siguiente: yo lo llevaba a la fiesta de inauguración, y él a cambio me revelaba la conexión entre la muerte del hipopótamo en el zoológico y la del capo en la barbería. Sólo quiso adelantarme este dato: tres hombres habían participado en la estampida de la bestia, tres delincuentes comunes que al mismo tiempo le habían llevado una advertencia al emisario de Anastasia, quien se hospedaba, a la sazón, en un pequeño hotel de Miramar. A los delincuentes no los llamó por sus nombres, sino por sus alias: Tiñosa, Niño en Pomo y Jicotea. Los tres tenían prohibida la entrada al zoológico, ya que en el pasado habían robado cachorros de leopardo para vendérselos a los paleros y otros brujos, y se sospechaba que de vez en cuando se llevaban flamencos con los mismos fines.

La suegra de Bulgado me ofreció una taza de café que bebí con aprensión. Recordé lo que mi madre me advertía, en una época en la que aún se tomaba el trabajo de advertirme cosas: con el café entraba lo malo, en el café se enmascaraba todo. No debía tomarlo en casa de desconocidos. Y Bulgado, alias Johnny Angel o Johnny Lamb, lo era; un extraño total, un medio loco que, sin embargo, alegaba conocer las claves de un asesinato que me interesaba.

Miré a mi alrededor. Nunca antes había estado en una habitación tan sobrecargada, en la que apenas se podía caminar sin tropezar con chineros o mesitas, y me pregunté de dónde habían salido aquellos cuadros, aquellas vitrinas y relojes de pared, y en especial la pieza medio mutilada que se alzaba en el centro, varios pies por encima del desorden, y que era una Estatua de la Libertad, trasto más incomprensible, al parecer de calamina.

—La encontró mi suegro en un ciclón —presumió Bulgado, al darse cuenta de que yo la observaba—. Fue en el año tres, ¿no fue en el tres, Sarita?

La suegra fingió no haberlo escuchado. Bulgado no se había quitado la gorra y la alzó levemente para rascarse la cabeza, lo noté un poco avergonzado de que la vieja lo ignorara.

—Fue en el tres —prosiguió—, yo no había nacido, ni usted tampoco, ¿cómo iba a nacer si usted es un niño?

Prendí un cigarro, como era mi costumbre después del café. Por el momento, había sobrevivido a ese brebaje. A continuación le oí decir a Bulgado que la estatua había estado muchos años en el Paseo del Prado, pero que los vientos de aquel ciclón la derribaron y luego la fueron empujando por las calles. Cuando todo pasó, su suegro, que era un muchacho por aquel entonces, salió de la casa y se topó con la estatua, la recogió y la escondió en su propio cuarto. Bulgado no sabía si alguien la había reclamado, o si alguien se tomó el trabajo de buscarla; tal vez pensaron que se había hecho añicos al caer al suelo. Me invitó a que la mirara de cerquita, pero no tuve que acercarme mucho para darme cuenta de que era una réplica asquerosa, me costaba creer que hubiera estado alguna vez en Prado, y me propuse averiguar en los archivos del periódico si en el pasado se había extraviado alguna estatua similar. Elvira, la mujer de Bulgado, se acercó con un plumero en la mano y empezó a desempolvarla. Me di cuenta de que lo hacía por mí, un espectáculo dedicado al visitante, trataba de llamar la atención con unos gestos que se correspondían con su edad mental: cinco o seis añitos. Y fue en ese momento, rodeado de aquellos seres flotantes, hasta cierto punto inexplicables, que empecé a preguntarme qué estaba haciendo allí, pero no sólo allí, en la casa de Juan Bulgado, su mujer y su suegra, sino aquí, en este país y esta ciudad, trabajando en un periódico donde sólo me era permitido entrevistar a cómicos y a putas. Tuve una sensación de náusea, le eché la culpa al café, tuve otra sensación menos dramática: se me ocurrió que me había vuelto invisible, todo era tan irreal, fue un momento errático y hasta cierto punto placentero, nunca en la vida había sentido nada igual, y ya jamás lo volvería a sentir. Me imagino que palidecí, porque Bulgado se quedó mirándome, inclinó la cabeza y apuesto a que estuvo a punto de mover la mano frente a mis ojos, como se le hace a los hipnotizados. Cuando me recuperé, que fue al cabo de un minuto, me puse de pie y le prometí que haría gestiones para que pudiésemos asistir a la fiesta de inauguración del Capri. Una vez allí, ya me las arreglaría para juntarlo con George Raft.

Echó la cabeza para atrás y engurruñó los ojos, los convirtió en un par de ranuritas despiadadas.

—Cuidadito con pensar que soy pájaro —musitó en un tono amenazante.

—¿Por qué iba a pensarlo?

—No sé, por si acaso: de maricón no tengo un pelo.

Me despedí de la suegra, que me clavó los ojos, me dedicó una enorme mirada de pesar, como diciendo: «Compadézcase de mi decadencia y la de mi familia, perdone que hayamos terminado así». Su hija Elvira me estrechó la mano (estaba entrenada para estrechar la mano y saludar como la gente grande), y también me clavó los ojos, llenos de felicidad, por supuesto. Sólo los estúpidos, o los asesinos, son capaces de echar ese tipo de mirada, brutalmente dichosa.

Bulgado me acompañó a la puerta, juntos salimos a la calle. De pronto dijo que me daría otro dato, los iba soltando por cuentagotas, miró a todos lados para cerciorarse de que nadie nos veía y sacó un papel del bolsillo. En la calle no había suficiente luz, pero alcancé a ver el membrete: «Hotel Residencial Rosita de Hornedo». También vi la dirección del hotel y un teléfono.

Alcé la vista y descubrí que Bulgado se había puesto tenso, creí que se trataba de una broma, iba a decirle algo pero él no me dejó, levantó la mano y utilizó un tono macabro:

—Espere... Ahora no soy Johnny Lamb ni Johnny Angel. Para usted, soy Nick Cain.

Si en ese momento hubiera sabido que todos esos nombres correspondían a personajes que alguna vez interpretó George Raft, habría estado más tranquilo. Pero no sabía ni sospechaba nada. Un loco con información es una granada de mano: sueltas el seguro y puedes explotar con él, eso fue lo que pensé. Y aún lo sigo pensando.

—Bien, Nick, déjame ver qué tienes —susurré mientras intentaba agarrar el papel.

Pero él lo apartó, lo mantuvo apartado unos segundos, al cabo de los cuales, súbitamente, lo puso en mis manos. Descubrí que estaba escrito por ambas caras, con letra de molde, en inglés. No tenía la menor intención de leerlo allí, en plena calle, por cortesía le pregunté a Bulgado si podía guardarlo.

—Tenemos un trato —musitó con frialdad—. Por ahora esa carta es suya, y sepa que le estoy dando un tesoro, pero no diga mi nombre. Yo no sé nada, no le he dado nada.

Me aseguró que la carta provenía de la habitación de Louis Santos. Se imaginaba que un tipo como yo tenía que saber quién era Santos.

—Claro que lo sé —respondí.

—Pues él vive en ese hotel. Con su manca..., tiene una amiguita a la que le falta el brazo por aquí... ¿Qué le parece?

Me eché a reír mientras doblaba el papel y me lo metía en el bolsillo. Bulgado siguió la maniobra con los labios apretados, en un gesto que me pareció de rabia o de arrepentimiento. Yo traté de simular que aquella carta tampoco significaba gran cosa, como si al meterla en el bolsillo estuviera dando el primer paso para olvidarme de ella. Le pedí que me llamara en unos cuantos días, cosa que me diera tiempo para averiguar lo de la fiesta del Capri, subí al auto y me dirigí al Sans Souci. El cabaret quedaba en las afueras de La Habana, tenía casino y una barra que serpenteaba a todo lo largo del escenario, gran parte de ella al aire libre. Conocía poco ese lugar, sólo había estado allí un par de veces, la primera de ellas con mi hermano y sus amigos, echándole el ojo a las modelos y probando suerte en la ruleta. En otra ocasión acompañé a mi jefe, el Flaco T., al debut de Edith Piaf. Aquella noche, a poco de empezar, la Piaf se desmayó en escena, la gente saltó de sus asientos y a ella se la llevaron a los camerinos, de donde la devolvieron a los pocos minutos, despeinada y lívida; terminó la función con esa misma lividez, como una muerta. Dijeron que había sido un golpe de calor, pero el Flaco T. me advirtió que no creyera en eso. Escribí una nota con la confidencia de un guitarrista: la Piaf se había desmayado porque divisó entre el público a un antiguo amante. Fue el único de mis escritos que me comentó mi madre, me dijo que le había encantado y que tal vez me convenía ser periodista. Nunca supe si en realidad pensaba así, o sólo lo había dicho para congraciarse y buscar el apoyo que necesitaba. Tenía motivos. Para esa época, papá le había puesto apartamento a Lidia, una empleada de El Encanto, la famosa tienda donde él compraba sus camisas. Lidia era una joven llena de mansedumbre a la que mi hermano le había dado el visto bueno; mi padre dependía totalmente de la opinión de su hijo, confiaba en Santiago como creo que jamás llegó a confiar en ninguna otra persona. Le contaba su vida, eran cómplices idénticos y se divertían cuando estaban juntos. Siempre envidié esa relación, ¿cómo no iba a envidiarla?

Antes de meterme al Sans Souci, en la penumbra del parqueo, saqué el papel que me había dado Bulgado. Si en realidad aquellas notas le habían sido hurtadas a Louis Santos (nombre de batalla de Santo Trafficante), era de lo más irónico que yo estuviera a punto de meterme en su guarida llevándolas en el bolsillo. Leí atropelladamente, saltando líneas: Trafficante le ordenaba a un tal Cappy que reservara hotel, tres habitaciones y una suite, y consiguiera mujeres para cuatro cubanos que se dirigían a Nueva York. Los cuatro iban a negociar la concesión del casino del Havana Hilton, y aquel papel tenía todas las características de ser auténtico. Bendije a Bulgado, y de paso a George Raft por haberlo encandilado; mi gratitud no tenía límites, y mi estupor tampoco.

La mujer a la que iba a entrevistar me había citado a las diez, antes de que empezara el primer show, que era el de las once y media. Fui directo al patio de camerinos. Me cerró el paso un tipo calvo y perruno, de ojos saltones; dijo que se llamaba Jacobs y luego supe que era el segundo al mando en el Sans Souci. Le mostré mi carné de periodista y le expliqué que Kary Rusi me esperaba; forzó una sonrisa y señaló hacia la puerta del camerino, que tenía una estrellita con el nombre al lado. Toqué y abrió una mujer, pero apenas pude fijarme en ella porque enseguida vi a Kary Rusi, que estaba sentada frente al tocador, envuelta en una bata blanca, mirándome a través del espejo. De momento no pudo, o no quiso ocultar su asombro. Yo estaba acostumbrado a causar esa desilusión: todas esperan a un periodista duro, un tipo cínico que les arranque el alma, y por el contrario se topan con este pichón desangelado, que no se imaginan ellas cuánto detesta escribir sobre repertorios y vestuarios. Del primer asombro, pasan a la piedad: me ven tan joven, lampiño, casi infantil. Así es que terminan perdonándome la vida, me cuentan situaciones fantásticas, me dedican todo el tiempo del mundo, el que ni siquiera se molestan en dedicarle a los periodistas más curtidos.

—Me llevan a Las Vegas —declaró tan pronto me vio sacar la libretica—. Eso es lo más importante que me ha pasado.

La mujer que me había abierto la puerta tuvo también la cortesía de arrimar una silla para que me sentara junto a Kary Rusi. Fue entonces que me fijé en ella: mulata lavada, entre los veintiocho y los treinta años, huesuda, cabizbaja, con un lunar misterioso en la frente y otro pequeño, mucho más oscuro, en la barbilla. Tenía pómulos de negra (todo hay que decirlo), los ojos verdosos un poquito hundidos, y ese puchero natural, boca tripona y cándida que sugiere una lenta, exquisita agonía.

—Ella es Yolanda —dijo Kary Rusi—, la madre del trapecista.

Le tendí la mano sin acabar de comprender el detalle del trapecio y la maternidad. Sentí el contacto de sus dedos, sólo me dio los dedos. Las mujeres muy humildes, o las muy tímidas, suelen saludar así. Mientras apretaba esos deditos, caí en la cuenta de que le faltaba el otro brazo, o buena parte de él. Vi la manga recogida a la altura del codo y comprendí: no había mano ni antebrazo ni codo, ¿qué diablos era? Yo estaba hipnotizado y le miré el escote para hipnotizarme más, de allí subí a su cara, volví a mirar sus ojos y noté que me correspondía: habíamos conectado fácil, con un hilito de fuego acuciante. Kary Rusi se transformó en la perfecta convidada de piedra, observándonos tranquilamente.

—Siéntese —dijo Yolanda—. Yo ya me iba.

Todo lo que había presentido en la casa de Bulgado, esa sensación de haber llegado al límite, cuajaba de repente allí. Ella no me dio tiempo a nada, se despidió de la vedette y a mí me dijo simplemente «mucho gusto». La seguí con la vista, la vi salir del camerino a la noche del Sans Souci, y me quedé preguntándome si no tendría el brazo encogido, oculto por alguna razón. Me dio rabia imaginar que se tratara de una broma, de una payasada entre cabareteras. Sin embargo, la misma rabia que es capaz de cegarnos tantas veces a menudo echa luz sobre los puntos más inesperados. ¿No había dicho Bulgado que la amiguita de Trafficante era una manca? Volví los ojos hacia Kary Rusi, ya sé que debía preguntarle por Las Vegas, pero le pregunté otra cosa.

—¿De qué trapecista estamos hablando?

—El hijo de Yolanda es el que salta del árbol —respondió Kary—, ¿todavía no ha visto el show?

Negué con la cabeza. Me costaba creer que una mujer tan joven tuviese un hijo en edad de arriesgarse.

—El trapecista sustituye al bailarín en el momento en que cae, es al final de todo, ahí acaba el espectáculo.

Le aseguré que me quedaría esa noche para verlo. Luego disparé las preguntas, las que me supuse que ella quería escuchar. No estaba en mis planes retarla ni sacarle ninguna información que prefiriera reservar para Don Galaor, el reportero más famoso del país, un dios maduro que las encandilaba, un tipo cursi que se fingía incisivo, y al que los periodistas jóvenes, para joder, solíamos llamar Ron Galeón. Me importaba un rábano aquella entrevista, así que permití que me abrumara con datos, que se luciera contándome sobre la invitación que había recibido para bailar en el Stardust. Me apliqué en tomar notas porque estaba pensando en otra cosa, en Yolanda, ¿cómo había perdido el brazo? ¿cuánto llevaba enredada con Trafficante? Hubo un par de golpecitos en la puerta y un hombre asomó la cabeza. Era Jacobs, que me salvaba la vida advirtiéndole a la vedette que en pocos minutos tenía que estar lista para salir a escena. Aproveché para decirle que necesitaba una buena mesa, le prometí que también escribiría sobre el show, un reportaje completo, el Sans Souci en el ojo del huracán. Jacobs me miró fijamente, era un buey suspicaz, alegó que no quería mezclar al cabaret con la política. Le aseguré que yo nunca hablaba de política ni mezclaba nada, que el huracán al que me refería era el huracán nocturno, hervidero de cabarets y hoteles. Hizo un gesto de alivio, masculló un «venga conmigo», y me despedí de Kary Rusi deseándole suerte en Las Vegas. Seguí a Jacobs como quien sigue a un hipopótamo, su marcha demoledora terminó frente a uno de los jefes del salón, a quien le ordenó que me acomodara en la mesa designada para la prensa. Ya se iba a retirar, cuando decidí lanzarme:

—Un momento —le dije—, ¿sería posible hacerle unas preguntas al señor Louis Santos?

—¿Santos? —disimulaba como un toro, tenía goticas de sudor en la calva—. No sé de quién me habla.

—Trafficante —precisé, sentí la boca seca—. Son unas pocas preguntas sobre el cabaret.

Jacobs negó con la cabeza.

—No hay nadie aquí con ese nombre.

Se fue y pedí un tom collins. Busqué a Yolanda con la vista. Era imposible hallarla en el salón repleto. Me había quedado para ver al hijo, un muchacho que saltaba en el lugar del bailarín; un trapecista cuya madre, delicada y manca, era un signo en el lugar del destierro. Yo no era más que un desterrado en el Sans Souci, allí y en cualquier parte; malvivía en una casa inventada (la de mis padres) y en una ciudad desnuda, que por las noches se iba poblando de cadáveres, cuerpos sin ojos, sin uñas, a menudo sin lengua. Todo eso estaba rumiando cuando el salón quedó en penumbras y se oyeron los tambores, así empezaba el show.

Al cabo de una hora, el bailarín disfrazado de leñador escalaba la copa de un árbol —un árbol real, de los que crecían junto al área de la barra—, perseguido por el cuerpo de baile, cada cual disfrazado de algo, de diablito o de frondosa rama. Agobiado por sus perseguidores, el leñador llegaba al borde del abismo, y en un oscuro intercambio el trapecista sustituía al bailarín y se lanzaba al vacío. Gritos y aplausos. El muchacho caía sobre una red que quedaba fuera de la vista del público. Pensé en su madre, probablemente asustada. Se me ocurrió que, en una circunstancia así, alguien debía abrazarla. Nunca había abrazado un cuerpo desparejo, ni tampoco había sido abrazado por alguien que lo hiciera a la mitad.

Apuré el último tom collins y salí a las dos de la mañana.

Hotel Residencial

Rosita de Hornedo

Ave. PRIMERA Y CALLE O
MIRAMAR - HABANA

PIZARRA ROTATIVA
B - 6 5 6 1

THURSDAY AFTERNOON
WARWICK HOTEL
3 BED ROOM AND 1 SUITE.

THE MINISTER OF PUBLIC
WORKS WILL BE THERE
WITH MR MENDOZA, MR
SUAREZ, AND MR AGUIRRE
WHO IS THE HEAD OF
UNION WELFARE FUND WHO
IS BUILDING HOTEL.
CAPPY HAS TO GET THEM
WOMEN AND WHISKEY AS
THESE PEOPLE LIKE TO LIVE
IT UP. RAUL WILL BE
ALONG WITH THEM. THEY
ARE COMING THERE TO TALK

200 METROS DE COSTA Y PLAYA

WITH HILTON SO HAVE YOUR
PEOPLE READY WITH
NAME OF PERSON WHO IS
TO FRONT PLACE AND
RUN IT ETC ETC..

THIS IS IMPORTANT: WE HAVE
TO HAVE COMPLETE CONTROL
OF CASINO: RAUL IS NOT TO
HAVE ANYTHING TO DO
WITH RUNNING CASINO. WE
HAVE TO TAKE CARE OF
RAUL IN SOME SMALL WAY
AS HE HAS BEEN VERY
INTERESTED IN THIS DEAL
WHICH I HAD TOLD HIM TO
WORK ON WHEN HE WAS
WITH ME AT SANS SOUCI.

5. La clave

Le pedí ayuda a Santiago, aquel hermano mío con
el que apenas coincidía en la casa, excepto por el almuerzo
de los domingos. Ese día, mamá cocinaba arroz con pollo,
era una tradición que odiábamos sus hijos, y que le resultaba indiferente a su marido, mi padre, que presumía
de comer hasta piedras. Santiago llevaba una vida social
intensa, vivía prestado entre nosotros, apenas tragaba dos
bocados porque siempre lo esperaban para almorzar en
alguna otra parte, me lo decía bajito, y a menudo escon-
día la comida en una servilleta y al final la echaba por el
inodoro. Durante esos almuerzos, Lucy parecía una muerta,
pálida y con los ojos aguados, no por la comida, que al fin
y al cabo era un asco pasajero, sino porque se sentía incómoda dentro de su ropa, y por tener que estar sentada
allí, frente a toda la familia, en especial frente a mi madre
y mi padre, que por separado eran sarcásticos, pero que
juntos se convertían en un binomio ácido, sobre todo
cuando intentaban pasar por alto el equívoco (el gran equívoco que era Lucy), y la llamaban, no sin cierta ironía,
señorita. ¿La señorita no va a querer más arroz?

Santiago, en principio, me advirtió que no tenía
idea de a quién se le podían pedir invitaciones para la fiesta
de inauguración del Capri, pero que se ocuparía de eso.
Dos días más tarde tocó en la puerta de mi habitación.

—Lidia —me dijo— tiene una hermana que es
amiga de alguien que te dejará pasar. Dice que la llames la
semana que viene.

Lidia era la amante de mi padre, y yo la había conocido poco tiempo atrás, una madrugada en que me metí a un restaurante del Barrio Chino y los encontré a los dos, en compañía de otras parejas, bebiendo cervezas y tomando la sopa de los amanecidos. Papá, al verme, me invitó a que me sentara con ellos en la mesa, dijo: «Quiero que conozcas a Lidia». Éramos hombres, al fin y al cabo, a ella le di la mano y me di cuenta de que era cálida y putona, con las uñas cortas y un sexto grado de escolaridad: la compañera perfecta. Lo sentía mucho por mi madre, pero el futuro de la familia era la desbandada.

Cuando Bulgado me llamó, al final de la semana, le dije que teníamos casi resuelta la entrada al Capri, que entonces le presentaría a George Raft, pero que un trato era un trato, y a la salida del hotel, aquella misma noche, él tendría que contármelo todo: quién había contratado a los maleantes que espantaron al hipopótamo, y cómo había obtenido aquella carta, alegadamente escrita por Santo Trafficante. Bulgado se limitó a decir:

—Acuérdese que soy Nick Cain, y Nick Cain cumple lo que promete.

Dejé pasar unos días antes de llamar a Kary Rusi. La entrevista que le había hecho en el Sans Souci había salido publicada a página completa, y ella ni siquiera se había tomado la molestia de llamarme al periódico para darme las gracias, como solían hacer otras vedettes. Al oír mi voz, se apresuró a ofrecerme una disculpa, pero enseguida le advertí que no la llamaba para eso, sino para saber cómo localizaba a la madre del trapecista.

—¿A Yolanda?

—A ella.

Una mujer de cabaret no necesita muchas explicaciones. Kary Rusi dijo que esperara un momento, me quedé un par de minutos como un idiota colgado del teléfono, supuse que estaría buscando el número de su amiga, pero empecé a impacientarme y ya iba a colgar cuando escuché otra voz:

—Oigo... Soy Yolanda, dígame.

Tuve un maestro de inglés en el Colegio de La Salle que solía decirnos que la cualidad más importante en un muchacho no era su valentía, ni su inteligencia. Que nada de eso servía si no había reflejos, y que los reflejos eran una actitud salvaje.

—Soy Joaquín Porrata, del *Diario de la Marina*. ¿Dónde nos podemos ver?

Yolanda, a su manera, también debía de ser medio salvaje, lo comprobé tan pronto la escuché reír. Primero dio un rodeo preguntándome si había disfrutado el show aquella noche, y luego dijo que podíamos encontrarnos en las mesitas frente al Hotel Saratoga, lo que por ese entonces llamaban los Aires Libres. Acordamos que sería al día siguiente, sobre las diez de la noche, que era la hora en que yo salía del periódico. Sentí una felicidad vaga y difícil, me había tomado el riesgo de llamar a una mujer a la que le faltaba un brazo, una criatura indescifrable, medio pollito en el sentido estricto de la palabra. No he conocido a un solo manco que no sea violento, violento o necio, la misma cosa. Pero además, si lo que me había dicho Bulgado era cierto, lo más probable es que la andoba se entendiera con Trafficante. No podía haber otra manca en los alrededores del Sans Souci, sólo ella, tenía que ser cauteloso para averiguarlo.

En eso pensaba aquella noche al salir del periódico. Pensaba en Yolanda —precisamente iba a su encuentro—, en la posibilidad de que el muñón no me dejara concentrarme como era debido. Traté de imaginármela desnuda, sin su brazo izquierdo. Me pregunté si no hubiera sido preferible que le faltara, por ejemplo, un pie. La fui cercenando en mi cabeza, como si me dispusiera a eliminar la evidencia; tal como solían hacer algunos criminales, quise descuartizarla antes de volverla a ver. Esas mesitas frente al Saratoga eran el lugar perfecto para un encuentro de esa índole, el mejor que nadie puede concebir. Si al encontrarla nuevamente descubría que era distinta de lo que esperaba, podía levantarme y desaparecer sin ruido. Aquel ambiente lo facilitaba todo.

Subí al automóvil, y acababa de prenderlo cuando sentí que alguien daba unos golpecitos en la ventanilla. Estaba oscuro y sólo vi un sombrero, vacilé unos segundos pero bajé el cristal. Su voz de cotorrita me sacó de dudas:

—No me digas que te asusté, Joaquinín. ¿Qué tal te va?

Era Berto del Cañal, cubría Espectáculos para *Prensa Libre*. Sus colegas le llamaban Lirio en Latica porque siempre iba vestido de blanco y manejaba un Packard color café con leche que por dentro olía a perfume; él afirmaba que era Fleur Sauvage, de Germaine Montiel, el único que se ponía su esposa. Tenía una esposa, aunque sonara ilógico, y además un hijo, botón de lirio de unos quince años, que a menudo lo acompañaba en su «latica».

—Quieren verte en Manrique, muñecón. Les advertí que estabas muy contento en *la Marina,* pero ellos insistieron. Yo cumplo con decírtelo.

Manrique era la calle donde quedaba la redacción de *Prensa Libre*. Berto me entregó una tarjeta: era del jefe de Redacción, tenía un teléfono anotado al margen.

—Llámalos, no pierdes nada. Te quieren para no sé qué, a lo mejor te hacen una ofertica buena.

Le di las gracias y me dirigí al encuentro de Yolanda. De momento, no podía pensar en otra cosa. Llegaba con tiempo suficiente para escoger una buena mesa, tomarme un par de tragos y verla acercarse por la acera. Cabía la posibilidad de que la gente se volviera para mirarla: Yolanda llamaba la atención, era algo así como la novia de Tamakún, el Vengador Errante, un personaje de mi niñez, aventurero de serial de radio que llevaba turbante, bigotico y sable. La novia era una esclava circasiana a la que describían con la piel oscura, los ojos claros y el lunar en la frente. Pedí un ron, intenté concentrarme en la música, una orquesta de mujeres que tocaba un danzón. Casualidad que ese danzón fuera el dichoso *Almendra*. Yolanda también se daba un aire a Aurora, la madre de mi amigo Julián. No en el físico, por supuesto, el parecido se daba en otro plano, a un nivel quizá un poco alegórico que se originaba dentro de mi cráneo, y que dependía totalmente de eso: de mi forma de percibirlas y, en cierto modo, acecharlas. Lo meditaba cuando la vi cruzar la calle, buscar con la mirada entre las mesas y descubrirme cuando me puse de pie para llamarla. Era más alta de lo que recordaba, algo menos huesuda, traía un vestido de flores muy ceñido, para mi horror sin mangas.

—No estaba segura si lo iba a reconocer —dijo, tendiéndome su única mano. Le contesté que yo, en cambio, estaba convencido de que la reconocería donde quiera que me la volviera a encontrar. Yolanda tuvo un gesto de incredulidad, le pedí que nos sentáramos y, para empezar, le hablé del trapecista, tenía que ser muy joven, un niño casi, ¿cuántos tenía?

—Dieciocho ya —suspiró. Es una manía de las madres: suspirar siempre que dicen la edad de sus hijos—. Lo tuve jovencita, con dieciséis.

Calculé en un segundo: treinta y cuatro años cumplidos, acaso treinta y cinco. No pensé que me llevara tantos. Era perfecto.

—Y un año después sufrí el accidente..., me tuvieron que cortar este cachito.

Señaló su brazo mutilado. Me pareció patético que despachara todo lo que le faltaba con esa estúpida palabra: cachito. Un cachito sus dedos, su mano de oprimir y acariciar, y su antebrazo suave. Casi nada. Llamé al camarero y pedimos dos tragos. La orquesta de mujeres tocaba otro danzón, *Isora Club,* era una noche calurosa, intensamente calurosa, los disparates de noviembre. Me pareció que Yolanda estaba acostumbrada no sólo a referirse con naturalidad a la falta de su brazo, sino también a beber ron. Le pregunté sin rodeos cómo había sido el accidente.

—Fue por mi profesión —usó un deje dramático—, que era una profesión mortal. Ahora soy secretaria, ayudo a las artistas como Kary Rusi, me ocupo de la correspondencia, les organizo el vestuario, las acompaño cuando van de compras, y a veces cuando van de viaje.

Hizo una pausa que aproveché para proponerle que fuéramos al Barrio Chino a comer algo. Solía salir del periódico con hambre, por lo general paraba en cualquier cafetería y me zampaba un sándwich, pero a veces el cuerpo me pedía una sopa cargada, la clase de sopa indescifrable que reinventaban cada noche los cocineros cantoneses. Salimos de los Aires Libres, le mostré mi máquina, el Plymouth verde que se llamaba Surprise, me preguntó si era soltero, una pregunta inútil porque se me notaba en todo, en el brillo y la disposición. Cuando entrábamos por Zanja, la calle principal del barrio, oímos a lo lejos una explosión.

—Otra bomba —musitó Yolanda, como si anteriormente hubiera habido alguna—. Miedo me da salir de noche.

—¿Miedo? —le pregunté, retirando mi mano un momento del timón para ponerla sobre la suya, que era la mano más sola que había visto nunca, quizá la auténtica sobreviviente.

Poco después, cogidos del brazo, entramos al Pacífico, un hervidero de camareros chinos y de trasnochados. Los chinos nunca miran de frente a sus clientes. Los trasnochados sí, desde las mesas nos miraban, formábamos una pareja muy poco digerible, yo diría que absurda. Yolanda, para empezar, pidió «maripositas», diminutas frituras que mojaba en la salsa antes de llevárselas a la boca. Las masticaba como si fueran mariposas verdaderas, con un furor recóndito que era como una clave.

6. El circo

Fantina. Ése es mi verdadero nombre. Sé que suena ridículo, a maromera o a mujer barbuda, y por eso, después del accidente, quise que me llamaran de otra forma. Escogí Yolanda porque así se llama mi hermana mayor, a la que no conozco, ni siquiera sé dónde vive, si es que vive. Antes de enamorarse de mi padre y de tenerme a mí, mamá tuvo otra familia: un esposo, unos niños, una suegra que vivía con ellos y que era costurera. Pero ocurrió que llegó un circo al pueblo —el pueblo está en Matanzas, se llama Coliseo— y el mago que venía con ellos empezó a preguntar si en el lugar había una costurera lo bastante buena como para que le arreglara una prenda importante. Le dijeron que la suegra de mi madre era la mejor de los alrededores, le dieron la dirección y allá fue el mago, con su capa bajo el brazo. Era portugués, bastante viejo, como de sesenta años, calvo y con orejas distraídas, más la barbita roja, esa chiva que distingue a los ilusionistas, un Belcebú total. Cuando entró en la casa, mamá estaba preparando el almuerzo, pero sintió como si el alma de aquel hombre hubiera enganchado la suya con un anzuelo finito y con un hilo invisible del que empezó a tirar, tirar, tirar, hasta que la cogió en la mano y se la echó en la boca. Ella me contaba que lo había visto todo: al hombre moviendo las manos como si recogiera el hilo, y luego saboreando, chupando como caramelo el pescadito blando que era el alma entera. Mamá decía que su suegra no lo había notado porque estaba ocupada remendando la capa, y sus niños tampoco porque eran demasiado pequeños. Yolanda, mi hermana mayor, tenía entonces tres años, y el varoncito, que se llamaba Fico, estaba de meses. Dos días más tarde, mamá huyó de la casa y del pueblo. El esposo, que era practicante, salió desesperado a buscarla, pero por el camino se encontró con alguien, una prima a la que mi mamá le había pedido que avisara que no iba a volver nunca y que la perdonaran. Ella estuvo viajando con el circo hasta que el mago se enfermó y murió. Al morir, sacaron los papeles de aquel hombre, y entonces mamá pudo saber su verdadera edad, que eran noventa años. Se lo dijo en el velorio a la gente del circo, pero nadie lo podía creer. Junto con ella, llorando frente al ataúd por el ilusionista muerto, estaba la mujer que le sirvió por años como partenaire, *y que era china. El portugués le decía Chinita. Todo el tiempo la llamaba de ese modo, cuando la metía en la caja de las espadas, o cuando la serruchaba. Chinita para acá y Chinita para allá, nadie nunca la llamó por su verdadero nombre. Mamá sospechaba que esa mujer había sido amante del viejo en el pasado, y que quizá lo seguía siendo, pero no podía hacer nada porque la china era callada y respetuosa, vivía aislada en su* roulotte, *caminaba con la mirada puesta en el suelo. La misión de mi madre era cocinar y mantener limpio su hogar itinerante, pero también debía cepillar las capas y los sombreros de donde salían los conejos, pues se llenaban de pelos, de caca y a veces de orín; no hay nada más apestoso que el orín de esos animales. El mago y otro hombre, que era el maestro de ceremonias, eran los dueños del circo, y cuando el primero murió, el segundo quiso quedarse con todo lo del espectáculo, con la caja de las espadas y con la caja de espejos, que era una maravilla, y hasta con los libros de enseñar a escapar, aunque estaban escritos en portugués antiguo. Mi mamá se reviró y dijo que aquellas cosas le pertenecían, la china la ayudó bastante, se puso de su lado y no dejó que nadie tocara ni siquiera una varita mágica. Eso ablandó a mi madre, le preguntó que a qué iba a dedicarse ahora, y ella le contestó que tendría que buscarse a otro mago que la serruchara, pero que no era fácil. Con los ahorros de Chinita, y lo poco que les había dejado el portugués, alquilaron un cuarto para las dos y otro para almacenar las cajas, vivieron unos días de luto y luego salieron a buscar trabajo. En el primer circo que visitaron, se interesaron tanto en el equipo como en mi mamá: era tan bonita que servía para bailar aquellas rumbas que cerraban las funciones. La china no era bonita ni fea, era un frijol, o un duende, con cicatrices en las piernas y en los brazos. Aun así logró que la aceptaran como* partenaire *suplente, pues el mago era un hombre comprensivo, un panameño que se hacía pasar por hindú y había adoptado el nombre de Sindhi. Mamá no duró tanto tiempo en el baile, porque se embarazó de un hombre que amaestraba perros (en un ambiente como aquél, no había mucho a lo que pudiera aspirar), y ése fue mi principio, de ese embarazo vine al mundo, algo raquítica, con los ojos tan pegados que hasta creyeron que era ciega, pero no, me los abrieron con aceite y me reí cuando me dio la luz. Crecí en el circo, con mi papá enseñándome lo de los perros, y Chinita enseñándome su profesión, que era la más difícil. A los seis años, estrené mi primera rutina: el mago me cubría con una sábana, me tocaba con la varita y al retirarla sólo estaba mi ropa, mis zapaticos vacíos. A los ocho fui serruchada por primera vez. Y a los diez hice mi primer «suplicio chino»: doce espadas y la lanza, yo encogida dentro del cajón, sintiendo el chirrido del filo contra la madera, pero no tuve miedo, ni mi madre lo tuvo tampoco. Ella se fue desligando poco a poco de ese mundo, y yo viajaba al cuidado de mi padre y de la china, hasta que mamá se desdibujó por completo, mi papá murió del corazón y Chinita se apropió de mí, me disfrazaba como ella y me enseñó a decir frases en cantonés. Idearon una especie de pase de comedia entre el mago y yo: Sindhi me hacía preguntas en español, y yo las con-*

testaba en chino, y eso a la gente del público les causaba gracia, los niños se retorcían de la risa. Recorrimos media Cuba, pasamos una vez por Coliseo, que era el pueblo de donde había salido mi mamá. Yo tenía trece o catorce años, y sabía que en aquel lugar vivían mis dos hermanos, una muchacha que se llamaba Yolanda y un muchacho que se llamaba Fico. A mí, por desgracia, me habían puesto Fantina, fue una idea del dueño del circo, que además era mi padrino de bautismo. Chinita averiguó en el pueblo, fue a la casa donde vivió mi madre, tocó en la puerta y le abrió el practicante, a quien le dijo, a bocajarro, que en el circo estaba trabajando una hija de Tula (Tula era el nombre de mamá) y que por lo tanto era medio hermana de sus propios hijos. Al practicante aquella noticia le cayó como bomba, se le nubló la vista y le gritó a Chinita que en aquella casa ya nadie recordaba a Tula; que a sus hijos no les importaba si tenían una hermana o dos, maromera o tarugo, les daba igual. Acto seguido, le tiró la puerta en la cara.

Ella no me lo contó enseguida, pues sabía que yo vivía con la ilusión de que mis hermanos vinieran a la matiné, se enorgullecieran de verme trabajar, no como maromera o tarugo (tarugos les dicen a los hombres que montan la carpa), sino junto al mago, haciendo los números más aplaudidos. Pero no fue así, mis hermanos no aparecieron por el circo, y al salir de Coliseo, Chinita me echó el brazo por encima y me aconsejó que me olvidara de ellos, que tenían que estar dolidos porque mi mamá los había abandonado cuando ni siquiera tenían edad suficiente para recordar su cara, y que no había nada más cruel en esta vida que no poder recordar la cara de una madre, si lo sabría ella, que no tuvo madre ni padre, y lo único que veía en su mente, cuando trataba de hacer memoria, era la cara del mago portugués que la crió. Le pregunté si no sería que el mago se la había robado. Y ella contestó que no, que estaba segura de que sus padres la habían regalado al nacer, era algo que solían hacer en China: los padres, cuando eran muy pobres, regalaban a las hembras, y no importaba que vivieran en Cuba, allí habían seguido siendo pobres y las chinitas eran un estorbo.

Poco tiempo después, ocurrió una desgracia en el circo. En la función de la noche, al empezar su número, el tragafuegos tuvo una arcada, sufrió un mareo o se le fue la mente, nunca pudo explicar cuál fue el motivo, pero escupió antes de tiempo el líquido inflamable que tenía en la boca y se le prendieron las ropas, algunas chispas saltaron sobre el público, cayeron en las sillas, que eran sillas de tijera, tan peligrosas cuando se vuelcan. Había poco público y gracias a eso la tragedia no fue mayor, todos lograron ponerse a salvo, pero el tragafuegos quedó hecho un guiñapo, vivo y consciente, pero asado hasta el alma, así gritaba el pobre. Lo llevaron a la Casa de Socorros y murió esa misma noche. Entonces se presentaron en el circo dos policías para investigar, y cuando preguntaron quién había visto lo que había pasado, di un paso al frente. Estuvieron haciéndome preguntas, algunas muy estúpidas, se notaba que no conocían la mecánica del circo. Al día siguiente se suspendió la función, de hecho continuamos hacia otro pueblo, y hasta ese pueblo me siguió uno de los policías, esperó que la función se terminara y me buscó tras la carpa: me pidió que nos casáramos. Chinita se entristeció, dijo que estaba arruinando mi carrera, que mi futuro sería el mismo que el de mi mamá, y que mis hijos, los que llegara a tener con aquel hombre, tampoco recordarían mi cara, pues yo, tarde o temprano, me iba a largar en cuanto apareciera un mago por la calle: los magos siempre vuelven, y casi siempre arrastran a un mismo tipo de mujer. «Eres igualita a Tula —recuerdo que me dijo Chinita—, no estás hecha para quedarte quieta». Lo pensé mejor y le pedí al policía que esperara unos meses, que yo tendría que pasar por aquel pueblo al final de la gira, antes de regresar a La

Habana, y que entonces decidiría si me casaba o no. Él se quiso despedir a lo romántico, nos vimos todas las noches, tres en total, me embaracé en una de ellas. Tengo este color clarito, y el policía era blanco. Mi hijo al nacer tenía la piel oscura. Me asusté mucho, pero Chinita me tranquilizó diciéndome que el niño, a quien le pusimos Daniel, había bajado casi asfixiado por el cordón umbilical, y que lo prieto, en realidad morado, se le iría quitando. La comadrona, para picarme, dijo: «Qué saltatrás tan lindo». Yo no sabía lo que era un saltatrás, pero ella me explicó que así les llamaban a los niños que salían con la piel más oscura que sus padres. Saltatrás o no, ya ves qué clase de muchacho tengo, un artista fenómeno, un bárbaro en el aire, casi un milagro, y a mí me gusta mirar ese milagro, clavarle la vista cuando va a saltar, hasta me llegan a doler los ojos, te juro que me duele todo, me muero pero siempre miro. Daniel estaba pequeño cuando me ocurrió lo del brazo. No fue culpa de Sindhi, yo me distraje al entrar en la caja y se me enredó un tacón, traté de zafarme en el momento en que cerraron las compuertas, pensé que iba a poder acomodarme y por eso no hice nada por detener el espectáculo, pero la espada entró, no conseguí poner el brazo en la posición correcta y me cortó bastante, pegué un grito, nadie lo oyó en el público, pero a Sindhi se le cayó el mundo, le temblaba la voz cuando me susurró: «¿Estás herida, estás herida?». Yo le pedí que siguiera, no quería que los niños me vieran chorreando sangre, no quería arruinar el número allí mismo. Sindhi continuó metiendo las espadas, ya más ninguna podía hacerme daño. Al terminar y abrir las compuertas, había un charco de sangre en el suelo. En el público creyeron que era parte del truco, yo había desaparecido y ya no volví a salir porque me llevaron derecho a la Casa de Socorros. Me curaron y me vendaron, pero la herida se infectó, sufrí muchísimo, estuve a punto de morir y le encargué a Chinita que cuidase de mi hijo. Luego de eso caí en un sopor, estuve inconsciente un par de días y cuando desperté, mi brazo había desaparecido. A mi lado estaba Chinita con el niño en brazos, también estaban Sindhi y el dueño del circo, mi padrino, a ambos se les salían las lágrimas y prometieron que nunca me iban a desamparar. Yo tenía diecisiete años y recordaba la cara de mi madre, creía recordarla. Ella se enteró de mi accidente y reapareció, entonces me di cuenta de que la cara real no coincidía con la cara de mis sueños, o con la cara que yo guardaba celosamente en mi memoria. Mamá me dejó un poco de dinero, las tardes que pasó junto a mí, cuidándome en la cama del hospital, las aprovechó para contarme cosas, toda esa historia del mago portugués que la arrastraba con el anzuelito invisible. Me aconsejó que buscara al padre de mi hijo, dejara el circo y también a la china, que ya estaba bueno de vagar con extraños. No le hice caso. Me quedé varios años con las únicas personas a las que en realidad consideraba de la familia, haciendo diferentes trabajos, como ayudar al dueño del circo en la contabilidad; ya no servía para que me serrucharan, en cierta forma estaba serruchada. Mi hijo se inclinó por el trapecio, nadie se lo inculcó, fue algo que él escogió por su cuenta. Uno debería escoger su vida, por lo menos escoger su nombre. ¿Quieres nombre más mierda que Fantina?

7. Pescado y ojos

Algún tiempo después, logré entrevistar al guardaespaldas, mandadero y chófer ocasional de Anastasia, un hombre al que apodaban Cappy. Se pudría en la cárcel, literalmente se pudría, tísico y abandonado a su suerte. Anthony Coppola, que era su verdadero nombre, accedió a escribir en mi libreta, con su letra de segundo grado, aquella frase que rumiaba Anastasia cuando lo contrariaban: *Chi boni su li paroli di li muti!* (¡Qué bonitas son las palabras de los mudos!)

También me contó que su patrón, cuando limpiaba el revólver, o cuando se preparaba para salir a ajustar cuentas, solía entonar una vieja canción calabresa. Cappy la tarareó para mí, y aún recuerdo la manera quejumbrosa en que cantó el estribillo: «... *sangu chiama sangu*». (Sangre llama sangre.)

Nada de eso habría sabido si no hubiera acudido a la entrevista con los de *Prensa Libre*. Y estuve a punto de no acudir. Me desagradaba la idea de trabajar junto con Berto del Cañal en Espectáculos. Bastante tenía con mi cruz, que era el pervertido del Flaco T., pero en el *Diario de la Marina* al menos me daban un buen sueldo, no se ponían escrupulosos con el horario, y tenía un par de colegas jodedores con los que se podía jugar al cubilete los jueves por la noche, y con los que luego me escurría al Mambo Club, uno de esos lugares donde se mostraban fotos de preciosas desnudas (algunas de ellas vírgenes), aunque nosotros nunca escogimos a las mujeres mediante aquel sistema, sólo íbamos a beber y a dejar que nos mimaran por escribir donde escribíamos: el periódico más poderoso del país.

La entrevista no fue en la redacción de la calle Manrique. Lo hicieron de una manera discreta, supongo que no querían que se supiera de antemano que estaban reclutando a un periodista de otro diario. Me citaron a las doce de la noche en el Mercado Único, otro lugar muy típico de amanecidos. El jefe de Redacción pidió que lo esperara en uno de los puestos de comida, me dio instrucciones concretas sobre el puesto en cuestión, la disposición de las banquetas y el mostrador semicircular, y hasta el nombre del cocinero, un tal Aquino cuya especialidad era la sopa de pescado y ojos; la llamaba de ese modo porque, además de la masa del pescado, ponía los ojos que arrancaba de las cabezas de los pargos, y también agregaba unas aceitunas negras, ése era el chiste. Llegué a las doce y cuarto y estuve solo durante un buen rato, pero en cuanto Aquino me puso el plato con la sopa, un hombre que estaba unas cuantas banquetas más allá, y que ya había terminado de tomar la suya, se levantó y vino a sentarse junto a mí. Traía un ejemplar de *Prensa Libre* bajo el brazo.

—Eres Joaquín Porrata, ¿verdad? Yo soy Madrazo.

No nos estrechamos las manos, él no hizo el gesto y sentí que no debía forzarlo. Después pensé que la escena tenía que parecer algo ridícula. Yo apuraba cucharadas de sopa sin mirar a nadie, como un niño al que están obligando a comer.

—Nos interesa esa historia de Anastasia, hay muchos cabos sueltos.

Un ojo se movía en el fondo del plato, un ojo de verdad, no una aceituna. Se me ocurrió que provenía de otro animal, que no era de ningún pescado, fue una iluminación, algo que hubiera querido descartar a solas. Al jefe de Redacción de *Prensa Libre*, el tal Madrazo, no lo había visto nunca. Reparé en su nariz, que le descalabraba el rostro, tenía marcas de acné, labios finitos y una sonrisa de galán de cine, muy cuidados los dientes, eso sí, hasta tenía un bordecito de oro en un colmillo. Eso me asombró bastante: el oro en los dientes para mi papá era sinónimo de chulos o de pendencieros. Y yo inconscientemente había heredado esa opinión.

—Tú ibas a escribir algo y te lo censuraron, ¿o me informaron mal?

Me pregunté quién le podría haber contado el incidente con Juan Diego. No podía haber sido el Flaco T., que para las cosas del periódico era una tumba, servil hasta la médula, un conejo obsequioso capaz de lamer el trocito de buró donde el director del *Diario de la Marina* apoyaba sus zapatones de dos tonos.

—Mezclé dos historias —empecé con cautela—. La verdad es que me enviaron a escribir sobre la mierda esa del hipopótamo, y encontré otra cosa.

—Encontraste oro —dijo Madrazo—. Escucha bien: Santiago Rey ha prohibido que se publique una sola palabra sobre la muerte de Anastasia. Castillo está vigilado y amenazado, nosotros también habíamos encontrado algo.

Santiago Rey era el ministro de Gobernación. Castillo era el mejor reportero investigativo del país, un sabueso que se las daba de infalible, ése era su gran defecto, últimamente se ponía dramático y había perdido la frialdad, que es lo último que se puede perder en esta profesión. Madrazo guardó silencio porque Aquino se acercó en ese momento para servirnos otros dos platos de sopa de pescado y ojos que nadie le había pedido, pero que no rechazamos. Aparte, puso un platico con limones partidos y bolitas de plátano.

—Me han dicho que tienes un buen archivo —prosiguió Madrazo en un tonito jocoso que me encabronó—, que sabes mucho de esa gente, me refiero a los pejes gordos, quién manda a quién, de qué casino se ocupa cada cual, dónde viven...

—No tengo nada —contesté lo más rápido que pude—. Estoy en Espectáculos, con el Flaco Tirso.

Madrazo perdió la sonrisa. Le molestaba el humo de la sopa, o le molestaba el olor, punto. El caso es que echó el plato a un lado y se volvió hacia mí, se acercó hasta poner su nariz a cinco centímetros de la mía.

—No me jeringues, Joaquín. Te cité en este chiquero para que pudiéramos hablar. ¿Sabías que éste es el único lugar donde se puede hablar? Fíjate si confío en ti: Aquino está en la nómina de *Prensa Libre*. Ya sé que te desperdicias en los cabarets, por eso te mandé a buscar. Múdate para Manrique.

La conversación me daba hambre, o ansiedad, no sé. Cogí un par de bolitas de plátano y las eché en la sopa. Pensé que las bolitas eran también como los ojos de otra bestia infame, un pez mayor, cegado por capricho.

—La oferta es ésta: mantenemos el mismo sueldo que te pagan ahora, aunque tendrás que viajar, queremos que vayas a Nueva York.

Se echó hacia atrás, recuperó su plato y empezó a tomar la sopa, el segundo plato de sopa, sin entusiasmo aparente, con la mente puesta en lo próximo que iba a decir. Madrazo me aseguró que Anastasia había movido cielo y tierra para obtener el control del casino del Hilton, próximo a abrirse en La Habana, y hasta le había pedido ayuda a su hermano, «Tough» Tony Anastasia, considerado el amo de los muelles de Brooklyn, para que presionara a la Unión Gastronómica cubana, con cuyos fondos se estaba construyendo el hotel.

—Ya están en guerra —masticó Madrazo, y al masticar producía pequeños chasquidos, como si las bolitas reventaran bajo sus dientes—, se están empezando a matar y ni siquiera se sabe si el hotel podrá estar listo en marzo. Pero va a ser una minita de oro.

Levanté la vista, no podía tragar más caldo.

—Ahora tú escoges. O vienes para Manrique y trabajas en esta historia de gente grande, o te lavas las manos y sigues entrevistando a Kary Rusi, la entrevistaste, ¿no es verdad?

Me eché a reír, puro nerviosismo.

—Fui a preguntar por Trafficante. Nadie lo conoce en el Sans Souci.

Madrazo soltó una carcajada, lanzó una lluvia de saliva sobre su propia sopa. Luego se le quedó una sonrisa condescendiente, me joden cantidad esas sonrisas.

—Óyeme, niño: Trafficante está en Nueva York. Está por allá desde hace días. Eso fue lo que averiguó Castillo: que el Santo había salido en el mismo vuelo en que salieron cuatro cubanos, pejes gordos que no piensan ceder ni una pizca de sus intereses en el Hilton, ¿agarras la idea? Se hospedaron todos en el Hotel Warwick, fiestearon esa noche en el Copacabana, invitaron a comer a Anastasia y sonsacaron a Cappy, ¿sabes quién es Coppola?

No, no lo sabía, pero ya había visto su nombre, precisamente en aquella misteriosa carta que me había cedido Bulgado: a Cappy le encargaban conseguir mujeres y whisky para unos tipos que, según decía el papel, estaban acostumbrados a vivir en grande.

—Dicen que traerán a Joe DiMaggio como *greeter* del Hilton. Anastasia estuvo de acuerdo y todos se fueron a cenar a Mario's. Eso ocurrió tres o cuatro días antes de que acribillaran a tu hipopótamo favorito.

Madrazo no era gordo, pero tenía voz de gordo, esa manera de acezar y de quedarse con el aliento empañado después de ciertas frases. Yo estaba aturdido, en ese punto sentí que me quedaba en blanco, eran demasiados datos para un cerebro en vilo. Le hice seña a Aquino para pedirle un ron, necesitaba una bebida contundente.

—Prometí al hombre que trabaja en el zoológico que lo llevaría a la inauguración del Capri.

Madrazo no caía. Me miró como en espera de algo, de otra pequeña pista.

—Es un tipo que trabaja allí cuidando a los leones y tiene un afán medio maricón por conocer a George Raft. Quiero que me cuente algo que él dice que sabe sobre un mensaje para Anastasia... No sé, pienso que no pierdo nada con llevarlo al Capri, y a lo mejor me da una buena pista.

Eran más de las dos de la madrugada y al mercado empezaban a llegar los dueños de los puestos matutinos. Se oía un estrépito de cajas que chocaban unas con otras, voces distintas a las voces de los trasnochados. Aquino bostezó varias veces, y Madrazo y yo bajamos el ron en silencio. Luego él sacó un par de billetes, ni siquiera preguntó cuánto se debía, los puso sobre la mesa y Aquino los recogió en el acto.

—Qué coño —musitó Madrazo—, me estoy acordando ahora mismo de una película de Raft, una que hizo con James Cagney, yo la vi de muchacho.

Pensé en Bulgado, era la clase de conversación en la que él hubiera podido lucirse.

—A Raft lo meten en la cárcel y se encuentra con Cagney, que es periodista pero está preso allí, y va Raft y le dice: «*Write a piece about me. I like my name in the paper*». Yo digo esa frase a veces, para joder a los muchachos en el periódico. Es una película bastante vieja, tú estarías chiquito cuando la estrenaron, a lo mejor ni habías nacido, ¿cuántos años tienes?

—Veinticinco —mentí—. Recién cumplidos.

Luego de eso, Madrazo propuso que nos fuéramos.

—Cada uno por su lado —recomendó bajito—. Piensa en mi oferta.

—Toda la noche —prometí—. Mañana le contesto.

Lo de la noche era un decir, dentro de nada empezaría a clarear. De todas formas, la decisión estaba tomada. Y mi tiempo, el resto de la madrugada, quedaba libre para entregarme a un pensamiento fijo: Yolanda, la caja de las espadas, un hilo de sangre que bajaba por los recovecos del maldito truco. Empezaba un amor peligroso, lo supe porque no sentía por ella ni un poquito de lástima, no había piedad en mi forma de querer abrigarla, en mi pasión por retenerla. Estaba yendo desnudo al sacrificio, sin el consuelo de que más adelante me salvaría la frialdad, o me salvaría el desdén. No puede haber desdén donde antes no hubo compasión.

Al llegar a casa, cuando encendí la luz, vi a mi madre y me sobresalté, aunque no quise demostrárselo. Dijo que me estaba esperando porque había oído sirenas y la explosión de unos petardos. Le contesté que yo sabía cuidarme, que se durmiera tranquila. Lo dije en un tono que no dejaba dudas: la estaba excluyendo, lo había hecho siempre, quién sabe desde cuándo, probablemente desde que salí de su vientre.

—Tu hermano tampoco ha llegado —añadió mamá.

—Por ése no te preocupes. Ya estará en la cama, siempre está en alguna cama con alguien.

Mamá asintió con un gesto desconocido en ella, me dio la impresión de que iba a echarse a llorar, pero no.

Se levantó y se fue. Era imposible adivinar si papá estaba o no estaba en la casa. Era un poco impredecible en eso: podía pasarse una semana en que llegaba a las seis de la tarde, directo desde la oficina, como podía pasarse otra en que no se le veía el pelo hasta las tres o las cuatro de la madrugada, así un día tras otro.

Fui a la cocina y abrí una lata de anchoas. Comí sin hambre, por el gusto de pinchar los rollitos con un palillo y acompañarlos con cerveza. Tenía que contarle a papá que me iba a otro periódico. Al fin y al cabo, gracias a él había logrado entrar en el *Diario de la Marina,* pero ahora me iba, me largaba de allí. No volvería a hacer antesalas en las estaciones de radio. Nada de ir al aeropuerto para recibir a Juanita Reina o a Renato Carosone, qué me importaban ellos. No más competencia con Pacopé o Don Galaor (alias Ron Galeón), ni mucho menos con el Gondolero, ese espantapájaros que recorría los canales llevándose las mejores exclusivas. Yo terminaba allí, me despedía del Flaco T. y me dirigía a desvelar el misterio que rodeaba la muerte del Gordo A. Era el periodismo que siempre había soñado hacer. La oportunidad que por tanto tiempo había estado buscando.

Un hipopótamo lo había hecho todo.

8. Apalachin

Era mi segundo día en *Prensa Libre*. De momento, mi trabajo consistía en organizar y clasificar información sobre un descomunal proyecto hotelero que empezaba a cocinarse en la penumbra: cincuenta hoteles en distintos puntos, que recorrían un abanico de lugares perfectos, desde las riberas del río Jaimanitas a la playa de Varadero. El primero habría de ser el Montecarlo, al oeste de La Habana; me mandaron revisar las escrituras y abrir un fichero con los nombres de los accionistas. En eso estaba, silbando una canción de Frank Sinatra, porque acababa de descubrirlo entre los futuros dueños, cuando se me acercó Madrazo y dijo: «¿Qué hubo?». Le puse ante los ojos el papel, le mostré el nombre de Sinatra, y mientras se lo mostraba, dejé de silbar la melodía y la canté bajito: *«How little we know, how much to discover...»*. En realidad, disfrutaba hurgando en aquellas escrituras, de aquí y de allá surgían nombres interesantes, mi fichero engordaba por minutos y aún quedaban demasiados cabos sueltos: la canción nos venía como anillo al dedo. Por eso me molestó la indiferencia de Madrazo, que echó a un lado el papel y tomó aire con una expresión cansada, o muy estudiada, o acaso cínica, el cinismo es puro agotamiento. Miró a ambos lados para asegurarse de que no pudieran oírlo.

—Trafficante está preso —soltó en voz baja, en un tono muy suave—. Es lo que dicen, habría que confirmarlo. Hubo una reunión en Nueva York, alguien dio un chivatazo y la policía los agarró a todos.

La canción se me congeló en los labios. Lo poquito que yo tenía, lo poquito que había podido averiguar a través de Yolanda (quien de paso me negó, ofendida, cualquier vínculo amoroso con el dueño del Sans Souci) era que Trafficante había viajado a Nueva York en busca de unas mesas para dados, lo más moderno del mercado, un diseño que habían probado ya en Las Vegas. Pero yo no me chupaba el dedo. Tuve el presentimiento de que Trafficante había sido enviado por Lansky, viejo zorro que se fingía medio retirado ya de los negocios, para advertir que en La Habana no tolerarían a los intrusos. Lo del hipopótamo había sido un error de cálculo: se suponía que lo deberían haber espantado y sacrificado a mediados de octubre, de modo que la avanzadilla de Anastasia, que a la sazón estaba en La Habana, recibiera el mensaje antes de que fuera demasiado tarde. Y el mensaje era que se alejaran, que se abstuvieran de presionar y sobornar. Anastasia había entrado como un toro, su enorme nariz había olfateado los aromas de un guiso imposible: cincuenta hoteles en fila, en una ruta imaginaria que desbordaba poder, derroche, sumas inconcebibles. Supuse que Trafficante llevaba esa encomienda para soltarla en el lugar preciso, ante dos o tres representantes de las mafias de Nueva York. Lo que no me imaginé es que se dirigiera a una convención en toda regla, con familias notorias provenientes de distintos estados, en la casa de un hombre que siempre había sabido moverse entre dos aguas: Joseph Barbara.

—Prepara tus cosas —me apuró Madrazo—. Averiguaremos si hay algún vuelo esta tarde.

Querían adelantarse a la censura. La meta era tener la crónica lista en un par de días. En ese lapso de tiempo yo tendría que confirmar los arrestos, en especial el del dueño del Sans Souci, y recopilar los datos necesarios para vincular esa reunión del hampa con el negocio de los

casinos de La Habana, y con la construcción de los nuevos hoteles. Madrazo dijo la palabra mágica:

—Apalachin. Es un pueblito al norte de Nueva
York, cerca de unos lagos, o de un río, la verdad es que no
sé. Estará cerca de algo. Allí se celebró la reunión.

Recogí mis papeles y llamé a Bulgado. La suegra
me informó que acababa de salir para el zoológico. Colgué
y llamé a Yolanda. Contestó al primer timbrazo y ese
detalle me enterneció: ya que le faltaba un brazo, trataba de
compensar esa carencia reaccionando rápido, sobre todo
en los pequeños detalles de la vida diaria. Le expliqué que
me iba de viaje y que quería que almorzáramos juntos.
Preguntó que cuándo me iba. Era lo que yo andaba buscando, el efecto melodrama de una partida súbita.

—Esta tarde —respondí—. Ya casi.

La ponía en aprietos y estaría pensando en lo
próximo que iba a decir. Seguro se mordió los labios,
preguntándose si aquel almuerzo sería o no decisivo.

—Me manda el periódico para escribir unos artículos —añadí—, y no puedo negarme, como acabo de
empezar...

Dejó de morderse los labios y preguntó que adónde
me mandaban.

—A Nueva York, imagínate. ¿Almorzamos o no?

Luego de aquel encuentro que culminó con la
comida en el Pacífico, nos habíamos visto otras dos veces,
ambas para ir al cine, de una manera cándida porque al
final tomábamos helado en la cafetería del América, o en
El Carmelo. En ambas ocasiones insistió en lo mucho que
le disgustaba llamarse como se llamaba. La consolé inven-
tándome que Fantina era un nombre fácil, ideado para
que los niños lo aprendieran a la primera, pero que en
el fondo era enigmático, según quien lo pronunciara.
Aproveché para decirle que, con el tiempo, ella tal vez me

ayudaría a comprender las cosas del circo, que desde niño aborrecí porque me parecían absurdas. A mi hermana le pasaba igual, lo detestaba tanto como yo, aunque en el caso de ella había quedado un halo de ilusión. Eso no lo sabía entonces, lo supe muchos años después, cuando mamá murió, en la deprimente noche que pasamos solos en la funeraria. Allí mi hermana me contó en susurros que la primera mujer que la sedujo estaba en el circo, y que no fue una enana ni una equilibrista, sino alguien del público, una señora como nuestra madre, que había llevado a su pequeño hijo. Lucy calculaba que ella tendría unos doce años, no estaba segura si eran doce o trece, de lo que sí estaba segura es de que ya le habían salido tetas. La mujer dijo que iría a buscar un algodón de azúcar y le preguntó a mamá si le podía cuidar al niño, sólo unos minuticos. A continuación, como si se le acabara de ocurrir, le preguntó a Lucy si no quería acompañarla; Lucy miró a mamá, y mamá le dijo que fuera, puesto que la mujer probablemente le pareció buena persona. Es verdad que compraron algodón de azúcar, pero en lugar de caminar de regreso a la carpa, se desviaron por un sendero detrás de las jaulas, hacia lo más oscuro, con olor a mierda de elefante. La mujer de repente se inclinó y la besó en la boca, creo que mi hermana se mostró contenta, pues luego del beso se abrazaron, se tocaron un poco y volvieron en silencio a la carpa donde mamá las esperaba inquieta. El algodón de azúcar estaba sucio, Lucy se sentía renovada y la mujer victoriosa por haber dado en el blanco.

—Te voy a freír un bisté —dijo Yolanda—. ¿A qué hora vienes?

Era una novedad. No comíamos en ninguna parte. Una mujer cubana que se aproxima al sexo preparará bisté. Lo sospechaba entonces y lo comprobé con los años. Yolanda enfatizó el «bisté», y a mí, al otro lado del teléfono, se me encendió la cara. Le prometí que estaría en su casa a la una, recogí mis papeles y partí hacia el zoológico. Encontré a Bulgado junto a su ayudante, descuartizando a una mula. Llevaba botas altas y delantal de hule, tenía la cara salpicada de sangre.

—Necesito que me hagas un favor —le grité sin necesidad, no había ruido allí y pude haber hablado en otro tono, pero la sangre de la mula, la carne desgarrada, todo me dio una sensación de escándalo. Bulgado me pidió que lo esperara afuera. Le dije que daría una vuelta y que volvería en media hora. Me quité el saco y caminé un rato bajo el sol, se me empapó la camisa y decidí sentarme. Delante de mí había un estanque, y caí en la cuenta de que, por pura casualidad, había ido a parar al lugar donde vivió el hipopótamo sacrificado. Flotaba un tufo inconfundible en los alrededores, no era el tufo común de los excrementos, sino otra cosa, un remotísimo olor a podrido. Otro hipopótamo, sospecho que la inconsolable hembra, asomó la cabeza y resopló desde el agua. Saqué mi libretica y empecé a escribir una especie de guía. Lo primero sería presentarme en Apalachin, buscar una pensión donde hospedarme y recoger impresiones. Más tarde, cuando regresara a Nueva York, aprovecharía para averiguar nuevos ángulos de la muerte de Anastasia. Primero que nada, deseaba entrevistar a Cappy, aquel tipo detenido al día siguiente del asesinato bajo los raros cargos de «vagancia» y «testigo material de los hechos». Luego intentaría hablar con el barbero que afeitaba a Anastasia en el momento en que le dispararon, que no era su barbero habitual, y que, según los datos que habían salido por el teletipo, respondía al nombre de Anthony Arbissi, con residencia en Brooklyn.

No tuve que regresar al matadero porque Bulgado

vino a mi encuentro, tenía un aire desconfiado, preguntó si había pasado algo. Negué con la cabeza.

—Ya sé que tenemos un trato —empecé con cuidado—, pero ha surgido un imprevisto, salgo esta noche para Estados Unidos.

Bulgado me dirigió una mirada dolida.

—Entonces no estará aquí para la fiesta con Raft.

—Claro que estaré. Falta mucho para eso, como diez días, y yo voy a regresar en cinco o seis.

Con las manos manchadas aún por la sangre de la mula prendió un cigarro. No quise darle tregua.

—Tienes que comprender, Nick, Johnny..., ¿cómo quieres que te llame hoy? En el periódico me mandan por lo de Anastasia. Me piden que averigüe más, pero no puedo averiguar si tú no me dices cómo conseguiste ese papel, la carta de Trafficante. Ni siquiera sé si es legítima.

—Me la dio una mujer —dijo Bulgado, fumaba parsimonioso y parecía tan serio—, es una amiga mía que limpia habitaciones en el Hotel Rosita de Hornedo, ni mi señora ni mi suegra deben saberlo. De vez en cuando nos juntamos, yo la ayudo con algo, ella tiene un esposo pero está en la cárcel.

Una historia de amor, repulsiva además, tomando en cuenta que la pasión adúltera entre una camarera dedicada al espionaje y un brutal cuidador de leones, mula desguazada de por medio, tenía que trenzarse de una manera diferente, con otras reglas y otro incienso imprevisto.

—Me pasó igual que a George Raft —presumió Bulgado—. ¿No vio esa película en que él se dedica a poner fianzas y se enamora de una mujer que tiene al marido preso?

Negué con la cabeza.

—Pues ésta, a mí, me ocultó un par de cosas: que

era casada, y que el marido estaba cumpliendo una condena por robo. A ella le digo que mi nombre es Vince, como Raft en la película, y se ríe la muy cabrona, sabe que no es verdad.

Bulgado había pronunciado «Binse». Yo sentí que se me acababa el tiempo.

—Y entonces, ¿cómo encaja lo del hipopótamo?

—En un zoológico se pueden hacer muchos favores —confesó entre dientes—. Yo mismo los he hecho, muy poquitas veces, dos o tres a lo sumo. Nunca he matado a nadie, eso no, pero la carne de caballo se presta para que la mezclemos, ¿entiende lo que quiero decir? Ahí tiene a Lázaro, el negro que me ayuda, él se encarga de traer ciertos paquetes, esos paquetes grandes, de pescuezo para abajo, ¿me sigue?, no le vemos la cara a nadie, ya los trae sin cabeza, los descuartiza y los junta con los trozos de un animal, un caballo o lo que sea que les demos de almuerzo a los leones. Le he dicho esto, pero ahora lo borra. Hágase la idea de que no he dicho nada.

Lo borré a medias. Todavía me preocupaba aquella carta atribuida a Trafficante, no me acabada de tragar el cuento sobre la amante camarera que en vez de llamarlo Bulgado, Johnny, o Nick, lo llamaba Vince, que seguramente ella también pronunciaba como «Binse».

—Hemos hablado mucho —dije, como si me estuviera resignando—, y todavía no confías en mí. Ni siquiera me has dicho quién mandó soltar el hipopótamo.

Bulgado sonrió. Su sonrisa era de astucia, o de plena desconfianza, sólo una línea muy indecisa y trémula separa una cosa de la otra.

—Un tal Raúl —reveló de pronto—, me dicen que trabajó en el Sans Souci. Eso no me consta. Tiene un club que se llama Club 21, nunca he estado por allí. Fue él quien contrató a Tiñosa, y Tiñosa se buscó unos ayudantes, dos negros que siempre están con él: Niño en Pomo y

Jicotea. Entre los tres consiguieron que el hipopótamo escapara, a esos animales les gusta correr de noche, van cagando y regando toda la mierda con el rabo. No sé quién llamó a los soldados, pero ellos vinieron y dispararon contra el angelito. Digo yo que será un angelito, el inocente se murió por gusto.

Guardamos silencio, nos quedamos mirando hacia el estanque, arreciaba el calor y «la viudita» seguía bajo el agua. Le prometí a Bulgado que me comunicaría con él tan pronto regresara de mi viaje, y que por nada del mundo rompería mi promesa de llevarlo a la fiesta de inauguración del Capri. De allí corrí a mi casa para recoger lo indispensable y meter ropa en una maleta. Mi madre estaba hablando por teléfono y me vio pasar como si viera a un fantasma, se sobresaltó, no me esperaba a esas horas, y mucho menos esperaba verme salir al cabo de unos minutos, con una gabardina colgada del brazo y aquella maletica anticuada. Ni siquiera había terminado su conversación telefónica. La oí que dijo: «Luego te llamo, Aurora». Sentí un escalofrío, Aurora era un pinchazo en la memoria (esa parte de la memoria que uno guarda en el bajo vientre), no la había visto en mucho tiempo, calculé que habían pasado un par de años desde la última vez que estuve por su casa, y eso porque Julián había tenido un accidente, o no exactamente un accidente, sino una pelea con un pelotari; para esa época vivía y moría en el frontón e intentó quitarle la novia a un jugador. Se valió de un truco muy humano, le dijo a la muchacha que el pelotari en sus raticos libres se veía con otro hombre. Ella no lo creyó, ninguna novia está en disposición de creer lo que sí es. El pelotari, que acababa de romper con el otro —un arquitecto conocido— y que quizá por eso estaba desolado, se desquitó con Julián, le propinó más golpes de los que merecía por tan poca cosa. Recuerdo que Aurora me recibió afligida, y recuerdo también que Julián, inmóvil en la cama, admitió que le habían hundido una costilla hasta los chicharrones, usó esa frase, y que de milagro estaba haciendo el cuento. A la hora de irme, cuando Aurora me acompañó a la puerta, me le eché encima y traté de besarla. Ella me dio un empujón, dijo que a su casa no volviera nunca, que bastante sufría con ver a su hijo en esas condiciones, como para permitir que otra persona le hiciera lo mismo al hijo de una amiga. Esa otra persona era sin duda el hombre con quien yo la había visto bailar. Seguían juntos, lo habían estado por años, y en los últimos tiempos él acostumbraba pasar las noches en la casa, ya que Julián apenas paraba por allí. Aurora acababa de comprender que de aquel niño que ella solía invitar al cine para que el suyo no se sintiera solo, quedaba ya muy poco. O quedaba lo esencial: un espasmo en el tiempo, una dolida forma de acecharla, nada que no hubiera sobrevivido con coraje y deseo.

—¿Para dónde vas?

Mamá estaba asustada, se lo noté en la voz, en la manera de abrir mucho los ojos y comprender que todo en esa casa había llegado demasiado lejos.

—Cogí prestada la gabardina de Santiago —le contesté—. Díselo de mi parte, que no me dio tiempo de esperarlo.

—Te he preguntado que para dónde vas —pronunció despacio, como si le hablara a la pared, a esa pared súbitamente desconocida que era su hijo de veintidós recién cumplidos.

—Nueva York. Tú sabes que empecé en *Prensa Libre,* y ellos quieren que haga un reportaje allá.

—¿Un reportaje de qué?

—De una reunión, y de unos tipos que metieron presos.

Le había dicho la verdad porque tenía prisa y me

daba pereza decirle cualquier otra cosa. Contestarle, por ejemplo, que ése era un asunto que a ella no le importaba, lo cual suponía un esfuerzo, un determinado tono de voz. También me hubiera dado pereza decirle una mentira, poner en marcha la imaginación para inventar una excusa que no tuviera que ver con la realidad.

—¿Cuándo te vas?

Mamá empezaba a desesperarme. Puse la maleta en el suelo y me aflojé el nudo de la corbata, quería llegar a la casa de Yolanda con el nudo de la corbata flojo.

—Esta tarde. Te llamaré desde Nueva York. Estaré en el Park Sheraton.

Lo solté a lo loco y me encandiló la idea, ¿cómo no se me había ocurrido antes? Le pediría a Madrazo que me hiciera la reservación allí. Al decir Park Sheraton habían venido a mi cabeza los fogonazos en la barbería, dos disparos, cuál de los dos más seco, y Anastasia que se desplomaba, aún con vida. Se arrastró desde el sillón donde lo estaban afeitando hasta el sillón de al lado, y allí hizo un último esfuerzo por incorporarse, pero fue inútil, resbaló sobre su propia sangre e instintivamente se palpó el bolsillo. En la billetera llevaba la estampita de San Francesco d'Assisi que le había dado Elsa, su mujer, y las fotografías de sus cuatro hijos: la más pequeña tenía ocho meses, el mayor era de mi misma edad.

—¿Park Sheraton?

—Sí, mami. Séptima y 55.

Cerré la puerta con delicadeza y subí al automóvil bastante risueño, feliz de haberme podido contener y comportarme como un hijo dulce. Santiago, por su parte, se iba a alegrar de saber que su hermano viajaba rumbo a Nueva York, una ciudad que, según él, lo trastornaba desde que ponía pie en ella. Seguro que le importaba un rábano que me hubiera llevado su gabardina; al contrario, estaría feliz de que me quedara pintada. Así era mi hermano, generoso con lo que le sobraba.

Me dirigí al apartamento de Yolanda, enclavado en el cuarto piso de un edificio que quedaba cerca de la Universidad. Desde abajo miré hacia el balcón, había una puerta cerrada y otra abierta, supuse que ella había estado allí esperándome, intranquila porque yo no había llegado a la hora convenida, hasta que divisó el gran Plymouth, que era verde y no por gusto se llamaba Surprise. Sólo entonces se volvió a meter en el apartamento y sacó la sartén para freír la carne. Todo eso fui pensando en el elevador, y de repente me di cuenta de que no le había comprado nada, ni unas flores, ni unos bombones, ni siquiera le llevaba una botella de Marsala all'Uovo, el licor preferido de mamá, con lo fácil que hubiera sido coger una del bar. Tan sólo le llevaba el drama de tener que despedirme dentro de una hora, a lo sumo hora y media. Eso estremece a las mujeres. Esa tensión contra reloj.

Un rato más tarde, mientras se levantaba de la cama donde acabábamos de hacerlo por primera vez, Yolanda tuvo una reacción extraña, esa clase de fosforescencia femenina, híbrido entre la roña y la intuición.

—Qué nombre más raro tiene ese lugar.

Le pregunté que a qué lugar se refería.

—Ese del que vas a escribir.

—¿Apalachin? No sé, ¿a ti te parece raro?

Prefirió guardar silencio. La sentí trajinar en la cocina y oí crepitar la manteca caliente. Miré a mi alrededor y comprendí que me hallaba en un apartamento limpio y cuidado, me conmovió que todo lo pudiera hacer con su delgado brazo. Cerré los ojos. Desde ese instante, Apalachin era un lugar mejor.

9. «En un paraíso del Asia»

Hace un rato, mientras adobaba la carne, me acordé de Chinita. Cuando a los quince años quise casarme con aquel policía, ella me aconsejó que no lo hiciera, dijo que yo me parecía demasiado a mi madre y que no estaba hecha para quedarme quieta. Más tarde, cuando perdí el brazo, no me atreví a reprocharle nada, no le dije que si me hubiera ido a vivir con aquel hombre, como él me lo pidió, hubiera dejado el circo y por lo tanto no habría tenido el accidente. Lo pasado es pasado, no quise herirla, fue ella quien me puso el tema. Al cabo de unos meses, cuando estaba adaptándome a la idea de que no volvería a ser la de antes, Chinita vino y me pidió perdón. Se echó a llorar y se culpó de haberme aconsejado mal. «Hoy estarías en ese pueblo —dijo—, con tus dos brazos, a lo mejor hasta tendrías más hijos». Le respondí que era verdad, pero que recordara lo que ella misma me había dicho para convencerme: que los magos siempre vuelven, y arrastran, por lo general, a un mismo tipo de mujer. Tal vez si me hubiera casado con aquel hombre —que al final me embarazó, aunque nunca lo supo, ni conoció a su hijo—, lo habría hecho infeliz, lo habría abandonado a él, pero también al niño, y hoy el chiquito no podría recordar mi cara. En el momento menos pensado, hubiera llegado un circo al pueblo, hubiera pasado un mago por la calle, y al igual que pescaron a mi madre, me habrían pescado a mí, con anzuelo invisible, hilo invisible, y hasta el alma invisible que hubiera salido de mi cuerpo hacia el recién llegado. Que al final, salió de todas formas, pero no por la ilusión de un mago, sino por Roderico

Neyra.

   Diez años después de haber perdido el brazo, yo continuaba en el circo, ayudando en lo que hiciera falta. Llegué a darles de comer a los leones una vez que el domador estuvo enfermo; Chinita quiso impedirlo, pero no le hice caso, se aterró de que las fieras me mordieran el único brazo que me quedaba, pero aquí está, aún lo tengo, los leones respetan mucho a las mujeres, me di cuenta de eso, saben distinguir los sexos. Otros animales no.

   Daniel, mi hijo, iba creciendo, Chinita lo trataba bien, era como una abuela. El trapecista principal del circo lo cogió un día por los brazos y empezó a enseñarlo, como él y su mujer no tenían hijos, le pusieron ilusión al mío. Pero en algún momento parece que se dieron cuenta de que el niño en verdad valía para trapecista, pararon en seco y lo consultaron conmigo, todo dependía de mí: si yo quería, seguían preparándolo. Si no quería, ahí lo dejaban y lo contentaban con cualquier maroma. Les respondí que no me daba miedo, que si a mi hijo le gustaba el trapecio, a mí me gustaría también. Y entonces continuaron en serio, entrenaban a diario, y cuando Daniel comenzó en el colegio, le preparaban rutinas para que practicara por las tardes, unos ejercicios que me enseñaron a supervisar. Para esa época, decidí alejarme del circo y buscar trabajo en La Habana. La historia parecía repetirse, porque Chinita insistió en quedarse al cuidado de Daniel, como años atrás había insistido en quedarse cuidándome a mí. Sólo que, a diferencia de mi madre, yo no tenía ganas de desligarme de mi hijo, él se quedaba por lo del trapecio, no podía dejar las prácticas en esa etapa. La china me prometió que ella lo cuidaría y le daría de comer, aunque pensé que terminaría siendo a la inversa y mi hijo cuidaría de ella, pues últimamente se había puesto flaca; una noche se acostó siendo una china joven, y a la mañana siguiente se levantó siendo una china vieja, así de repente, sin ninguna señal; eso me impresionó bastante pero disimulé, ella tuvo que haber sentido el cambio, ese zarpazo de los años. Yo hallé trabajo con Loretta, de la pareja de bailes Loretta y Johnson, que por entonces venían más a menudo a Tropicana y se quedaban en Cuba varios meses. Solía hacer para ella lo mismo que hago ahora para Kary Rusi: le organizaba la ropa, le llevaba las cuentas, a veces le contestaba cartas y, sobre todo, le hacía compañía y la sacaba de líos, esa clase de líos que inevitablemente surgen en los cabarets.

No olvido mi primer día de trabajo. Cierro los ojos y veo a las bailarinas ensayando, a las modelos esperando a que les toque el turno, con rolos en el pelo; y a los empleados que están barriendo entre las mesas, en camiseta, con el cigarro colgado de los labios. Todo lo tengo aquí, grabado hasta el último detalle, porque ese día Roderico no me lanzó un anzuelo, fue un arponazo que salió directo desde su corazón al mío, aunque él no se enteró de nada, su cerebro no lo supo, concentrado como estaba en el espectáculo. Loretta también tenía que ensayar con Johnson y estuvo un rato por allí, mirando una coreografía con farolitos chinos, pues la nueva producción se titulaba «En un paraíso del Asia». Cuando el número de farolitos terminó, ella me dijo que iba con Johnson a resolver algo de su vestuario, y que mejor yo la esperara en una de las mesas. Eso hice, me senté y miré a mi alrededor, nunca había estado en Tropicana, me gustaba ese mundo semejante al circo —a veces descorrían el techo, a veces no, aquel día podía verse el cielo—, los ruidos y las voces del ensayo, tan diferentes a los ruidos y las voces de la función real. Y en ese instante Roderico habló; no habló, salió un rugido desde su garganta: «Odalys, so puta, ¿tú nunca has dado el culo? Pues muévelo como si lo estuvieras dando». Toda mi sangre se agolpó en mi cara, cogí una bocanada de aire y sentí que me moría de la vergüenza porque en el fondo, aunque hubiera parido un hijo, yo era muy inocente, nunca había *oído nada tan asqueroso, tan denigrante, en el circo no se hablaba así. Una de las bailarinas interrumpió su número, caminó hacia el frente, hasta el borde mismo de la plataforma: «Rode, viejo, ¿no ves que lo estoy moviendo?». Roderico avanzó unos pasos, se detuvo en un lugar donde le daba el sol, lo vi clarísimo, y ésa es la imagen que me abrió los ojos, un perfil de moneda derretida que trastocó mi vista, como si la luz hubiera rebotado en él y me cegara a mí. Tú que lo conoces, que lo debes de haber visto tanto, sabes que él tiene esa nariz así, medio comida por los tigres, al igual que una de las orejas, tiene esa oreja mordisqueada toda. Luego le miré los pies, me llamaron la atención las puntas de los zapatos, viradas hacia arriba, como si fuera un duendecito, pensé que lo hacía adrede. «No me toques la pinga —volvió a gritar—, mueve las nalgas, chica, y tú también Olguita, las voy a poner a hacer tortilla como no espabilen». Se me secó la boca, miré a mi alrededor para ver si alguien más reaccionaba espantado, pero no: los que barrían entre las mesas continuaron barriendo y ni siquiera levantaron la vista. Arriba, ninguna de las bailarinas protestó, al contrario, el ensayo siguió adelante y a mí me pareció que obedecían, que se movían mejor que antes. Ellas se retiraron y las modelos desfilaron con los cuellos erguidos, como si llevaran un gran peso sobre sus cabezas, total, sólo llevaban rolos. Con el tiempo supe que tenían que hacerlo así, fingiendo que les pesaba mucho, pues para la función las ataviaban con penachos de plumas y pedrería, y cuanta zahorra se les ocurriera pegar a los diseñadores. Loretta volvió, me dio instrucciones, debía ponerle en orden su camerino (solemnemente me estaba haciendo entrega de la llave), y conseguirle unas gaseosas para beberlas luego del ensayo. No le comenté la impresión que me había causado el capataz, me recordaba a un capataz, todavía yo no sabía que aquel hombre era el creador de las famosas producciones, un artista poderoso en Cuba, el dios de Tropicana. No sa-*

bía nada, pero presentí que, en cierta forma, era el mago que me había tocado en suerte. Fue una sensación de horror, pero también de alivio, y cuando entré al camerino de Loretta para organizar sus cosas y familiarizarme con sus gustos, ya estaba ilusionada, porque pensaba que, con los días, tendría oportunidad de ver de nuevo a ese individuo feo, refeo, mulato grifo, boca de cloaca, que de momento tenía una sola cualidad: saber que aquello que mejor nos mueve es el recuerdo de lo que hemos dado. Ése es el punto que me transformó. Lo admiré desde que lo vi, o desde que lo oí, no tengo otra manera de contarlo. Cuando Loretta volvió del ensayo, toda sudada, con la bata de felpa por encima de los hombros, le pregunté quién era el hombre que les gritaba a las bailarinas. Lo meditó unos instantes: «Ah, ¿tú dices Rodney?». Hablaba bastante bien el español, pero lo llamaba por su nombre artístico, lo de Roderico le parecía impronunciable. Quise saber si Rodney había tenido un accidente, lo decía por lo de la nariz. Loretta tomaba unos sorbitos de gaseosa tibia, se quitó la bata y le alcancé una toalla, me dijo «leprosy». Yo no sé inglés, pero no soy tan tonta, al oír «leprosy» me acordé de San Lázaro, de los enfermos que había visto en los alrededores del santuario, había pensado que la lepra era una enfermedad de pordioseros. Enseguida se me ocurrió que era una broma, Loretta podía estar bromeando, fui hacia ella, seriamente le dije: «¿De verdad es lepra?». Más seria aún, afirmó con la cabeza: «Sí, lepra, lepra, lepra...». Lo repitió quizá para recordarlo y no volver a decirlo en inglés, me sentí extraña y le pedí permiso para tomarme una de sus gaseosas, ¿cómo acercarse a un hombre que se desmorona? Pasaron los primeros días y yo me presentaba en Tropicana puntualmente, una hora antes de que llegaran Loretta y Johnson. Cuando ella entraba al camerino, ya tenía listo el vestuario para los ensayos, y luego por la noche hacía lo mismo, pero para la función. Al cabo de una semana, una tarde que iba en busca de gaseosas, me topé con Roderico en el bar.

*Sonrió al verme, dijo que me esperara un momentico, me di
cuenta de que quería hablarme: «Si no te faltara ese brazo, te
contrataría para modelo». Era sincero, nos miramos a los ojos
y volvió a sonreír, le vi los dientes por primera vez, los tenía
oscuros, no sé si por el cigarrillo o por su enfermedad, me
preguntó cómo me había ocurrido lo del brazo. «Fue un accidente —carraspeé, no me salía la voz—como estaba en el circo...». Olía a perfume, me gustaba su cara retorcida, la manera tan dolorosa en que agarraba el cigarro, aún lo agarra
así, lo echa hacia atrás, bien atrás, hasta la misma base de
los dedos, de modo que cuando se lo lleva a los labios, por
fuerza, toda esa mano cae sobre su cara, como una araña des-
carnada, torpe. Me invitó a tomar un café, me di cuenta de
que todo el mundo lo trataba con respeto, los artistas porque
él los contrataba, pero los empleados porque estaban seguros
de una cosa: el gran Rodney, que es un hombre venido de la
nada, de un campito de Oriente, puede ayudarlos cuando se
lo propone; conseguirles, en un momento dado, un aumento
de sueldo; pero también puede aplastar, destruir a una persona por el simple hecho de que la sorprenda mirándolo con
asco. Tomamos café y se interesó en mi historia; no se cortó
para repetir que yo hubiera servido como modelo en sus producciones de no ser por el brazo, no era posible sacar a una
mujer con una situación así —dijo «situación»—, a menos,
agregó, y se le iluminó la cara, que alguna vez creara alguna
producción con el tema de Grecia y de la Venus de Milo. Me
explicó que se trataba de una estatua famosa a la que le faltaban los dos brazos. «Para la producción te corto éste»,
bromeó, apretando el único que yo tenía con sus dedos mal-
trechos, que en la piel se sentían no como dedos, sino distinto, como patas de pájaro, un disecado pájaro que se aferraba
en falso. Tuve la sensación de que se hallaba cómodo a mi
lado, después de todo compartíamos un sentimiento, una deso-
lación, éramos mutilados, él a su manera y yo a la mía. En*

eso noté que la lumbre del cigarro empezaba a rozarle los de-
dos, aunque él no lo sintiera. Le advertí que se estaba que-
mando y lo soltó de inmediato, pero prendió otro, y mientras
lo prendía me clavó los ojos: «Tienes mirada de lobo de
Siam». Lo tomé como una insinuación, un anzuelito que sa-
lió súbitamente de su boca en dirección a la mía. Cuando
cada cual volvió a lo suyo, él a los ensayos de «En un paraíso
del Asia» y yo a ocuparme de las cosas de Loretta, me di cuen-
ta de que nos habíamos quedado conectados, enganchados en
un plano que no era del espíritu, ni del alma, ni de ninguna
de esas boberías, sino enganchados por la carne, por la mise-
ria, por el lenguaje que sólo conoce un cuerpo herido. Al día
siguiente, una de las costureras se acercó al camerino de Loret-
ta para componerle el atuendo, rasgado en uno de sus brincos
—Loretta pegaba brincos para caer en los brazos de Johnson,
eran casi de circo—, y mientras miraba el desgarrón, bajó la
voz para decirle: «Rode se está poniendo inyecciones de oro,
pero oro oro mijita, no del que cagó el mono. Dicen que eso
cura su enfermedad». Yo estaba hojeando unas revistas en
busca de fotos o noticias que hablaran de Loretta y Johnson,
y me detuve en seco. Sin mirarlas, decidí hacer esta pregunta:
«¿Con quién está casado Rode?». Percibí el silencio, como si
hubiera destapado una botella con humo y ese humo hubie-
ra invadido el camerino. «Casado con nadie —dijo la cos-
turera—, ¿no ves que es maricón?». Seguí hojeando la revis-
ta, pero sentí que se me encogía el estómago, fue una
sensación extrema, sin dolor ni vómito, sólo esa piedra aquí,
girando en un pozo sin fondo. «No, no me lo pareció.» Era
mi voz, mi propia piedra defendiéndose. La costurera me mi-
ró burlona, pero no dijo más.

Los días que siguieron fueron todos iguales, con la
rutina de los ensayos y la impaciencia de Roderico, siempre
inconforme, siempre gritando aquellos improperios. No me
buscó, ni nos volvimos a encontrar de frente. Cuando podía,

me paraba a mirarlo desde cierta distancia, lo veía fumar, moverse de un lado para otro con su paso extraño y los zapatos deformes, se veía tan cómico como un payaso. Pero era el jefe, el hombre que mandaba en un ejército de bailarinas, coreógrafos, cantantes y parejas de baile como Loretta y Johnson, como Ana Gloria y Rolando, o como Peggy y Ruddy. Una tarde lo oí decirle a una de las modelos: «Camíname como puta, Dinorah, ¿no te das cuenta que estás caminando como una loquita de los Aires Libres?». Miré a la tal Dinorah, que se echó a reír y le respondió con un meneo asqueroso. Lo miré a él: no me parecía una loquita de los Aires Libres ni de ningún otro lugar. Parecía un hombre. Muy feo, eso sí. Muy malhablado. Me acordé de las inyecciones de oro, ese líquido amarillo que iba entrándole en las venas. La gente más inesperada nos causa alguna vez ternura. Lo lógico es sentirla por un niño, por ejemplo. Pero yo me enternecí por un mulato carcomido, venenoso, triste. Debí de estar enferma: sólo quería abrazarlo, besarle la nariz derretida, la oreja escarchada, los dedos que no eran capaces de sentir candela, mucho menos iban a sentir cariño. Una madrugada que él salía con su chófer, me vio parada allí, en las afueras del cabaret, esperando un taxi. Mandó parar el automóvil y preguntó si podían llevarme a alguna parte. Le contesté que sí, que iba para mi casa, y por el camino quiso saber si había comido, le respondí que casi nunca comía en Tropicana, entonces propuso que fuéramos a un restaurante. Estábamos muy cansados, él bostezaba a menudo, le dije que si prefería, yo le podía preparar algo ligero en mi apartamentico. Cerró los ojos, se puso soñador y murmuró que se comería un bisté con papas. Le aseguré que ésa era mi especialidad. De cerca, no era el ogro que amenazaba al elenco, me pareció un hombre solitario. Más tarde, en lo que yo freía, él se puso a mirar las fotos de Daniel, que estaban por todas partes, la mayoría en su papel de trapecista. Le conté que el muchacho seguía en el cir-

co, me prometió que algún día lo iba a utilizar en una de sus producciones. Cuando terminamos de comer, fuimos al balcón porque estaba amaneciendo, Roderico fumaba sin parar, mirando los tejados de La Habana. «Qué triste se está poniendo esta ciudad —dijo de pronto—, ¿te molesta que me quede a dormir?».

10. «Muerte en la barbería»

Esa noche dormí en el hotel del aeropuerto. Dormir no es la palabra que mejor define el estado de furtiva modorra en que pasé las horas que mediaron entre la una de la madrugada, poco después de aterrizar en Idlewild, y las seis en punto, momento en que sonó el teléfono y una voz femenina susurró: «*Good morning, Mr. Purata. It is six o'clock*». Hubiera querido dormir un sueño normal, pero no lo conseguí. Se me pegó el recuerdo de Yolanda, y enseguida se mezcló con la cara de Aurora, con sus facciones, pero también con su voz y sus dos brazos. He dicho dos, ¿a qué más puede aspirar un hombre?

Desayuné en la cafetería contigua al hotel y me dirigí a la estación de trenes. Primero tenía que coger el tren que va a la ciudad de Binghamton, y una vez allí, buscar un taxi para recorrer las doce millas que me separaban de Apalachin. Compré un par de periódicos, y tan pronto me acomodé en uno de los vagones, empecé a leerlos y a tomar notas. Joseph Barbara, el distribuidor de licores en cuya casa se había celebrado el «cónclave», se declaraba totalmente incapaz de explicar la razón por la cual sus amigos, sesenta y cinco en total, habían decidido visitarlo el mismo día y a la misma hora tan sólo para interesarse por su salud, quebrantada tras la gripe que lo había aquejado una semana atrás. «Casualidad», dijo lacónico. Hubo un inconveniente, empero: en su casa de dieciocho habitaciones no podían dormir todos los hombres —procedentes de sitios tan distantes como Ohio, California, Texas, Colorado,

Puerto Rico y Cuba—, por lo que tuvieron que buscar alojamiento en otros lugares. Casi todos pudieron acomodarse en las inmediaciones de Apalachin, bien en el único hotelito, o bien en las habitaciones que alquilaron a los dueños de casas cercanas. Desde el principio, los forasteros establecieron que el precio no iba a ser discutido y, en efecto, antes que regatear, pagaron el doble de lo que les pidieron. Pero entre los vecinos que no fueron bendecidos por la bonanza, esto es, por las conmovedoras propinas de don Vito Genovese, Joseph Profaci, o Frank Cucchiara (el fabricante de quesos que acudió en representación de Lucky Luciano), hubo uno que delató la verdadera naturaleza de la reunión. Parece que fue suficiente. El jueves 14 de noviembre, pocos minutos después del mediodía, media docena de patrullas y un camión cargado de agentes federales y tropas del Estado avanzaron sigilosamente por la carreterita privada que conduce a la mansión. Los «delegados» acababan de hacer un alto para estirar las piernas y almorzar al aire libre en las mesas del patio: *steaks* a la barbacoa y ensalada de papa. Todo fue bien hasta que Michael Genovese, que no en balde era dueño de un *carwash* y olfateaba a las patrullas como los perros olfatean a las liebres, se puso de pie y dio la voz de alarma: federales a la vista. Quince hombres reaccionaron con pánico y corrieron hacia el bosquecito que quedaba detrás de la casa, pero el resto permaneció impasible, sentado bajo los árboles, masticando tiernos trozos de *steak,* mientras los policías, cuatro por cada vehículo, se bajaban apuntándolos.

Desde entonces habían pasado cuarenta y ocho horas, y resulta que en ese lapso yo había logrado llegar a Apalachin y plantarme en el centro del pueblo, que era una placita mustia, totalmente desierta. A un costado, quedaba la iglesia de madera, y desde allí, cruzando en diagonal, estaba la cantina, que tenía un aspecto anticuado.

El taxista no supo decirme hacia dónde tenía que tirar para llegar a casa de Barbara; alegó que casi nunca llevaba clientes a Apalachin. Mi maleta había quedado en consigna, en la estación del tren, y sólo llevaba conmigo la Kodak Retina nuevecita. La había estrenado para fotografiar al hipopótamo muerto, y ésta sería la segunda vez que entraba en acción, a la caza de hipopótamos más refinados. Fui derecho a la cantina y pedí un café, dos parroquianos, en una mesa, apenas levantaron la vista. Pregunté al cantinero que hacia dónde quedaba la casa de Barbara; contestó que no sabía, no conocía a nadie por allí con ese nombre. Pagué el café y eché a caminar en busca de un puesto policiaco, un alguacil, cualquier fulano con autoridad en el pueblo. La vida en Apalachin era la vida de un suburbio, y una mañana de sábado en cualquier suburbio es una mañana sin estilo. Me atreví a parar a unos cuantos transeúntes, declinaron contestar cualquier pregunta relacionada con el asalto a la mansión de Barbara o las detenciones, se negaban de plano, por mínima, por insignificante que fuera. En un edificio de dos plantas, por fin, divisé el letrero: *Sheriff*. La puerta estaba cerrada, pero por la ventana abierta vi el escritorio, el desorden de papeles, rastros de actividad. Decidí esperar y, mientras lo hacía, se me ocurrió la primera línea de mi reportaje: «Apalachin no es un pueblo fantasma, aunque estos días se empeñe en parecerlo». No hacía falta anotarla, no la iba a olvidar porque así era como me sentía, decepcionado, un poco ridículo, ya que me figuré otra cosa, había pensado que la gente me hablaría abiertamente de lo que había ocurrido; supuse que alguien iba a ofrecerse para guiarme a ese lugar, a la casa de Barbara, tal fue mi candidez.

Por la calle vi acercarse a un hombre que llevaba bien visible la chapa que lo identificaba, era un gordito con cara de cadáver. Por lo general, las caras de cadáver se les endilgan a los flacos, o a los muy demacrados. Pero no siempre es así. El *sheriff* de Apalachin estaba gordo, tenía buen semblante, pero enseguida me di cuenta de que resultaba fácil imaginarlo tieso; era una especie de extrañeza en sus ojos, quizá un presentimiento mío. Él se quitó el sombrero y preguntó que qué se me ofrecía.

—Soy periodista —le dije, mostrándole mi credencial—, acabo de llegar para cubrir esa redada en lo de Joseph Barbara. Tengo entendido que hay un cubano entre los detenidos.

Mi inglés, que era imperfecto, salió hasta cierto punto cristalino, yo fui el primero en asombrarme. El hombre me invitó a pasar, pero permanecimos de pie, él ya sabía que la entrevista sería corta.

—¿Cubano? No lo sé. Tendrá que ir a Endicott, allá está la corte y allá los ficharon. Pero creo que los dejaron ir.

Mi oído también era imperfecto. Supuse que había escuchado mal.

—¿Que los soltaron?

—Claro que sí —reaccionó el *sheriff*—, no es delito visitar a los amigos, ¿o eso es delito en Cuba?

Para él, yo también debí de tener cara de cadáver. De futuro cadáver. Cubano rubio, flaco, con la respiración del principiante y el abrigo de su hermano mayor, metiendo las narices en los asuntos de la mafia. Valiente fantoche lo estaba haciendo perder el tiempo a esas horas del sábado.

—¿Puede indicarme cómo llego a la casa de Joseph Barbara?

—Puedo —contestó el *sheriff*—, pero le advierto que no podrá acercarse. La casa está en una colina, lo obligarán a retroceder tan pronto empiece a subir, porque el camino es privado. A un fotógrafo del *Journal-American* lo bajaron ayer a golpes, y encima el hijo de Barbara le destrozó la cámara, ¿ve lo que pasa? Al joven Barbara lo detuvieron, pero pagó la fianza y desde anoche está de vuelta en Apalachin, con su mami y su papi.

Utilizó esas palabras, *«with his mummy and his daddy»*. Me jodía la ironía, sobre todo la ironía en inglés.

—Si lo que quiere es una foto de los alrededores, pídala en Endicott, la policía tomó unas cuantas, a lo mejor le dan alguna.

Me sentí imbécil, sobre todo humillado.

—Hay un autobús que sale en diez minutos. Hace una parada en Endicott y luego sigue a Binghamton.

Así era como echaban de los pueblos a los intrusos, a los sabuesos sin influencias o a los pobres diablos, y yo era las tres cosas. Lo había visto mil veces en las películas. Me acordé de Bulgado y de su adorado George Raft, que de seguro había sido expulsado de algún lugar mucho más mierda que Apalachin.

—Me gustaría ir a Cuba —se despidió amablemente el *sheriff* cuando notó que lo iba a obedecer—. Buenos casinos, ¿ah?

Volví a la placita. Vi el autobús, y a un par de mujeres con sombreritos que estaban a punto de abordarlo. Tres adolescentes lo iban a abordar también, y además un hombre con un periódico en la mano: lo llevaba enrollado como si se dispusiera a castigar a un cachorro, era un viejo nervioso y en el autobús no se quedaba quieto, cambió de asiento un par de veces antes de abrir el diario. Desde el lugar donde me hallaba, alcancé a ver que leía un artículo que revelaba nuevos ángulos sobre el asalto policiaco. Ya yo lo había leído: contaba que los hombres que se ocultaron en el bosquecito, detrás de la casa de Barbara, tardaron más de ocho horas en entregarse. No fue hasta las nueve de la noche que volvieron con el rabo entre las piernas, sedientos y con las ropas enfangadas, guiados por los focos de la policía. Pensé en mi fichero, en un dato que había descubierto poco antes de salir de Cuba: el 14 de noviembre, día de la reunión, era también el cumpleaños de Santo Trafficante. Cumplía cuarenta y dos, y quién sabe si la señora de Joseph Barbara, tan detallista, le había mandado a preparar un *cake*. Me vino a la cabeza el *cake* y sentí hambre, no había probado bocado desde el desayuno. También pensé en Yolanda. Más tarde la llamaría desde Binghamton, o si todo salía como esperaba, la llamaría al día siguiente desde Nueva York; ya tenía ganas de estar en Nueva York.

Bajé del autobús en Endicott, fui derecho a una cafetería y comí rápido, pensando en la información que necesitaba: debía asegurarme de que Trafficante había caído preso, y de que Joseph Silesi, otro pez gordo en Cuba, andaba con él. Si lograba confirmarlo, era un hecho que ambos habían estado en la reunión en representación de Lansky, tan modosito, recogido en La Habana. Entre ellos dos, y el individuo que había acudido en nombre de Lucky Luciano, se habrían estado repartiendo el pastel, otro *cake* exquisito: los cincuenta hoteles que iban a construirse en Cuba, en una línea imaginaria que recorría un abanico de lugares perfectos. Quedaba al descubierto toda la operación, con Lansky a la cabeza, como apoderado indiscutible, y con el presidente Batista y su cuñado, el coronel Fernández Miranda, ayudándolo desde la sombra.

En la policía de Endicott se tomaron el trabajo de revisar mi credencial y retener mi pasaporte, eso me dio seguridad. Me hicieron pasar a una oficina adornada con pequeños cactus, donde un teniente entrado en años, parecido a Buster Keaton pero con la expresión desolada, o, para ser exactos, Buster Keaton en *Sunset Boulevard,* preguntó que en qué podía ayudarme. Le expliqué que necesitaba los nombres de los detenidos en el *raid* de

Apalachin, y contestó que aún no estaba autorizado para darlos todos, pero que me podía ayudar si buscaba alguno en particular. Dije: Santo Trafficante. Miró en la larga lista, sesenta y cinco nombres italianos, apellidos como Bonnano, Evola o Falcone (los famosos hermanos Falcone), algo que, de buenas a primeras, puede llegar a aturdir a una persona acostumbrada a los sencillos apellidos del Upstate New York.

—No está.

Dije Joseph Silesi, alias Joe Rivers.

—Tampoco.

Me quedé momentáneamente en blanco. Saqué el paquete de cigarros y me di cuenta de que me temblaban los dedos. El viejo teniente, que también se percató de mi temblor, me dirigió la mirada de un padre, eso se nota rápido; mentalmente aposté a que tenía un hijo de mi edad.

—Podrían haber usado otros nombres —musitó—. Piense un poquito.

Levanté la vista, me dieron ganas de abrazarlo, creo que sonreí.

—Louis Santos —me salió a borbotones, y el hombre volvió a la lista.

—Santos, Louis —leyó, más feliz que el carajo—. cuarenta y dos años, residente de La Habana, Cuba, operador del nightclub Sans Souci. Lugar y fecha de nacimiento: Tampa, 14 de noviembre de 1915.

Trafficante tenía antecedentes. Había sido convicto por soborno en el 54, y otra vez en el 56, por conspiración para violar la ley de impuestos a los juegos de azar. En ese año de locura, que era el 57, había sido requerido en dos ocasiones por los tribunales de la Florida.

Animado por su hallazgo, el oficial me preguntó si no recordaba ningún otro alias para Silesi. Sacudí la cabeza: no, ninguno. Quizá se había quedado en Nueva York, esperando instrucciones de Trafficante, a quien sin duda le correspondió explicar la muerte de Anastasia frente a los congregados en Apalachin. En todo caso, después de breves trámites, los sesenta y cinco hombres habían quedado en libertad, y Joseph Barbara se lamentaba de que sus mejores amigos, escarmentados por lo ocurrido en su casa, ya no querrían volver a visitarlo. Le pregunté al teniente si me podía facilitar alguna foto de la mansión Barbara y negó con la cabeza: también las fotos eran, por el momento, material restringido. Hubo un silencio; para romperlo tiré una piedrita, el hombre me inspiraba confianza.

—He oído decir que la reunión se convocó deprisa, para discutir la muerte de Anastasia.

No se le alteró un solo músculo. Era Buster Keaton en el museo de cera.

—¿Anastasia? —sonrió tranquilamente—: *The Lord High Executioner!*... Atiéndame, voy a darle un consejo.

Se puso de pie y comentó que, en mi lugar, lo primero que hubiera hecho era acudir a la oficina del fiscal de Distrito en Nueva York. No era secreto, porque acababa de publicarse en los periódicos, que uno de los investigadores del caso Anastasia había estado el día anterior en Apalachin, probablemente buscando alguna conexión.

—Ahí tiene —me abrió la puerta, me mostró la salida, tal vez pensaba que me había dedicado demasiado tiempo y ya no me percibía como alguien que podía ser su hijo—. Vaya a Nueva York y pregunte allá. El detective que estuvo en Apalachin se llama Sullivan. Le deseo suerte.

En el tren, camino a Nueva York, apoyé en mis rodillas el estuche de la Kodak Retina, no había podido usarla aún y me preguntaba si no la habría llevado en balde. A más tardar al día siguiente debía llamar al periódico y dictar una nota que estaría fechada en Nueva York; bajo mi nombre pondrían: «Enviado Especial de *Prensa*

Libre», y eso me halagaba, me imaginaba al Flaco T. leyendo la primera línea: «Apalachin no es un pueblo fantasma, aunque en estos días se empeñe en parecerlo».

Al llegar a Nueva York, en la estación de trenes, cogí un taxi hacia el Park Sheraton. Sentí una excitación adolescente, totalmente impropia de un enviado especial, cuando entré en aquel hotel de lujo. Mientras rellenaban la ficha con mis datos, clavé los ojos en el letrero de la barbería: «*A. Grasso, barber shop*». Estaba cerrada, pero me abstuve de preguntar a qué hora la abrirían. Fui a la habitación y llamé al periódico, le expliqué a Madrazo el fiasco en Apalachin, y a la vez le confirmé la detención de Trafficante. Con lo poco que tenía, pero sobre todo con lo que lograra averiguar a la mañana siguiente, podría escribir un par de páginas para dictarlas por la tarde.

—Apúrate —ordenó Madrazo—, hoy salió *Carteles* y trae un reportaje bueno, ¿quieres saber cómo lo titularon? Hizo una pausa, engoló la voz para joderme más:

—«Muerte en la barbería.»

Me cagué en Dios. Madrazo lo oyó y volvió a pincharme.

—En *Bohemia* han preparado otro bastante largo, sale en el próximo número. Creo que entrevistan al barbero. Pero en ninguno de los dos mencionan los negocios en La Habana, ni el asuntico ese del hipopótamo.

Guardé silencio. Madrazo preguntó si lo estaba escuchando. Le contesté con otra pregunta: ¿quién coño se me había adelantado en *Carteles*?

—El chino Cabrera Infante —dijo—. Estaba en Nueva York entrevistando a un director de cine, pasó por el Park Sheraton y le dieron ganas de mear, tú sabes que los chinos mean mucho, entró en el vestíbulo para ir al baño y le cerraron el paso porque había un muerto en la barbería.

—Qué cabrón —fue lo que atiné a balbucear.

—Hazlo mejor —se despidió Madrazo—, ve a mear tú también, anda, y envíanos algo bueno.

—Seguro —prometí antes de colgar.

Salí a gestionar la entrevista con el hombre al que llamaban Cappy; cogí un taxi hacia el Hospital Bellevue, en cuyo pabellón carcelario se encontraba detenido. Llené unos papeles y le dejé una nota pidiéndole que me recibiera No lo sabía en ese momento, pero Coppola estaba ávido de quejarse con los periodistas. Me indicaron que volviera al día siguiente, no podían prometerme nada, pero existía una remota posibilidad de que pudiera verlo. Al regresar al hotel, me detuve frente a la barbería y estuve mirando por los cristales hacia el interior. Los asesinos, según la prensa, llevaban sombreros, gafas de aviador y guantes negros para empuñar las armas: una Colt 38 que después del crimen fue lanzada allí mismo, y una Smith & Wesson 32, que apareció en un basurero del *subway*.

Había silencio y un mar de fondo en los alrededores. Era hasta cierto punto comprensible, no había pasado un mes desde el asesinato y el alma de Anastasia flotaba todavía en su caldo, condenada a vagar: la Iglesia le había negado la absolución final, prohibió cualquier misa o responso, y ni siquiera el hermano cura, Salvatore Anastasia, había logrado impedir que el féretro de novecientos dólares bajara a tierra sin consagrar, en el rincón más renegado del cementerio Greenwood.

Subí a mi habitación y le pedí a la operadora que me comunicara con un teléfono en La Habana. Yolanda contestó al primer timbrazo, la noté emocionada, creo que nunca nadie la había llamado desde Nueva York. Nadie desde la cama de un hotel de lujo. Y, por supuesto, nadie desde el lugar de un crimen.

11. Suntuosa Habana

Lo leí decenas de veces antes de dictarlo. Invertí las oraciones, intercambié adjetivos, lo pulí cuanto pude, intentando a toda costa que nada le sobrara o le faltara. Yo quería un párrafo que fuese una bomba, y en cierto modo lo logré. Pero me preocupaba la reacción en el periódico, en especial la cara que pondría Madrazo cuando viera mi escrito, que empezaba así:

«El sábado 19 de octubre, pocos días antes de caer abatido en la barbería del Park Sheraton, el capo mafioso Umberto Anastasia almorzó con cuatro prominentes cubanos que viajaron desde La Habana a Nueva York con propósitos desconocidos. Los cuatro hombres, identificados como Roberto "Chiri" Mendoza, Raúl González Jerez, Ángel González y Alfredo Longa, se reunieron con Anastasia en Chandlers, un conocido restaurante de la Calle 50. Fue el último sábado para Anastasia, que cayó acribillado el viernes siguiente.»

Dos de los personajes tenían suficiente pedigrí como para gozar de un lugarcito privilegiado en mi fichero: Roberto Mendoza, apodado Chiri, íntimo amigo del presidente, con grandes intereses en el negocio azucarero y de la construcción, y Raúl González Jerez, antiguo administrador del Sans Souci, mano derecha de Santo Traficante y dueño del Club 21, a pocos pasos del Capri, el hotel próximo a inaugurarse. De los otros dos, no sabía mucho. Ángel González era *dealer* de dados, y Alfredo Longa era inspector de blackjack, buen amigo de Chiri, ayudante y probable confidente. Mi golpe de suerte había sobrevenido el día anterior, cuando ya pensaba que nunca podría confirmar los datos proporcionados por Madrazo. Me levanté temprano y fui directo a la oficina del fiscal de Distrito, dispuesto a comerme el mundo. Llevaba un saco de cuadros muy americano y la cámara al hombro; pensé que daría el tipo de sabueso legítimo. La realidad dentro de aquel lugar pronto me bajó los humos. Había un gentío bastante heterogéneo, compuesto de detectives, individuos apresurados que andaban tras alguna pesquisa; tipos con pinta de abogados, solucionando asuntos, y otros con pinta de sabuesos auténticos, no disfrazados como yo. Todo el tiempo sonaban los teléfonos, varios a la vez, y esperé un rato en la fila, frente a un buró donde se detenían a preguntar los despistados. Cuando me tocó el turno, el guardia en el buró estaba llenando una especie de informe, apenas levantó la vista. Pregunté por Sullivan, que era el nombre que me habían dado en Endicott, me respondió que cuál de los Sullivan, en aquella oficina trabajaban dos. Balbuceé que yo era periodista y venía desde La Habana, mostré mi cámara como si mostrara un pescado, la alcé en la mano y enseguida me di cuenta de que estaba haciendo una ridiculez, que una cámara no es prueba de nada y menos en un lugar como ése, con tanta gente abrumada por órdenes, llamadas anónimas, pistas reales o imaginarias. Bajé la cámara y saqué mi credencial. Expliqué que estaba allí para escribir un reportaje sobre la reunión de Apalachin, pero aquel tipo seguía sin entender, no sólo por culpa de mi inglés, que de repente había dejado de funcionar (tan sólo era capaz de pronunciar frases entrecortadas), sino también porque la palabra Apalachin, dejada caer así, fuera de todo contexto, no le decía ni pío. Aquel guardia, con coderas en las mangas y los dedos manchados de tinta, me dedicó la más obscena mirada de cansancio que me han dedicado jamás. Dijo que debía esperar, a ver si alguno de los detectives me podía atender, pero que no me aseguraba nada. Me senté en un banco, tan aplastado como no lo había estado nunca, ni siquiera en mi niñez. Llegué a preguntarme si no sería que yo estaba muy crudo para ese tipo de encomienda, tal vez sólo servía para lo que había servido: entrevistar a las muchachas codiciables como Kary Rusi, como Toty Estrada, o como Gilda Magdalena, la más rubia de nuestras vedettes, a la que descubrí un secreto: por las mañanas vendía aspiradoras. Quizá el salto había sido demasiado prematuro, o arriesgado, o ambas cosas, y en *Prensa Libre,* sabiéndolo, me habían tirado a los leones —aparecían de nuevo los leones—, me habían mandado a Nueva York a una aventura que nadie más habría querido aceptar.

—Viene de Cuba, ¿no?

Un tipo alto, macilento, que había estado oyendo mi diálogo con el guardia, se acababa de sentar al lado mío. Tenía una libretica en la mano y le vi tres o cuatro plumas enganchadas en el bolsillo de la camisa. No me pareció muy viejo, pero estaba brutalmente arrugado, casi no le cabía otra pata de gallina alrededor de los ojos. Parecía que hubieran puesto la piel de un viejecito sobre la cara de un hombre de treinta y tantos, la mirada era joven, y también su cabello, grasiento pero oscuro, todavía con vida.

—Me gustaría que habláramos, he podido conseguir unos datos con el teniente Sullivan, quizá podríamos comparar notas.

Tenía un aspecto tan descuidado, con los pantalones gastados, la camisa descolorida y la vieja gabardina llena de lamparones, que tuve la tentación de ignorarlo. En Cuba, vestido así, cualquiera lo habría ignorado. No sé si adivinó mis intenciones, pero sacó un paquete de cigarros y me lo puso al frente; tomé uno y ya no pude dejar de responderle. Le dije mi apellido: Porrata, y que estaba cubriendo dos casos, el de Umberto Anastasia y el de Apalachin, ambos mezclados entre sí. Al escuchar esto, el hombre sonrió, le vi los dientes sucios, o ennegrecidos por el tabaco, el caso es que estuve a punto de confesarle que no tenía notas, nada que pudiera compararse con lo que él tuviera, cualquier cosa que fuera.

—Me llamo McCrary, soy *freelancer,* hago un reportaje para el *New York News.*

Estreché su mano, una trucha larga y demasiado fría. A continuación abrió la libretica, hizo una pausa, suspiró como si le costara desembuchar. Empezó por Trafficante, detenido en Apalachin: su padre, del mismo nombre, dominaba el juego clandestino y la bolita en el sureste, con base en Tampa. Precisamente hacia Tampa había volado el hijo tan pronto lo habían soltado. Nada nuevo bajo el sol, le dije, todo eso lo sabía, y un poco más también. McCrary levantó la vista y me di cuenta de que me tocaba demostrarlo. Sin mirar mi libretica, porque la tenía en el bolsillo y estaba en blanco, le expliqué que La Habana, hasta hace poco, había sido una ciudad abierta para todas las familias, sin territorios ni exclusividades, un paraíso donde ni siquiera se necesitaban guardaespaldas. Pero por eso, anticipando que pudieran surgir disputas, el alto mando de la mafia (la Comisión, recalqué bajito) había decidido nombrar a un mediador, que a la vez actuara como informante. Se escogió a Santo Jr. porque provenía de un grupo más tranquilo, en la Florida, donde no existían las guerras internas que se libraban en Nueva York o Chicago. Además, era probablemente el único que hablaba un español correcto, y el enlace de todas las «familias» con el coronel Fernández Miranda, cuñado del presidente de la República, dueño de las traganíqueles y jefe de la Guardia de Palacio, una policía secreta que también custodiaba los casinos.

Me detuve para coger aire. McCrary, que olía a viejo, a guardado, a gato mojado y puesto a secar junto a la chimenea, no paraba de tomar notas. Cuando por fin hizo un alto, fue para prender otro cigarro. A nuestro alrededor continuaba el tráfico de investigadores, fiscales, gente que nos ignoraba, éramos dos comemierdas sentados en un banco, haciendo antesala para chupar unas migajas. Estaban acostumbrados a tipos como nosotros. Yo, además, debía de tener todo el aspecto de un principiante, aferrado a una cámara que dormitaba en mis piernas, como un gato callado, seco y callado.

—¿Conoce el Hotel Warwick?

McCrary había bajado la voz. Instintivamente dejé de guardar las distancias y me acerqué a él, tuve un presentimiento, sentí el vuelco de la suerte.

—Está en 54 y Sexta, muy cerca del Park Sheraton. El jueves 17 de octubre se registraron allí cuatro cubanos, acababan de llegar de La Habana y los acompañaba Cappy, que era el chófer y guardaespaldas de Anastasia, ¿sabe lo que quiero decir?

Era mi turno para tomar notas. Entre McCrary y yo habíamos levantado una humareda singular, que sólo parecía rodearnos a nosotros y no se expandía hacia ninguna parte. Escribí los nombres de los cubanos, y en pago por su confidencia, le expliqué brevemente quién era cada uno de ellos.

—El viernes —continuó McCrary—, un día después de haber llegado a Nueva York, se reúnen los cuatro en la suite de Mendoza. Piden licores, entremeses, aparece Coppola, que es un sapito veleidoso, y más tarde Anastasia junto con dos sujetos; uno es su socio, Augie Pisano; el otro es un tal Gus, sólo tengo ese dato. Empiezan a tomar y por fin llega Rivers, un amigo de ellos, acompañado del invitado especial de la noche: el pelotero Joe DiMaggio.

Nuestra burbuja de humo se estremecía delicadamente, fumábamos como desesperados. Le conté a McCrary todo lo que sabía de Rivers, cuyo verdadero nombre era Silesi, uno de los dos hermanos Silesi afincados en Cuba. Ambos eran jugadores profesionales y habían llegado a La Habana de la mano de un atroz personaje: Nicholas «Fat the Butcher» DiConstanza.

El guardia vino a decirme que Sullivan, ninguno de los dos Sullivan, podría recibirme ese día. Miré a McCrary: tenía que mandar mi nota al periódico, iba a mencionar en ella a gente muy importante en Cuba, ¿cómo asegurarme de que esa información estaba ya corroborada por la policía? McCrary se encogió de hombros. Para obtener la versión oficial tendría que hacer antesala allí por lo menos durante una semana. Según sus fuentes, había sido Coppola, guardaespaldas de Anastasia, quien admitió sus visitas al Warwick, e inventó un cuento chino para justificar la presencia de los cuatro cubanos: dijo que sólo querían conocer a DiMaggio y contratarlo para algún casino. Por eso la policía había pedido el registro de entradas y salidas del hotel; se sabía la hora exacta en que los cuatro habían llegado, y la hora exacta en que partieron.

—Desde el hotel fueron al aeropuerto de La Guardia —apuntó McCrary— y cogieron un vuelo hacia Las Vegas.

Hurgó de nuevo entre sus notas.

—Vuelo número 33 de TWA. Es fácil comprobarlo.

McCrary me dio su tarjeta, yo no tenía tarjeta pero le di mis señas en La Habana. Y en cuanto a Nueva York, me hospedaba en el Park Sheraton.

—¡Qué conveniente! —exclamó—. Debe de haber fantasmas.

Caminamos juntos hacia la avenida Lexington. Me comentó que el de Anastasia no había sido el primer crimen cometido dentro de ese hotel, y que en el año 28 habían tiroteado en una de sus habitaciones a otro famoso gánster, Arnold Rothstein, que ya herido bajó al vestíbulo y salió a la calle pidiendo una ambulancia, pero se desplomó enseguida y se murió en la acera. En esa época el Park Sheraton se llamaba Park Central, y él era un joven periodista que había llegado hasta allí para escribir una nota y tomar una fotografía, aunque sólo había hallado un gran charco de sangre en la puerta que daba a la Calle 56.

Nos despedimos con un apretón de manos y la promesa de volvernos a encontrar, en Nueva York o en La Habana, McCrary nunca había estado en La Habana. Corrí al Warwick, pero antes de llegar entré en un bar, me humedecí el pelo y me lo peiné de otra forma, con la raya al lado, tal como mi madre me peinaba cuando era niño. Me puse los espejuelos de leer, me abroché el saco de cuadros y finalmente me colgué la cámara al hombro. Estaba seguro de que mi aspecto de rubio cubano acomodado era perfecto. Entré al Warwick y me dirigí a la recepción, una muchacha preguntó que en qué podía servirme.

—Quiero hacer una reserva —dije—. Es para mi papá.

Sacó un papel y preguntó que para cuando la quería.

—*Thanksgiving* —contesté, algo desdeñoso—. Del jueves 28 al domingo primero de diciembre.

La muchacha tomó nota. Tenía unas manos preciosas, aposté a que no eran tan frías como las de McCrary, sino pequeñas truchas suaves, seguramente tibias. Ella preguntó el nombre de mi padre.

—Roberto Mendoza —dije fuerte y claro, y encima deletreé el apellido—. Quiere la misma habitación que tuvo el mes pasado.

La muchacha enarcó las cejas. Lo que venía a continuación ya me lo imaginaba: preguntó que cuál habitación.

—Me lo dijo, pero no me acuerdo. ¿No puede

averiguar el número? Él estuvo aquí el 17 de octubre.

Sacó el enorme libro de registros. Enseguida encontró lo que buscaba.

—La 1405 —suspiró—. Tengo que ver si está disponible.

Luego me pidió el teléfono. Solían confirmar la llegada de los clientes una semana antes. Le di el número de *Prensa Libre* y me despedí con una corrección de lord inglés. Tenía, sin duda, toda la pinta de ser el hijo de alguien que podía pagar por una habitación del Warwick. Salí de allí y eché a caminar en dirección a la Calle 50, en busca del restaurante Chandlers. Sabía que sería mucho más difícil confirmar aquel almuerzo de Anastasia con los cuatro cubanos, pero por lo menos me interesaba ver el lugar, escribir un par de líneas sobre el ambiente, la comida, el aspecto de los camareros. Me sentía confiado y eso era buen síntoma. Chandlers tiene un cristal divisorio entre el bar y el restaurante, en ese cristal están grabados a relieve los rostros de todos los presidentes de Estados Unidos. Me senté en el bar, pedí una cerveza, el *bartender* tenía aspecto de rufián irlandés, y sobre todo aspecto de no querer entablar conversación con nadie. Raro en un *bartender*. Pedí una mesa para almorzar. Había poca gente en el salón, el menú era variado pero decidí comerme un filete, el eufemismo del bisté, en honor a Yolanda, que prometió cocinarme otro cuando yo volviera. Su historia de amor con Rodney, amor por supuesto imposible, me había dejado perplejo. En un primer momento no supe si sentir coraje, repugnancia o celos... Conozco a Rodney, lo he visto varias veces en Tropicana, a los pocos días de llegar al *Diario de la Marina* me mandaron hacerle una entrevista. La impresión que me causó fue horrible, era un tipo soez y arrogante, que hubiera sido feo de cualquier manera, pero la lepra lo había afeado aún más, al punto que me pareció la última persona por la que nadie, hombre o mujer, podría sentirse atraído. El solo hecho de imaginar a Roderico dormido, en la misma cama que yo había compartido con Yolanda, me causó un malestar que no tenía que ver ni con la ira ni con el temor. Tenía que ver, no sé, acaso con mi imposibilidad para entender una pasión de esa naturaleza. Al intentar reconstruir la escena —esa increíble escena que componían Roderico durmiendo y Yolanda mirándolo— me vino a la cabeza una canción macabra, *Boda Negra,* en la que un hombre desentierra un cadáver, lo lleva a su casa, lo acuesta en su lecho. La cantaba el Trío Pinareño, y recordé una frase que ni pintada para el amor con Rodney: «... la horrible boca la cubrió de besos, y sonriendo le contaba sus amores».

El camarero se acercó para servirme una copa de vino. Esperó que lo probara, hice algún comentario y me delató el acento, me preguntó si estaba de vacaciones y le respondí que sí, que vivía en Cuba y acababa de graduarme de la universidad; de hecho, el viaje era un regalo de mi padre. El camarero sonrió: también él era cubano, qué casualidad, últimamente venían muchos cubanos por el restaurante. Me gustaba el giro que estaba tomando la conversación, se me ocurrió decirle que había sido precisamente mi papá quien me recomendó que no dejara de almorzar en Chandlers. El otro movió la cabeza, apuesto a que le parecí bastante imbécil.

—Por cierto —agregué, manteniendo el tono de imbecilidad—, papi estuvo aquí hace un mes... Vino con un señor al que mataron a los pocos días.

Era el anzuelo. Por la expresión del camarero, supe que había picado, pero no se atrevió a decirme nada, sólo esperó a que yo continuara.

—Al hombre lo mataron en la barbería de un hotel, ¿cuál era...?, ah, sí, el Park Sheraton.

—¿Anastasia?... —el camarero se concentró en mi cara—. Pero tú no eres el hijo de Raúl.

Me acordé de aquel maestro de inglés que tuve en La Salle: los reflejos son una actitud salvaje, más poderosos que la valentía y que la inteligencia.

—No, yo soy el hijo de Roberto Mendoza. Chiri le dicen a mi papá. Es el dueño del Almendares.

El camarero ya era mío, se lo noté en el gesto: relajado, crédulo, contento. El Almendares, probablemente, era su equipo de pelota favorito.

—Me parece que sé quién es tu padre... Aquel día venían dos o tres señores con Raúl. Yo a Raúl lo conozco desde que éramos fiñes, crecimos en el mismo barrio.

Me importaba un pito, la verdad: su niñez, el barrio, la nostalgia de vivir lejos de Cuba, que era lo próximo que iba a decir. Tenía que volver a encarrilar esa conversación.

—Y al que mataron, ¿lo conociste?

—Te voy a decir la verdad: era un poco loco. Venía a menudo, a la hora del almuerzo. Pero después de ese día que estuvo aquí con tu papá y con Raúl, no lo vimos más.

—Carajo —musité.

Hay carajos que, dichos de cierta manera, significan el final de una conversación. Yo sabía que aquel hombre ya no iba a aportar más. Y de pronto me había entrado apetito, quería zamparme a solas mi filete y luego volar al Hospital Bellevue, al pabellón carcelario donde habría de celebrarse mi posible entrevista con Coppola: tenía el presentimiento de que se me iba a dar.

—¿Otra copita de vino?

Pensé que me merecía esa copa. Ni siquiera había tenido tiempo de pasear por la ciudad. Ya lo haría, me cogería un par de días antes de volver a la «suntuosa Habana del gran Rodney», como rezaba la promoción que había leído tiempo atrás en un cartel de Tropicana.

Del almuerzo partí al encuentro con Coppola. Fui el primer asombrado de que me permitieran verlo, aunque a través de un cristal, él de un lado y yo del otro; cada uno agarró su teléfono y así pudimos conversar. En verdad era un sapito veleidoso. No quiso hablar de los cubanos, ni siquiera aceptó haber estado con ellos en ningún hotel, pero nuestra conversación le dio sabor al tema de Anastasia: «¡Qué bonitas son las palabras de los mudos!» era la frase favorita de su jefe, que en efecto había dejado mudos a un buen número de personajes. Como Cappy no tenía papel, le hice llegar mi libretica con uno de los guardias, y allí me la escribió en ese dialecto de ellos, con su letra de segundo grado. Al oscurecer, llamé a *Prensa Libre*. Madrazo dijo que estaba esperando mi llamada, me había reservado un huequito en Primera y esperaba que lo que yo tenía valiera la pena.

—La valdrá —le respondí, con la resbaladiza frialdad de quien no quiere mostrar su entusiasmo, pero algo lo delata, el tono tal vez, o una imprudente carraspera.

—Te paso a Fini para que le dictes.

Se puso Fini y le dicté. Era una mujer de unos cuarenta y tantos, pero parecía de cien, discreta hasta los huesos, y era hueso y pellejo. Dijo «Buenas tardes, Porrata, puede empezar cuando guste». Leí lentamente, y ella sólo interrumpió para repetir los nombres y cerciorarse de que eran los correctos. Terminé con la siguiente línea: «Para la policía de Nueva York, los hilos que han movido varios eventos en apariencia aislados, como el atentado a Frank Costello, el crimen de Anastasia y la reciente cumbre en Apalachin, están sujetos a un mismo punto geográfico: la suntuosa y trepidante Habana. Hasta esta ciudad, aseguran las fuentes consultadas, se extenderá la investigación».

Colgué. Quince minutos más tarde sonó el teléfono. Era, por supuesto, Madrazo.

—Ni siquiera soy yo quien va a decirte nada. Lo hará Carbó. Espero que estés seguro de lo que has dictado.

—Segurísimo —dije.

Carbó era el director. Le expliqué que todo había sido corroborado personalmente «por este reportero». Todo, menos la reunión celebrada la noche del viernes en la suite de Mendoza, con la presencia de Anastasia y su compinche, Augie Pisano, y con la antigua estrella de los Yankees que habían querido contratar quién sabe para qué casino: Joe DiMaggio.

—Vamos a editarla un poco —dijo la voz del otro lado—. Podemos cambiar algunos verbos al condicional, ¿te parece?

Yo odiaba el condicional, o potencial, o como mierda fuera. Son formas que debilitan una historia. Pero evité contrariarlo, me fui por la tangente y le comenté que la reunión con DiMaggio, aquella noche, demostraba que estuvieron engañando a Anastasia, le hacían creer que lo tomaban en cuenta, que participaba de las decisiones, cuando en realidad La Habana estaba cerrada de antemano para él y para cualquiera que careciera de la bendición de Lansky.

—La publicaremos pasado mañana —concluyó el director—. Trata de volver a tiempo.

Volver a tiempo era regresar cuanto antes, de hecho, en el próximo vuelo, al día siguiente. Decidí sacarles partido a las pocas horas que me quedaban en la ciudad. Bajé al vestíbulo y, una vez más, miré hacia la barbería en penumbras. El día de su muerte, Anastasia incumplió dos reglas básicas para cualquier capo de su categoría: se sentó de espaldas a la puerta, algo que jamás hacía, y cerró los ojos mientras lo afeitaban. No sospechó de los detalles inusuales, como que su barbero de siempre se reportara enfermo; o que el dueño de la barbería, Arthur Grasso, abandonara el salón precipitadamente segundos antes de que entraran los dos pistoleros. Ni siquiera se extrañó de que Anthony Coppola, su chófer y guardaespaldas, decidiera ir a tomar café, en lugar de quedarse como era su costumbre, aprovechando para que le lustraran los zapatos. Había sido una muerte descuidada, indigna del cerebro despiadado de Murder, Inc. Uno de los botones se acercó para preguntarme si yo era Mister Porrata, agregó que me estaban llamando por teléfono. Fui a la recepción y respondí desde allí: era mi madre.

—Tu papá y yo queríamos saber si estás bien —dijo en un tono agudo de mamá gallina.

—Ya mañana regreso a La Habana —repuse, sin aclarar si estaba bien o mal.

—Lucy quería pedirte algo.

Se puso Lucy. Quería una foto de Lana Turner, la más grande que encontrara. Le prometí que se la llevaría. Ésa era mi familia, esa extraña mezcla de individuos: no había química, ni pasión, ni estilo. Nada nos unía, nada real, quiero decir. Mamá dijo que me mandaba un beso, ah, casi se le olvidaba: que Julián me había llamado y había dejado dicho que me quería ver. Siglos hacía que no nos veíamos. Me quedé un rato en blanco. Dije «hasta luego», pero creo que ella había colgado.

Salí a la noche de Nueva York, había viento y ese olor particular de noviembre. Me subí el cuello de la gabardina y paré un taxi para que me llevara al Mario's. Me sentía seguro de mí mismo, y en cierto modo satisfecho. Fue la última vez que me sentí de ese modo, la última página realmente inocente. Nada me hacía prever la desgracia que se avecinaba, excepto quizá aquella calma, la extraña quietud de las cosas, todo normal y fijo. Todo de embuste.

12. Adivinanza

Le ofrecí mi cama, se desnudó de la cintura para arriba, se quitó los zapatos pero no las medias, tampoco el pantalón, se acostó y yo me acosté a su lado. Estuvimos un rato sin decir palabra, él con los ojos cerrados; yo sabía que aún no se había dormido por el ritmo de su respiración. Es otra cosa que le debo a Chinita: me enseñó que la respiración es lo que indica si una persona está dormida de verdad o sólo está fingiendo. Hace falta mucha práctica para aprender eso, pero yo había practicado suficiente con la propia china, que era experta en fingirlo casi todo: desmayos y trances, esas cosas que tienen que ver con la mente cuando se va en blanco. Lo más difícil, más que todo lo anterior, es hacerse correctamente el dormido, casi nadie sabe hacerlo, ni los mejores artistas del teatro.

Roderico me cogió la mano y yo me ericé por completo, prácticamente dejé de respirar. Quizá quería saber si yo estaba dormida, y hubiera sido fácil para mí engañarlo. Pero era todo lo contrario: quería que él supiera que nunca en la vida había estado más despierta. Sentí su acento ronco, me había dicho que estaba hecho polvo cuando se tiró en la cama, y la voz le salía en pedazos, como si también allí lo hubiera alcanzado la enfermedad.

—No te preocupes, ya no se pega.

Cogí aire, un hilito de aire que me permitiera al menos hacerle esta pregunta:

—¿Qué cosa no se pega, Rode?

—La lepra —respondió—. Aunque me veas así, ya no es contagiosa.

Noté que hasta en la calle guardaron silencio, inexplicablemente se apagaron los ruidos que siempre llegaban a mi habitación. Roderico callado, y yo callada porque él había pronunciado la palabra espantosa. Aspiré una gran bocanada de aire: para decir lo que iba a decir necesitaba demasiado oxígeno.

—No me importa. Si se pegara no me importaría.

Me apretó la mano, se la llevó a los labios y me besó los dedos, los siguió besuqueando y yo sentía su boca húmeda y gruesa —esa boca de mulato zafio que era capaz de soltar más cochinadas que ninguna otra—, pero no lo miraba, tenía la vista clavada en el techo y tuve la corazonada de que él también la tenía clavada allí, en el mismo punto, que era la lamparita. Los dos estábamos boca arriba, mi mano todavía apoyada en su boca, y de repente lo sentí llorar, más bien sentí los labios que le temblaban, el horrible silbido que salía de su pecho con cada sollozo; me asusté pero no me moví, ni siquiera traté de consolarlo. Estuvimos un ratico así, Roderico botando lágrimas, como si se le hubieran vaciado los ojos, mi mano empapada de todo, de lágrimas y de saliva, y en una de ésas, casi sin darme cuenta, empecé a llorar también. Hay una extraña paz en ese llanto que sale en completo silencio, totalmente inmóviles, quizá hay un signo en eso. Al cabo de unos minutos, él se había calmado y apartó mi mano de su boca, se la llevó al pecho, siempre apretada dentro de la suya.

—¿Tú sabes quién soy?

Era una conversación para tenerla por la noche, en lo oscuro, muy difícil con esa claridad, la luz del día entraba aunque yo hubiera cerrado las ventanas, eran más de las siete, la gente estaba saliendo para sus trabajos y los ruidos de la calle se reanudaron, como si sólo se hubieran detenido un mal momento por lo de la palabra «lepra».

—¿No te han dicho quién soy? —insistió Roderico,

había dejado de mirar al techo y se dio vuelta para mirarme a mí, para ver mi perfil, porque yo seguía muy tiesa, con la vista clavada en la lamparita

—Eres Rodney —le dije—. El gran Rodney de las producciones de Tropicana.

—No te hagas la boba —repuso esforzándose mucho, como esos personajes que agonizan en las novelas de la radio y están a punto de revelar el último secreto—. ¿Quieres que te lo diga? ¿Te digo quién soy?

Al oír aquello sentí el temor de que se levantara, se vistiera y se largara de allí. Me di vuelta en la cama y Roderico y yo quedamos frente a frente, algo que no había sucedido en bastante rato. Le vi los ojos colorados, pero estaba risueño, pensé que en el fondo se divertía con aquella escena. El hombre que estaba a mi lado no era el que insultaba a las bailarinas, o se burlaba cruelmente de las pobres modelos. Era otra cosa, desnudo para mí, alguien que había crecido mirando lo que sólo podrían ver los muertos: la carne que se pudre y cae, a esas alturas sin dolor. Cuando cae, me confesó mucho más tarde, es porque ya no duele.

—Me están inyectando oro —musitó, presentí que estaba a punto de besarme—. Peloticas microscópicas, casi invisibles, me las ponen por la vena y eso mata la enfermedad.

Dicho esto, acercó su cara y nos besamos. No nos abrazamos, tan sólo fue ese beso, en realidad yo esperaba que pasara su brazo por encima de mi cintura y me estrechara como lo hubiera hecho cualquier hombre. Pero no lo hizo. Siguió hablando con aquellos labios casi pegados a los míos, como si me susurrara cosas al oído, pero en lugar del oído estaba mi boca, que al fin y al cabo era capaz de escuchar mucho mejor que cualquier otro lugar del cuerpo. Dijo que la enfermedad se la descubrieron cuando tenía veintitrés años, para la época en que ya era bailarín en La Habana y actuaba en la «Revista Maravillosa», que era el nombre de un show. Lo primero es el picor, la sensación de tener moscas atrapadas en los huequitos de la nariz, mosquero que sube hasta el entrecejo. La enfermedad es muy demorada en todo: a veces tarda en salir algunos años después que se contagia, y luego de los primeros síntomas, aún pasa algún tiempo antes de enseñar las garras. En el caso de Roderico, cuando por fin las enseñó, él ya había dejado de bailar y producía espectáculos de cabaret. Dijo que por lo menos había dejado de bailar a tiempo, pues nadie hubiera querido hacerlo con un hombre que podía desgraciar a su pareja tan sólo con que se le fuera la uña. Nunca se supo a ciencia cierta quién lo contagió, pero su madre pensaba que había sido su abuelo, el padre de su padre, quien regresó a Cuba cuando Roderico era niño, después de haber pasado varios años en el Canal de Panamá. No regresó por su gusto, sino porque se encontraba mal: traía llagas en la piel, que él porfiaba que eran picaduras infectadas, y si la enfermedad no le llegó a roer la nariz, o le empezó a comer los dedos, fue porque el viejo murió del corazón mucho antes de que eso ocurriera. El abuelo había vivido con ellos los últimos meses de su vida, durmió en el mismo cuarto que su nieto, con los dedos sucios de tocar las llagas le acariciaba las rodillas raspadas.

—He tenido mala suerte —murmuró con los ojos cerrados—. Nadie más cogió lepra en mi familia.

Pronto me di cuenta, por su respiración, de que se había dormido. Su mano se quedó sobre la mía, era la única parte de mi cuerpo que él había tocado, aparte de los labios, claro: desde ese día me besó en la boca muchas veces, éramos novios castos, quizá yo fui la única novia de Roderico Neyra. Me quedé quietecita viéndolo dormir, una hora o dos, luego me levanté a preparar el almuerzo, me bañé y me maquillé bastante para quitarme las huellas de la mala noche, los ojos hinchados por el llanto mudo y los labios mordidos: yo misma me los había mordido con el nerviosismo. A la *una de la tarde lo desperté, comimos juntos y juntos salimos hacia el cabaret: él a mangonear a las bailarinas, y yo a soportar a Loretta (la de Loretta y Johnson), que tenía su lado bueno y su lado malo, y el malo era invencible. Íbamos silenciosos en el automóvil, y por el camino me rozó esa sensación de pareja, la intimidad que no podía existir pero existía, y para colmo un sabor clandestino, como si fuéramos amantes a escondidas. Había que ver cómo cambiaba de personalidad tan pronto entraba a los ensayos, no miento cuando digo que al estar conmigo era más varonil, hablaba de otro modo, se reía incluso de una manera más franca, o eso era lo que yo creía, el espejismo que me interesaba ver. Una semana más tarde, Loretta me preguntó si deseaba trabajar con Rodney, le contesté que trabajaba para ella y no me daba el tiempo para nadie más, pero que en todo caso Roderico nunca me había ofrecido nada. «Te lo va a ofrecer —dijo Loretta—, me va a conseguir a una muchacha para que me ayude, así que puedes irte a trabajar con él». Me quedé boquiabierta, temblando en medio del camerino, y Loretta, a través del espejo, se quedó mirándome, seguramente había visto muchas parejas nebulosas en su vida, pero ninguna como la que formábamos, o ella pensó que podíamos llegar a formar, Roderico y yo.*

Dos noches más tarde, él se acercó para proponerme un empleo, a sabiendas de que Loretta me había puesto en antecedentes. Acepté su oferta de inmediato, porque además me había pedido que lo acompañara a Las Vegas, donde se dedicaba —y aún se dedica— a ver los espectáculos y escoger a los artistas que contratará para sus producciones; en Tropicana siempre le han dado carta blanca. Mi función era la de ayudante, le preparaba la ropa, ordenaba sus papeles, colaboraba en todo y como premio —puedo decirlo así— por las noches dormía a su lado. No me tocaba, pero a veces nos dábamos un beso, sólo uno, y luego me quedaba quieta, pen-

diente a una señal de su cuerpo, a ese pequeño vuelco en su respiración que me indicaba que por fin se había dormido. Todavía esperaba un buen rato antes de moverme, hasta que el sueño de Roderico se hiciera más profundo, y cuando me aseguraba de que estaba rendido, poquito a poco me pegaba a él, respiraba su olor, que no era un olor desagradable, pero tampoco el olor de un hombre sano. Yo digo que era un toquecito suave a carne seca, o a carne salada, un punto al que daban ganas de aferrarse, al menos yo me aferraba con los ojos abiertos, fijos, a la manera en que se miran las musarañas, pero absorbiendo aquel efluvio como si fuera un hilo que me llevaba de un lugar a otro: de la persona que siempre creí ser, a la persona en que me convertía oliendo a Roderico. No puedo olvidarme de ese salto en la noche.

Por primera vez iba a volar en avión para ir a Las Vegas. Roderico me había advertido que sería un viaje largo, con escala en Miami. Dos días antes, yo había ido a ver a mi hijo al circo, que por esas fechas recalaba en Matanzas; tuve que salir de madrugada para poder llegar a tiempo de desayunar con él. Me recibió Chinita con el pelo suelto, envejecía de minuto en minuto, me miraba con una sonrisa de sabiduría y me hizo beber su té en vez de café. Nos sentamos solas, mi hijo estaba dormido y aproveché para hablarle de Roderico, porque a nadie más le podía hablar de un hombre que era un enigma para mí. Me escuchó con la vista puesta en su taza de té, revolviendo con la cucharita.

—Pájaro, leproso y oriental —musitó cuando acabé de contárselo todo—. Debe ser el mejor mago del mundo.

El mejor, sí: tan sólo había que ver lo que lograba con las bailarinas y los decorados, y las fantasías que se le metían entre ceja y ceja, complicándolo todo, mezclando chorros de luz con fuentes de agua, las palmas con las plumas, príncipes de otros tiempos con apostadores de gallos; y lo increíble era que le quedaba natural. En cuanto a su enfermedad, saltaba *a la vista que la había tenido, no le gustaba que lo retrataran. Lo de oriental no saltaba a la vista, pero no había forma de ser otra cosa, no se podía ser habanero si se había nacido en Palmarito de Cauto. Por último, la palabra «pájaro», casi tan espantosa como la palabra lepra. Hasta el momento, yo no había visto nada que me hiciese pensar que le gustaran los hombres, sólo había oído el comentario de la costurera de Loretta. Chinita tomó su té, con un remolino que se había formado de tanto revolverlo, me miró con la misma prodigiosa paciencia con que me solía mirar a veces, cuando yo era niña:*

—Lo importante es que le gustes tú.

Bajé la cabeza porque no estaba segura de eso. Era verdad que me trataba de una manera diferente a las demás mujeres, pero hasta ese momento, a dos días de salir de viaje, sólo me había besado castamente los labios, los labios y la mano, esta pobrecita mano que, por cierto, era la única que le podía ofrecer.

—Ve con él —aconsejó Chinita—. No has visto mundo, no has visto nada por ahí. Diviértete, ésa es la magia que te va a quedar.

Sonreí y le pedí que despertara a mi hijo. A él le dije simplemente que el famoso Rodney, que era el coreógrafo de Tropicana, me había contratado como secretaria y tenía que acompañarlo a Las Vegas. Chinita nos había dejado a solas para que pudiéramos hablar a gusto, y Daniel me comentó que estaba preocupado porque nunca la veía dormir. A cualquier hora de la noche que se levantara, la hallaba despierta, sentada en su butaca, tomando té o hablando sola. Por el día se pegaba al radio para escuchar novelas. Ya nunca la veía ni tan siquiera cabecear un poco.

—No pega ojo, mamá, te juro que no duerme.

Intenté tranquilizarlo. Sabía que él quería a esa china como si fuera su propia abuela, quizá la quería tanto como a mí, pues no en balde ella había estado cuidándolo todo ese tiempo. A la china, en un aparte, le mencioné el asunto: Daniel estaba preocupado porque no la veía dormir.

—Es un juego —repuso ella—. Muchas veces estoy dormida cuando él se levanta para ver si duermo, lo que pasa es que me hago la despierta.

Asentí y no dije más. Me acordaba de que la crianza, tal como ella la concebía, se basaba en esos acertijos, en duras pruebas fantasmales que se parecían un poco al «suplicio chino», la caja de trucos que usaban los magos. Es imposible explicarlo con palabras, en realidad había que convivir con ella para aprender el juego, siempre decía que eso era todo lo que había que saber para crecer con voluntad, y para ganar sin comprender, que era la única forma honesta de ganar.

Yo no sé si lo aprendí, no era una lección que una aprendiera de memoria, como las tablas de multiplicar. Había que captar las señales —las que enviaba Chinita— y no era fácil hacerlo, había que alzar el hocico y olfatear el aire, como esos perros que reciben un pálpito. En el avión, durante el vuelo nocturno, apagaron las luces y sentí algo rico, algo que me erizó: todo mi cuerpo iba apoyado en un humo. Era otro juego. De niña me daba miedo por las noches, y la china me aconsejaba que antes de dormir estirara la mano y la dejara quieta; que al poco rato iba a ver cómo la mano de la oscuridad se agarraba a la mía, y que ése era un remedio santo.

Creo que todos dormían dentro del avión. Estiré la mano y alcancé la de Roderico, la oprimí y tuve la sensación de estar tocando un hormiguero, tuve temor que se desmoronara. Aun así, atraje esa mano hacia mi pecho, la empujé un poco por mi escote, Roderico me apretó suavemente, pero enseguida me dejó. Empezaba a amanecer sobre las montañas de color ocre cuando el avión aterrizó en Las Vegas. Al bajar por las escalerillas, me sacudieron los ven-

tarrones típicos de un ciclón —¡eran tan fuertes!— y al llegar al hotel, que se llamaba Flamingo, me ofrecieron un licor rosado de bienvenida. Ya en la habitación, junto al gran Rodney, miré por la ventana y vi las mismas montañas, el mismo color ocre, el abejeo de los obreros construyendo edificios.

—La adivinanza del desierto —suspiró Roderico.

—Adivinanza eres tú —fue lo único que murmuré.

13. *Almendra*

Soñé con Aurora. Con una Aurora que no era la de mi niñez, pero tampoco la vejancona altiva en que se había convertido por aquellos años. La que apareció en mi sueño era más bien la Aurora de mi adolescencia, de «nuestra» adolescencia, incluyo a Julián porque ambos estuvimos juntos aquella horrible tarde. Primero fuimos al cine, recuerdo que echaban una de Clark Gable, *Across the Wide Missouri,* y al salir me propuso que pasáramos por su casa a buscar un dinero. El dinero se lo había dado su abuelo, el padre de su difunto padre, y el plan era coger un taxi y acercarnos a la casa de Marina, un prostíbulo en el barrio Colón. Julián estaba cansado de acostarse con putas, yo algo menos, pero tampoco era un novato. Sin embargo, le hizo creer al abuelo que todavía no conocía íntimamente a ninguna mujer, y el pobre viejo, compadecido hasta los huevos, nunca mejor dicho, no lo pensó dos veces para sacar el fajo de billetes y mandarlo al establecimiento más famoso de La Habana, y hasta se tomó el trabajo de llamar a Marina para recomendarle a su nieto. Tomó en cuenta, además, que a ningún muchacho le gustaba ir solo la primera vez, razón por la cual le dio dinero suficiente para que invitara a su mejor amigo. Julián se partía de la risa mientras me lo contaba. No nos podíamos imaginar, ni él ni yo, ni mucho menos su abuelo, que en un futuro no tan lejano, su principal fuente de ingresos iban a ser las putas, sin competencia posible con Marina: putas de alcurnia, criollas y del lejano Oriente.

Nadie lo metió en eso, se metió él solito por vocación, por labia, por el instinto que le nace a una persona para encajar en algo, y él encajaba allí. Se vestía y se comportaba de una manera especial, tenía garra para ese tipo de negocio. Cuando demostró que la tenía, lo demás le vino de gratis: buenos consejos y, sobre todo, protección.

Aquella tarde, al entrar en su casa, oímos una música que provenía del comedor. Julián dijo que sólo iba a tardar un minuto, me senté en la sala a mirar unas revistas y lo vi alejarse por el pasillo rumbo a su cuarto. Antes de eso me había advertido que iba a coger dos sacos, uno para él y otro para mí, pues a Marina no le gustaba que los clientes llegaran en mangas de camisa. En los últimos años, nuestras tallas eran similares: él había dejado de ser el enano portátil que fue en su infancia, y había pegado un estirón al filo de los quince años. Yo, en cambio, me estanqué un poquito, así que cuando cumplimos dieciséis, estábamos casi a la par, prácticamente el mismo peso, la misma estatura, y una manera de entendernos con antiguas señas, gestos que sólo comprendíamos nosotros dos, a la manera en que se entienden los verdaderos cómplices.

La casa de Aurora tenía un aspecto similar a los salones que ella solía decorar, con búcaros y mantelitos, ése era el tema. Las puertas del balcón tenían vitrales, y era precisamente la luz que entraba por aquellos vitrales la que con más ardor se empozaba en el suelo, con un tinte rojizo, imprecisa y fatal la claridad enjaulada. Cerré la revista y caminé hacia el comedor, la música dejó de oírse un instante y enseguida se volvió a escuchar, como un olor que va y viene. Me paré en la puerta y el hombre levantó la vista. Lo reconocí en el acto: estaba sentado a la mesa, fumándose un tabaco sin anilla, uno de esos «perfectos» que tuercen para su propio deleite los negros de las tabaquerías. Le di las buenas tardes y él movió la cabeza, desdeñoso, reconociendo en mí al insecto amigo del otro insecto que era el hijo de Aurora. Julián me gritó desde su cuarto que si quería ir al baño, le respondí que sí, pero aún me quedé algunos minutos rondando el comedor, tratando de poner en su lugar las cosas, mis desubicadas ideas, todo revuelto repentinamente. Cuando llegué junto a Julián me señaló hacia el baño: «Mea, mi socio, ponte colonia». Entonces vio que no me movía y que tal vez trataba de decirle algo, pero no sabía cómo empezar. «¿Viste un fantasma, tú?» Dijo esa frase por decir algo, y comprendió que había dado en el clavo: yo había visto, en efecto, a un fantasma. Dio media vuelta y se echó a reír: «El tipo es buena gente..., es amigo de Aurora». No dijo mami y eso significaba muchas cosas. En el pasado, cuando Julián me daba quejas de su madre, la solía llamar por su nombre, era una forma de apartarla, de castigarla sin que ella lo supiera. Ahora no se había quejado, pero la castigaba igual. Me metí en el baño y mientras orinaba me puse a atar algunos cabos sueltos, actitudes veladas de Julián, algún que otro embuste que me había tirado. Cogí el agua de colonia y me empapé el cuello y la cara, luego me puse el saco que él me había ofrecido, salimos de su cuarto, demasiado callados, algo nos había herido momentáneamente, en mi caso había rabia, esa incredulidad morbosa. Yo sabía lo que era abrazar a una mujer, apretarse a su cuerpo, hundirse en ella; y todo eso, muchísimo más, lo estaba haciendo aquel hombre con Aurora, era imposible que no me parara a imaginar la escena. Nos acercamos de nuevo al comedor, se oía la música de otro danzón, no tengo que decir cuál era, su danzón favorito. Meses después, Julián llego a contarme que «el viejo», como él solía llamarlo, venía a su casa dos o tres veces por semana, y tan pronto llegaba corría a poner el tocadiscos. Daban ganas de estrangularlo, porque era capaz de oír *Almendra* durante horas, y también lo bailaba con Aurora. Ahora bailaban. Sentí fascinación por la pareja tan intensa que formaban, la sorda lujuria que les bajaba por la cara: él la agarraba suavemente, sin forzar el roce, y ella, que era un poco más alta, bajaba los párpados para sentir el ritmo. Tan tan tan taratantan... Tan tan tan taratantan... «Son de almendra, guayaba no... Son de almendra, mi china.» Era Julián el que cantaba, de una manera un poco cínica. Aurora salió de su embeleso, nos vio parados en el umbral de la puerta y nos miró extrañada, como si sólo en ese instante se hubiera percatado de que ya no éramos niños. Julián le dijo: «Vamos a dar una vuelta por ahí». Ella se detuvo y se apartó de su pareja, sólo Dios sabe cuánto le agradecí que se apartara. «Aquí a las nueve, Juliancito, ¿oíste?» Julián respondió: «Claro, mami, con el cañonazo», y dirigiéndose al otro: *«See ya later, aligator»*. El aludido levantó la mano en señal de despedida, debía de estar furioso porque lo habían interrumpido en la mitad del baile, miró a Julián con su mirada gris, y nunca olvidaré su gesto, el aplomo de aquella voz caliente y ronca: *«See ya, Gumba»*. Fuimos a una piquera y cogimos un taxi, no le dimos la dirección al taxista, no queríamos que soltara una risita maliciosa ni que nos contara alguna anécdota sobre Marina (todos los taxistas parecían conocer alguna); preferimos decirle que nos dejara en la calle Galiano; desde allí caminaríamos hasta Crespo, que era la calle donde estaba el prostíbulo. Yo admiraba la desenvoltura de Julián; con tal que no hubiera animales de por medio, pues seguía siendo blandito para eso, se comportaba como un rufián, el rey del mambo en su traje de dril, sus zapatos lustrosos y el lacito en el cuello. A punto de cumplir los dieciséis, parecía tener más mundo que un tipo de cuarenta. Por el camino nos echaron piropos, eran las putas callejeras que nos invitaban a subir, siempre hay que subir para hacer eso, y

Julián las rechazaba con sus maneras de castigador; castigador de putas, que es una clase de castigador ambiguo, lleno de feminidad. Fue él quien llamó a la puerta del caserón de Marina, pegó tres aldabonazos y enseguida nos abrió una negra que luego supe que era jamaiquina, toda una institución en Crespo 43. Marina salió a recibirnos, saludó muy efusiva a Julián porque lo conocía de sobra, lo había visto cien veces por allí, pero no le diría nada a su abuelo. Nos llevó directo al patio con mesitas, algunas estaban ocupadas por hombres ya mayores, unos acompañados de mujeres y otros conversando entre sí, sin ninguna prisa, como si fuera un simple bar. Yo aún tenía una espina por dentro: «¿Por qué te dice Gumba?». Julián, en ese instante, estaba a mil millas de su casa, de su madre, del espectáculo de aquel danzón. Me miró despistado, y luego cayó en la cuenta de que me estaba remontando a un tiempo muy lejano, una hora atrás: «Ah, Gumba, pues no lo sé, me dice así el muy cabrón. A veces yo también le digo Gumba a él».

Se nos acercaron unas muchachas y la conversación tenía que terminarse allí, cambiábamos de código. Julián les preguntó que a qué las invitaba, eran tres y las tres respondieron que querían Materva, que era un refresco espantoso, hecho de la hierba mate de los argentinos. A partir de ahí, casi todo se borra. Sé que subimos a las habitaciones, cada cual con la muchacha que había escogido, y que al pasar el pestillo de la puerta me puse huraño, había estado disimulando frente a Julián, pero no tenía por qué disimular frente a una puta. Una puta ejemplar, debo reconocerlo, que se quitó la ropa y se dio cuenta de que yo había perdido la inocencia pocas horas antes, y estaba abotagado, hundido. Ella era un poco lacia, un poco china, incluso un poco fantasmal, a través de la piel blanca del vientre se le veían las venitas. Al final me sonsacó porque me vio muy triste, y yo le correspondí, fui amable y neutro, no se me quitaba de la cabeza el rumor de esa pareja que bailaba. Ni se me quitó en mucho tiempo, es decir, pasaron años y continuaba allí, latiendo siempre. Me di cuenta de eso cuando me desperté aquella mañana en Nueva York y recordé que había soñado con Aurora, justamente con la imagen de ella que me llevé esa tarde. Rondaba por entonces los treinta y cinco años, se había cortado el pelo y se ponía esos vestidos vaporosos que le habíamos visto a Janet Leigh en una película. Cuando sonó el teléfono, yo estaba aún en la cama, repasando el sueño y sus vínculos.

—Soy McCrary —dijo McCrary—, estoy en el lobby, quería preguntarte algo.

Me vestí rápido y bajé. Lo hallé junto a la barbería, que aún estaba cerrada, escudriñando el interior a través del cristal, igual que había hecho yo la noche antes. Salimos del Sheraton para tomar café en otra parte. McCrary me preguntó si conocía el Hotel Riviera, en La Habana. Le contesté que sólo lo había visto por fuera, puesto que estaba recién construido. Era el último gran proyecto de Meyer Lansky, que había anunciado que lo abriría en diciembre.

—Será antes —afirmó, bebió un sorbito de café, habló mirando hacia la calle—. Lo abrirán en Thanksgiving para un pequeño grupo: celebrarán allí otra «cumbre» similar a la de Apalachin.

Tuve una corazonada y a la vez una duda. Miré a McCrary, grandullón sin edad que olía a guardado, a gato errante, a mirón de putas: ¿y quién coño era McCrary? ¿Por qué me lo contaba a mí? Él olfateó mi desconfianza, dejó de mirar hacia la calle y se puso confidencial: si me lo estaba contando, susurró, era porque ya había decidido ir a La Habana a fines de noviembre, y le parecía interesante que investigáramos entre los dos, como un equipo. Le contesté que lo pensaría, pero que en principio me gustaba la idea. Caminamos en dirección al Park Sheraton, discutiendo los posibles motivos que podían tener los pejes gordos para reunirse de nuevo en otro gran congreso. En la puerta, antes de despedirnos, McCrary soltó la bomba que me tenía reservada:

—Parece que Lansky sí estuvo en Nueva York después de todo.

Contuve cualquier muestra de entusiasmo. Puse toda la voluntad del mundo para no exclamar que entonces yo había estado en lo cierto y, sobre todo, para no frotarme las manos pensando en el palo que daríamos en *Prensa Libre*.

—Anota esto —añadió McCrary—: Su billete para regresar a Cuba tenía fecha del viernes 25 de octubre, pero llamó a Eastern y lo adelantó. Salió de aquí el 22 porque no quería estar cerca cuando liquidaran a Anastasia.

Normal, me dije. Para el periódico no iba a ser difícil confirmar ese asunto de cambio de planes con la línea aérea. Agradecí a McCrary, que desapareció por la boca del metro, y yo subí a mi habitación para escribir una larga crónica que no pensaba dictar; la llevaría personalmente a la Redacción tan pronto llegara a La Habana. No se trataba de otro artículo sobre la guerra por el control de los casinos, sino de un análisis sobre la situación del juego en Cuba: durante los últimos años, el esquema parecía haberse completado, el Gobierno no deseaba negociar con advenedizos, y la isla había dejado de ser el territorio abierto que siempre fue. A los que mostraban interés por obtener una franquicia en los nuevos hoteles, se les aconsejaba que se dirigieran a otras plazas en el Caribe o Suramérica. Así había empezado una guerrita sorda que se libraba con bastante discreción, excepto por la muerte de Anastasia, que había sido una chapucería. Tenía una cuartilla casi terminada cuando sonó el teléfono. No había nadie del otro lado, colgué y volví a concentrarme en mi escrito. A los pocos minutos volvió a sonar, y esta vez escuché la voz de un hombre, hablaba rápido y apenas pude comprender unas palabras sueltas, ni siquiera una frase entera, puros murmullos y, luego de eso, una especie de estertor. Pregunté lo que se suele preguntar en estos casos: quién llama, con quién quiere hablar, pero no hubo respuesta. Colgué y esperé unos segundos. De nuevo oí los timbrazos y empecé a contarlos: fueron diez, doce, tal vez veinte, veinte timbrazos desesperados, lo contesté por fin y oí el chisporroteo de la voz, eso y el eco, un acento feroz, luchando, creo, contra la distorsión. Llamé a la operadora y le pedí que no pasara más llamadas, pero me aseguró que no había pasado ninguna, las que yo estaba recibiendo no provenían del exterior sino del propio hotel. Propuso bloquear la línea de mi habitación y le dije que lo hiciera. Me acerqué a la ventana y miré hacia la calle, estaba en el octavo piso y vi la vida transcurriendo normalmente abajo: los transeúntes, el tráfico pesado de esas horas, el puesto de frutas de la esquina. Todavía me quedaba tiempo para almorzar en Nueva York antes de ir al aeropuerto. Volví a sentarme y releí las pocas líneas que alcancé a escribir, pero de repente sentí frío, desasosiego, un cansancio que no sé explicar. Tuve el impulso de echar todas mis cosas en la pequeña maleta, lo poco que me faltaba por guardar, unas camisas y los calzoncillos sucios, más las cuatro mierdas que tenía en el baño. Cogí la gabardina y busqué mi pasaporte, el billete de avión, conté el dinero por si me faltaba algo, comprendí que me comportaba exactamente como un tipo que huye, irracional en la vorágine. Sólo pensaba en dejar la habitación, ya escribiría el artículo más tarde, durante el vuelo, o cuando llegara a La Habana. Salí al pasillo desierto, miré a ambos lados, no se escuchaban los ruidos de la calle, amortiguados como se escuchan siempre, ni tampoco una voz, por pequeña que fuera, cualquier señal de vida detrás de una puerta. Supe que nunca, nunca, sería capaz de describir aquel vacío, un aceite morboso que se pegaba a los poros, ni tampoco describir aquella soledad, otro aceite intocable. Me escapaba, eso era cierto, la sensación de hacerlo está siempre en los huesos, rechina allí la huida, cualquier tipo de huida, y sobre todo rechinaba ésta, que no tenía pies ni cabeza. Ya en el vestíbulo me comporté como un náufrago, pagué la cuenta y alcancé la calle con la frente llena de sudor, el corazón latiéndome deprisa. No me atreví a preguntarme lo que había pasado, ni siquiera me atreví a volver sobre la cadena de pequeñas fugas, que es la cadena del terror. Me metí en un bar, allí comí y añadí unas notas a mi escrito, y a las tres de la tarde le pedí a un taxista que me llevara al aeropuerto de Idlewild. Dormí todo el viaje de regreso a Cuba, excepto por el momento en que la azafata me despertó para preguntarme si deseaba cenar. Había leído que en primera clase, inaccesible para un humilde reportero de *Prensa Libre,* ofrecían faisanes trufados del Castillo de Jagua, el famoso restaurante habanero. Entre bostezos, le dije a la azafata que se me antojaban esos faisanes. Respondió que se temía que no podría complacerme, era una medio tarada con un sombrerito nocturno. Cerré la conversación diciéndole que si no eran los faisanes, no me interesaba nada, y ella se fue, no sin antes regalarme una mirada de asco, trufada de oscuras bolitas desdeñosas. Aterrizamos a medianoche, nadie me esperaba en el aeropuerto y me acordé de unos versos que había leído por aquellos días, de un viajero solo, que llega y no lo espera nadie, y se alza el cuello del abrigo en el gran muelle frío. Éste era mi muelle y, sin alzarme el cuello de la gabardina, entre otras cosas porque no la llevaba puesta sino colgada del brazo, decidí que en lugar de ir a mi casa iría directo al apartamento de Yolanda, me presentaría allí sin avisar, y cuando abriera la puerta, me lanzaría, no a sus brazos, el plural imposible, sino a todo su cuerpo con lo que podía ofrecer: un brazo, dos tetas volcánicas, una boca que navegaba al trasluz, como un pequeño buque embrujado. A los veintidós años, esas pasiones arrastran de una manera súbita, es el momento en que uno corre, derriba puertas, se abre camino a puñetazos. Me dirigí al lugar en donde había dejado mi Plymouth del 49, el fiel Surprise. Guardé mi equipaje en el maletero, me peiné con el cepillito que llevaba siempre debajo del asiento y arranqué suavemente, me puse a manejar despacio, sabiendo que me agradaba poder llegar a otro lugar que no fuera mi casa, darme un baño, tomarme un buen café con leche. Era algo así como poner en marcha una doble vida. Mi hermano Santiago solía decir que todo el mundo, hasta las monjitas de clausura, llevaba una vida doble. Y aquella noche me puse a pensar que el país también la llevaba, que la ciudad tenía una cara imaginaria, que era más o menos la cara de todos los días, con empleados que salían de las oficinas, gente metiéndose en las tiendas, cines abarrotados, y otra cara oculta que era la de los desembarcos, las transmisiones secretas, las bombas caseras y los cadáveres que amanecían desfigurados en las aceras. Entre la cara imaginaria y la cara oculta había un terreno movedizo, una insidiosa tembladera que se lo tragaba todo. Ocho meses atrás, poco después de ocurrido el ataque al Palacio Presidencial, papá entró en mi cuarto y me pidió que lo acompañara a la cocina. Había una mesa redonda donde desayunábamos, y allí nos sentamos. Miré el reloj: eran las tres de la madrugada.

—Escucha bien, Joaquín: ni se te ocurra juntarte con revolucionarios, y menos se te ocurra hacerles ningún favor. No quiero yo saber que te metes en nada.

Sonreí, moví la cabeza, me di cuenta de que papá estaba furioso y mi sonrisa lo enardecía aún más.

—Esto es en serio, atiende y deja la risita: aquí van a molerlos a palos, los van a picar en pedacitos, no importa quién sea la familia ni un carajo.

Mi padre no se asustaba nunca, quizá por eso me resultaba tan extraño verlo así: sinceramente aterrado, mirándome a los ojos y deseando meterse dentro de mi cráneo y cambiarlo todo, o dejarlo todo como estaba, dependiendo de lo que encontrara. Se comportaba como si no supiera quién era el hombre que tenía delante. Y en verdad no sabía nada de mí, pero yo no me mezclaba con revolucionarios, andaba demasiado ocupado nutriendo mi fichero con datos del hampa.

—Si te invitan a una reunión, uno de esos amigos que tuviste en la universidad, o te piden que lleves un paquete, o que vendas bonos del 26 de Julio, lo que sea, piensa en esto: te agarran los del SIM, te cuelgan por los huevos y te sacan las uñas. Al final te meten un bate por el culo y te dejan tirado en la calle. No te pongas a comer mierda, ¿está claro?

Entonces era verdad. Si papá me sacaba de la cama a esas horas, con tanto sigilo, era porque estaba convencido de que el horror podía alcanzar a cualquiera, incluso al hijo de un tipo como él, hombre de empresa que se codeaba con ministros y militares. Le prometí que no me metería en nada. El hecho de que por aquellos meses yo estuviera trabajando como reportero en el *Diario de la Marina* era para él un alivio.

Camino de la casa de Yolanda, volví a acordarme de la advertencia de mi padre. Ningún revolucionario se me había acercado para reclutarme, aunque el mar de fondo en que yo estaba buceando para *Prensa Libre* igual podía acarrear que cualquier día me colgaran por los huevos. Y hablando de huevos, no había luz en el balcón de Yolanda, tenía que estar dormida y se me ocurrió llamar desde un teléfono que había en la esquina. No era lo que tenía en mente cuando decidí sorprenderla, pero tampoco era cuestión de golpear la puerta a esas horas de la noche. Contestó con voz de sueño después de un par de timbrazos. Le advertí que estaba abajo, que acababa de llegar de Nueva York. Hubo un sonido que me pareció un bostezo, y de inmediato intuí que no estaba sola.

—Mi hijo está aquí —dijo de otra forma; su voz poco a poco empezaba a salir de la bruma.

—El trapecista —me atreví a titubear—. ¿Entonces no puedo subir?

La noche estaba fresca y yo estaba agotado. Me arrepentí de haber llegado hasta allí.

—Sube —se espabiló de pronto—. Te haré café.

Subí con la gabardina en el brazo, señal de que acababa de llegar de lejos; eso y mis ojos enrojecidos eran la mejor prueba de que, apenas sin quitarme el polvo del camino, había corrido a verla. Además, le llevaba un regalo. En el aeropuerto de Idlewild le había comprado bombones; nunca le había comprado bombones a ninguna mujer, ni siquiera a Zoila, la novia formal que tuve en la universidad. Hasta el momento, la única formalidad amorosa de mi vida, que concluyó de una manera abrupta: fue cuando Zoila trató de congraciarse con mamá, y un día llegué a casa y las vi juntas, vi una amistad patética y me vi a mí mismo en relación con ellas, abjuré del panorama y rompí con la novia. Una sola cosa daba por segura: Yolanda nunca iba a congraciarse con mamá; mamá nunca sería su amiga, y era un alivio saberlo de antemano. Cuando alcancé el cuarto piso, vi la puerta entreabierta y a Yolanda asomada esperándome, o, mejor dicho, su bata aleteando tenue, la bandera nocturna de un color de guerra. Camino de su habitación, me pareció ver la silueta del trapecista echado sobre la cama de la habitación contigua. Yolanda se había llevado el dedo índice a los labios, encareciéndome silencio, empecé a desvestirme y ella fue a la cocina para colar café. Todo lo que necesitaba era un café con leche. La situación distaba mucho de ser la que yo había soñado, pero ya estaba allí y decidí quedarme. Hablamos bajito, siguió contándome su vida, luego se acurrucó a mi lado y se durmió. Yo en cambio me desvelé, y por un rato me distraje acariciando ese trocito de brazo, el muñón que me erizaba la piel. Llegué a preguntarme si no sería que mi fascinación estaba allí, en lo que no podía tocar. Echaba de menos el codo, la mano, los dedos, me ataba lo irrecuperable, el brazo desprendido, ¿dónde estaría ese brazo, el hueso al menos, el esqueleto de los dedos, la mano esquelética? ¿Dónde lo habían tirado cuando se lo amputaron? Por fin, quién sabe a qué horas de la madrugada, me quedé rendido.

Desperté entrada la mañana, entreabrí los párpados y miré el reloj: pasaban de las nueve y media. Intenté coger de nuevo el sueño pero me espabilaron unas voces, primero me figuré que entraban de la calle, y más adelante descubrí que era Yolanda, que discutía con alguien, de momento no caía con quién. Salté de la cama y agucé el oído, supuse que la otra voz, que sonaba muy joven, era la del trapecista. De momento, sólo captaba frases sueltas, muy duras, el instinto me dijo que debía vestirme y miré a mi alrededor para ubicar la ropa. Fue entonces que las voces se alteraron, se enardecieron, llegaron hasta mí perfectas.

—¿Lo sabe Santo? —gritó la voz del muchacho—. ¿Tú se lo has dicho a él?

Hubo un silencio y ella dijo: «¡Cállate!».

A continuación se oyó el portazo, y, contra todo pronóstico, mi reacción fue volver a la cama, me tapé con la sábana y me quedé inmóvil, seguro de que Yolanda iba a venir a verme. Y así fue. Abrió la puerta y me llamó. No me moví. Volvió a llamarme y yo fingí que despertaba en ese instante. «Son las diez menos veinte», susurró, le temblaba la voz.

En la mesa me esperaba otro café con leche. Tomé un buchito, Yolanda me miraba fijo sin tocar el suyo. Traté de despedirme con naturalidad, sabía que no era el momento de sacar conclusiones, pero ya las estaba sacando. Bajé despavorido, y mientras prendía el carro y manejaba, me atenazó la duda, esa espina implacable. Por el camino compré el periódico y me molestó no hallar ni rastro de la nota que había dictado desde Nueva York. Aposté a que Madrazo esperaba por algo antes de publicarla: por las fotos —no tenían fotos de ninguno de los implicados—, o por la confirmación de los vuelos y las reservaciones de hotel. Ya en casa, lo único que me faltó fue entrar en puntillas, como un marido infiel, pues no quería toparme con mamá. Con quien sí me topé fue con Santiago, que estaba saliendo a trabajar a esas horas, muy tarde, contrario a sus costumbres de madrugador. Mi hermano le echó una ojeada a la estrujada gabardina, pero no se refirió a eso. Me puso la mano por detrás de la nuca y exclamó:

—¿Qué, caballo, te gustó Nueva York?

Le respondí que casi no había tenido tiempo de ver nada, y que perdonara que me hubiera llevado la gabardina sin avisarle.

—Quédate con ella —usó un tonito melancólico, poco común en él—. Ahora que eres periodista tendrás que viajar. Yo no puedo moverme de aquí.

Me eché a reír porque sabía cuánto le gustaba a Santiago subirse a un avión y volar fuera de Cuba, pero me aseguró que hablaba en serio, tenía mucho trabajo y añadió que él y papá estaban vendiendo unas parcelas de terreno en Isla de Pinos. Me sugirió que ahorrara parte de mi sueldo para que me comprara una.

—¿Qué voy a hacer con una parcela? —exclamé—. ¿Quién va a vivir en Isla de Pinos?

—¿Allá? Serán casas de fin de semana, la gente irá en barco o en avioneta. Si no te conviene, la vendes. En poco tiempo sacarás el triple de lo que inviertas ahora.

Pensé que por eso lo prefería mi padre. Santiago era un lince para casi todo: para las mujeres y para vender parcelas.

—Mira: son treinta varas de frente por sesenta varas de fondo. Dentro de cuatro o cinco años, viene un americano y te la compra. Aquello se llenará de americanos.

Le prometí que lo pensaría. En realidad lo que quería era huir antes de que mamá asomara la cabeza. También debía terminar aquel artículo que empecé a escribir en mi habitación del Park Sheraton y que había dejado inconcluso por culpa de las extrañas llamadas. Y sobre todo, quería meditar en la frase que había soltado el trapecista: «¿Lo sabe Santo?». ¿Por qué tenía que saber nada con respecto a Yolanda, a lo nuestro, a mí?

Había escapado de mi madre sólo momentáneamente. Y ella, que tenía buen olfato para detectar a sus cachorros, tocó en la puerta de mi cuarto.

—Te llamaron ayer del periódico —anunció con gravedad—. Dijeron que era urgente, ¿no llegabas anoche?

Se quedó mirando la maleta abierta encima de la cama, y luego señaló hacia la gabardina de Santiago, que estaba tirada sobre una butaca.

—Deberías mandarla a limpiar —agregó, olfateando seguramente aquel aroma intruso en el que yo había llegado envuelto, un tufillo cítrico que era el aroma sexual de Yolanda—. Tu hermana Lucy está esperándote, creo que te había pedido algo, ¿no?

¡Lana Turner! Se me había olvidado la foto de Lana Turner. Pero eso tenía remedio, porque en el archivo de *Prensa Libre* tenía que haber alguna, o varias. Y si no las había allí, siempre podía recurrir a cualquiera de mis antiguos colegas de Espectáculos.

—Dile a Lucy que la veré luego. Voy a bañarme, tengo que ir al periódico.

Mientras mi madre hablaba, yo me había ido desvistiendo hasta quedar en calzoncillos. En ese punto, me miró de arriba abajo, mis piernas flacas y mi *pectus excavatum,* o sea, el pecho hundido que me daba un aire trágico. Entonces se lo vi en los ojos, se lo vi clarito como si le leyera el alma: yo seguía siendo un revejido, un muchachito rubio que había salido de ella, algo que me era imposible cambiar.

—Lávate bien las orejas.

Mamá se fue y me dejé caer en la cama. Estaba exhausto y decidí descansar un par de horas; temí quedarme dormido mucho tiempo y puse el despertador para las tres. Cerré los ojos y volví a acordarme de esa frase que había gritado el hijo de Yolanda: ya no podía dudar de que entre Santo Trafficante y ella, en efecto, había existido algo. O aún existía. Acaso me había estado mareando con la historia de Rodney sólo para ocultar los detalles de esa otra historia, mucho más dura y complicada. Tuve un sueño absurdo con unos zapatos, y cuando sonó el despertador me levanté y metí la cabeza debajo de la ducha. Desistí de tocarme las orejas: no iba a lavármelas porque un demonio me las había lamido. Salí sin ser visto y me dirigí al periódico, pero a las pocas cuadras me percaté de que otro automóvil me seguía, lo vi perfectamente por el espejito y distinguí los sombreros de los dos hombres que iban dentro. En lugar de acelerar, me propuse manejar despacio, suavecito por la ciudad impostada.

14. Cariño sueco

Roderico sabe de casinos, pero no juega nunca. En Las Vegas nos acercábamos a las mesas y él con disimulo me decía que mirara al techo: «¿Ves ese espejo? Ahí arriba hay un hombre, vigilándolo todo». Según él, un inspector en el segundo piso observaba las manos de los jugadores, estaba pendiente del crupier y de cualquier movida. Yo en aquel tiempo le tenía mala voluntad a los crupieres, estaba segura de que los enseñaban a hacer trampas. Roderico me decía que no tenían necesidad de hacerlas, que todos los juegos dejaban ganancias a la casa, unos más que otros. Paseábamos por el casino, yo echaba unas monedas en los traganíqueles y me alegraba de que allí no fuéramos una pareja tan llamativa como en La Habana, que íbamos a cualquier lugar y nos miraban y miraban hasta que nos dolía. En Las Vegas nadie se fijaba en nosotros porque andaban concentrados en sus fichas y en sus apuestas. Aquel viaje fue casi una luna de miel, la única que he tenido en mi vida, aunque yo sabía que una luna de miel era otra cosa, y generalmente no termina tan mal como terminó la nuestra. Fuimos juntos a ver el show del Stardust, Roderico me explicó que era el lugar en donde había visto por primera vez a la pareja de baile que eran Loretta y Johnson, y enseguida supo que en La Habana iban a ser un tiro, su intuición no le fallaba nunca. Aquella noche, que era la última que pasaríamos en Las Vegas, dimos un paseo de despedida y llegamos hasta ese gran letrero que marca la entrada a la ciudad; me gustó verlo tal cual era, porque aparecía en las tarjetas postales que había comprado para mis amigos, los únicos que yo tenía, que eran los del circo.

Roderico me iba explicando cosas del juego; me decía que en la ruleta es más difícil ganar que en el blackjack; y en el blackjack, más difícil que en los dados, y que en los dados únicamente en la tirada inicial el jugador lleva ventaja sobre la casa. Por eso le pedí que antes de regresar a nuestra habitación, aquella noche, paráramos en una mesa de dados; me contestó que me iba a complacer, puso una voz secreta, como un hilo de aceite, y eso me enloqueció, tenía que haber estado loca para hacer lo que hice: puse mi mano bajo su barbilla, me acerqué y le pedí que nos casáramos. Estábamos sentados en un banco, junto a un estanque artificial, una especie de charca en la que trasnochaban patos, yo los oía aletear pero no podía verlos, sólo notaba la espumita blanca, el rastro que iban dejando atrás, casi invisibles sobre el agua oscura. Roderico bajó la cabeza, me imaginé que estaba pensando bien lo próximo que iba a decir. Dijo: «Yolanda, ¿tú nunca te has preguntado si le pegué esta enfermedad a alguien más?».

No, no me lo había preguntado por la sencilla razón de que no me importaba. Me quedé callada, deseando que cambiara el tema porque no me convenía el rumbo que estaba tomando la conversación. Pero él siguió, dijo que su enfermedad era contagiosa, no en ese momento, era verdad que ya no se pegaba, pero lo había sido en el pasado, en los primeros años, y estaba seguro de que se la había pegado a un buen amigo suyo. Se me secó la boca, le pregunté cómo había sido, era lo que él quería escuchar, me respondió que le clavó las uñas cuando todavía tenía suficientes uñas. «Soy un desgraciado —su voz ya no era aceite, sino barro—; lo hice por celos».

El suelo de Las Vegas se hundió bajo mis pies. Fue un momento nada más, yo me quedé en el aire y tuve que contenerme para no soltar una mala palabra, pegarle un bofetón, gritar, morirme de vergüenza y desaparecer de allí, tan lejos de mi casa, de mi hijo, de los consejos de la china que me había criado. Celos, ¿había dicho celos? Roderico agregó: «Lo quise

*mucho, Yolanda, pero al final no tanto, terminé odiándolo.
Y él odiándome también a mí».*

*Me entraron ganas de llorar. Estábamos solos, era
muy tarde y no paraba de fumar, nunca lo había visto tan
resuelto, ni tan ausente. Quise volver al tema del juego. Hice
como la gente que está a punto de ahogarse, que me aferré a
su cuello a riesgo de que nos hundiéramos los dos. Le rogué a
Dios que hiciera algo, que impidiera que Roderico continuara
hablando, pero lo malo era que Roderico estaba decidido, y
pensé que la culpa la había tenido yo, por hablar de lo que
no debía, esa infeliz idea de casarnos. Luego llegué a la conclusión de que no importaba lo que hubiera dicho, él igual
me habría contado lo de su amorío, porque lo tenía planeado.
Ese amorío tenía un nombre, Odín, y lo había conocido en
Bayate, un pueblo de Oriente que quedaba cerca de Palmarito
de Cauto, que era el lugar de donde Roderico era oriundo.*

*—En Bayate vivían unos suecos —empezó di-
ciendo—. Llevaban años por allí, ya habían llegado antes
que yo naciera.*

*Suecos... ¿Quiénes eran los suecos, cómo hablaban,
cuánto habían rodado ellos antes de llegar a Oriente? Más
importante todavía, ¿qué iba a pasar ahora con Roderico, y
qué iba a pasar conmigo, con la mesa de dados, con esa tirada
inicial en la que estaba mi única ventaja?*

*—De chiquitos jugábamos, cubanitos y suecos, y
Odín y yo además corríamos por La Güira, que era un caña-
veral de otro sueco amigo de su padre. En La Güira trabajaba
un jamaiquino, un capataz que se llamaba Brown, y un día
este capataz nos vio, nos reíamos pelando una caña, se topó
con nosotros y nos miró burlón: Odín tan buen mozo y yo
tan insignificante, dijo que parecíamos dos novios bobos.*

*¡Novios!, repetí mentalmente. Cerré los ojos. Por
primera vez en mi vida aspiraba una brisa arenosa que no
olía a salitre. En Cuba ese tipo de brisa siempre arrastra el*

olor del mar o el tufo del pescado, pero en Las Vegas no. Yo extrañaba mi casa, quería ponerme a salvo, pero Roderico se desató del todo: habló a borbotones, como si vomitara los líquidos de una borrachera. Lo oí contar una historia que me lastimaba, me destrozaba por dentro: cierto que aquel sueco y él eran novios bobos cuando se toparon con el capataz jamaiquino, pero un par de años más tarde habían dejado de serlo. Dejaron de ser bobos, continuaron siendo novios. Juntos se escaparon a La Habana, y para el padre de Odín fue una tragedia; también para la mayoría de los suecos, que no recordaban haber tenido una mancha como ésa en todos los años que llevaban en Cuba. La familia de Roderico lo tomó de otra manera, estaban resignados de antemano para lo que pasara, y nada de eso los avergonzó, o no lo quisieron demostrar, ni siquiera hicieron preguntas. Roderico y Odín empezaron una vida juntos, lejos de Bayate y de Palmarito, esos dos pueblos que los asfixiaban, lejos de Oriente. Trabajaron en diversos oficios y a la vez cogían clases de baile; los contrataban como bailarines, a Odín en mejores lugares porque era alto, musculoso y rubio. Bailaban en nightclubs, en cabarets y además en películas. Odín tuvo un pequeño papel en Carita de Cielo, y de ahí saltó a la fama, o casi, porque enseguida alguien se lo quiso llevar a México. A Roderico nadie se lo quería llevar, él mismo reconocía que no era un bailarín muy bueno, tal vez por eso se conformaba con salir en las giras de la «Revista Maravillosa», un variété que hacía funciones por los campos. Y para colmo por esa misma época le salieron los primeros granitos, o las primeras ampollas. Todo sucedió muy rápido, y todo sucedió a la vez: Odín conoció a otro hombre y Roderico tuvo que confrontarlo para que confesara.

—Vámonos —lo interrumpí, lo dije con autoridad—, quiero volver al hotel.

Regresamos con las cabezas bajas, subimos directamente a la habitación y no nos detuvimos en ninguna mesa de dados. Cuando por fin nos acostamos, con las luces apagadas, pero con el resplandor que entraba desde afuera, Roderico me siguió contando su amistad con Odín, hasta llegar al final, que se le quebró la voz; Roderico llorando por otro hombre fue el trago más amargo de ese viaje y de toda mi existencia. Hubiera dado el brazo, el único ya, con tal de no oírlo sorbiendo mocos, gimoteando como un niño. Comprendí que no había nada que hacer y lo dejé hablar sin hacerle preguntas, ya no valía la pena preguntarle más. Me contó que el hombre por quien Odín lo había dejado era un afilador de cuchillos, de esos que van de casa en casa, pero muy fino, con manos y perfil de virgen: nariz, boca, barbilla, todo delicado y pálido. El afilador había vivido en Cuba desde que era un niño, pero era natural de España, lo trajo su madre cuando lo recuperó, pues de chiquito se lo habían robado de la cuna.

—Odín creyó ese cuento chino —se lamentó Roderico—, le cogió lástima, pensó que de verdad una bruja se lo había robado para chuparle la sangre.

En la oscuridad me lo contaba y yo temblaba de arriba abajo, no por miedo, sino por dolor. Odín quiso que Roderico conociera al afilador. Una noche salieron los tres, caminaron por los Aires Libres y se sentaron a tomar unos rones. El afilador se daba cuenta de que estaba matando a Roderico, y para rematarlo, cruzaba miraditas con el sueco, contaba chistes, brillaba hablando con la zeta, así, tan ezpañol, tan fizto. Odín lo animó para que contara una vez más la historia de la bruja, pero Roderico, un poco ebrio, gritó que no le interesaba oírla, que estaba harto de escuchar mentiras. El afilador dijo tener recortes del periódico que lo probaban: fue en Barcelona y no era una bruja, sino vampira que chupó su sangre. Hubo un silencio entre ellos —sólo se oía la música de las orquestas—, se despidieron rápido y el afilador salió por un lado, mientras Roderico y Odín salían por el otro, hacia el aparta-

mento de la calle Egido donde convivían por aquel entonces. Al llegar discutieron, se fueron a las manos y Odín lo sacudió, lo llamó leproso, la palabra negra. Roderico lo cogió por el brazo y le clavó las uñas, el otro intentó soltarse y tiró golpes y patadas hasta que lo logró. Corrió a coger su maletica de cuero, que era la misma maletica sueca con la que sus padres habían llegado a Cuba, puso dentro su ropa y se fue con la camisa abierta, así se van los hombres que huyen de la locura, sin abrocharse la camisa, o metiendo el botón por el ojal equivocado. Roderico se arrastró hasta el balcón; desde allí, cuando lo vio salir, le gritó que él también sería un leproso. Estaba seguro de que lo había contagiado.

—No lo volví a ver —dijo, tan triste que hasta a mí llegó el olor de la infelicidad—. Alguien me contó que se fueron a vivir a España, él y ese pájaro malo que afilaba cuchillos.

Me cogió la mano, pero yo estaba rígida, sin ánimos para moverme: sucedía que a mí también me habían chupado la sangre.

—Perdóname, Yolanda —susurró poco antes de empezar a roncar—, se me olvidó llevarte a la mesa de dados.

Apenas dormí esa noche, me levanté muy temprano, me metí en el baño y me duché llorando. Luego me vestí y me peiné; trataba de no hacer ningún ruido para que Roderico no se despertara, pero es difícil cuando una tiene que hacerlo todo con un solo brazo. Me puse un sombrerito lila con una redecilla que me cubría la cara; me lo había puesto para hacer el viaje de regreso, igualito que las artistas que llegaban al cabaret. Así me vio Roderico cuando se despertó: recién bañada y vestida, con los ojos de haber llorado medio ocultos bajo la redecilla del sombrero. Me preguntó la hora, salió de la cama y se metió en el baño. Pensé que a lo mejor también lloraba bajo el agua, recordando aquel cariño sueco, yo nunca oí decir que en Cuba hubiese suecos, pero no lo dudaba, porque en Oriente había de todo, mucha gente de los lugares más extraños, algunos dedicados al café, como los franceses. A los franceses les encantaba el circo y llevaban a sus hijos cada vez que pasábamos por esos pueblos.

El viaje de regreso a Cuba fue un velorio. La difunta era yo, tenía que serlo por necesidad, pues ni siquiera podía sentirme apoyada en un humo, no sentía ningún tipo de apoyo, ni bajo mis pies ni bajo mi solitaria mano. De vuelta a Tropicana, todo el mundo nos miraba con curiosidad, como si Roderico se hubiera vuelto loco, o como si yo me hubiera vuelto loca. En apariencia, éramos cómplices, y ante los ojos de los demás, el simple hecho de haber viajado juntos a Las Vegas nos convertía en una pareja rara: la manca y el leproso, ¿cuánta gente no diría esa frase? En el fondo, sólo yo sabía que nuestra amistad estaba detenida en un punto muerto. Roderico se puso aprensivo, a veces sólo me hablaba para contarme sus achaques, la lepra es una enfermedad que no sólo destruye por fuera, sino que también lo hace por dentro, era lógico que le dolieran las articulaciones, o que le doliera el pecho. Pero por encima de todo, estaba su actitud: había puesto distancia entre los dos, y se había vuelto muy celoso de todas sus cosas. Yo esperaba que en cualquier momento me dejara en la calle, incluso me sentí resignada, preparé de antemano la frase con que iba a responderle cuando me dijera que ya no me necesitaba. Y en medio de ese gran dilema, una noche llamaron para avisarme que Chinita había muerto. Hoy lo digo rápido, pero desde el momento en que colgué el teléfono hasta el instante en que empezaron a bajar el féretro, mi corazón latió mucho más lento, todo era lento: mi manera de caminar, de agarrar una taza y servirme café, de ponerme a pensar, el pensamiento se me hizo grumos. No era capaz de decidir, de comprender, de imaginar a mi pobre hijo, solo en el mundo de la china, que era un mundo sin fondo. Metí una muda de ropa en una bolsa y salí a la calle sin pasarme un peine, a la desesperada, sólo atinaba a buscar una máquina *que me llevara en un suspiro a Mantilla, el pueblo donde había muerto; por suerte el circo estaba anclado allí, tan cerca de La Habana. Para cuando llegué, la habían puesto en la caja, debajo de una segunda carpa que levantaron dentro de la carpa principal. Todos me abrazaron, me dieron el pésame, algunos eran nuevos y ni me conocían. Mi hijo estaba sereno, pero demacrado, le corrían lagrimones por la cara; me pareció que se había encogido, estaba encogidito en una silla, no era más que un niño. «Se fue mi madre», lo oí decir, y en ese instante todo lo que ya era lento se detuvo, mi propio corazón se me paró en el pecho; no podía respirar, ni ver, ni imaginar más que palabras de remordimiento. Me desplomé de la impresión. En un circo siempre saben cómo despertar a los que se impresionan, siempre tienen amoniaco y sales. El resto del velorio fue normal, pero lo más curioso es que me dio por pensar en Odín, pensé en su historia con Roderico y me la imaginaba escena tras escena, en cuadros fijos, a la manera en que se ven las fotos de un álbum. También me imaginé al afilador, todos los afiladores ambulantes que conocía eran bastante viejos, en Cuba es un oficio de españoles viejos, pedalean en su bicicleta con las herramientas que usan para sacar filo, pero me dije que quizá en algún momento todos habían sido jóvenes, tanto como el muchachito a quien la bruja le chupó la sangre. A media mañana fui al carromato donde vivió Chinita, recogí su ropa y vi unos zapaticos en el suelo, parecían dos escarabajos, por eso me acordé de lo que me había dicho: el espíritu nunca sale desde el pecho, ni por la cabeza como cree la gente. Sale por los pies y había que estar descalzo, morir completamente descalzo. Guardé sus gafas, las que ella usó toda la vida, eran antiguas con los bordecitos de madreperla; pensé que a mí también se me había ido una madre, me preparé un té y mientras lo tomaba, comprendí que nada me hubiera consolado tanto como que Roderico me acompañara en ese trance. Era mediodía cuando lo llamé a su casa, nunca antes lo había hecho; él me tenía advertido que sólo lo llamara en caso de necesidad, pues vivía con su mamá, que era viejita y padecía jaquecas. Y así fue, me contestó una anciana, Roderico se puso y le expliqué lo que me había pasado. Dijo que lo sentía, que me cogiera el resto de la semana libre. Eso fue todo. No me preguntó si lo necesitaba, si necesitaba cualquier cosa. A Chinita la fuimos a enterrar en el cementerio chino, donde tenía un panteón. Se lo confió a mi hijo en sus últimos momentos, le explicó que en esa tumba estaba enterrada casi toda su familia, y que el mago portugués, antes de fallecer, le había dejado los papeles y un mapita que señalaba el lugar donde se hallaba el panteón de sus antepasados. Nunca nos había contado nada. Bastaba con que se hubiera muerto para saber que tenía un agujero en esta tierra, algo propio entre los suyos, en el cementerio con puertas de pagoda.*

Roderico vino a casa para darme el pésame, me trajo flores y sándwiches, cervezas para comer conmigo. Lo vi lejano, como si fuera otro, sobre todo porque no vino solo: con él venía Cristóbal, un muchacho de ojos caídos que estudiaba medicina. Mi tristeza era tan grande, que ni siquiera me dio el alma para revirarme, para encontrarle defectos a Cristóbal, que era estudioso y refinado, con los modales de un cura, nada que se pareciera al mundo del cabaret, ni al mundo de Roderico y mío.

Meses después, me enteré que estaba preparando otro viaje a Las Vegas. Yo sabía que en ése no me pediría que lo acompañara, aunque todavía, de tarde en tarde, se dejaba caer por casa. Sobre todo cuando se disgustaba con Cristóbal, se lo adivinaba en el gesto, en la rabia que le daba por sus propios defectos, por tener cicatrices y deformar los zapatos. Se quejaba de todo, de ser feo y mulato, y hasta de quemarse los dedos y no poder sentirlo. Entonces me pedía que le friera un bisté y se quedaba a dormir conmigo. Pero a Las Vegas se llevó a Cristóbal, yo estuve oyendo los preparativos de ese viaje y me acordaba del que habíamos hecho, tal como me acordaba del brazo que me habían cortado, así, con esa sensación de haber perdido algo que era de carne y hueso.

Como en esta ocasión estaría fuera por bastante tiempo, me sugirió que en lugar de quedarme en Tropicana, haciendo nada, me fuera a trabajar al Sans Souci, para que ayudara a su amiga Kary Rusi. Era el final que yo estaba esperando de un momento a otro. Recogí mis cosas y me sentí un poco humillada porque la gente allí se daba cuenta de lo que pasaba. Estaba sola, pero siempre lo estuve. Extrañaba a Chinita, y sobre todo extrañaba a mi hijo, que se había quedado para siempre en el circo, no quiso volver conmigo, su vida estaba en la troupe, en el lugar al que pertenecía, y sólo aceptó venir al Sans Souci por una temporada, cuando el coreógrafo lo contrató para saltar.

Un día, Kary Rusi me dijo que esperaba a un periodista del Diario de la Marina, que me quedara con ella un poco más para que el periodista no la viera sola. Llegaste tú, nadie se imaginó que ibas a ser tan joven. Más tarde, Kary me llamó para decirme que te notaba tan interesado en mí, que ni siquiera le prestaste atención a su mejor noticia, que era esa invitación que le habían hecho para bailar en el Stardust. A mí me dio risa, creo que me reía por primera vez en mucho tiempo.

Tú eras lo menos parecido a un mago que yo hubiera podido concebir.

15. El espejo

—¡Nos pararon la prensa! —tronó Madrazo—.
Alguien nos chivateó.

Estaba ocupado leyendo galeradas y apenas levantó
la vista cuando me sintió llegar.

—Siéntate —añadió sin mirarme—, ahorita nos
reunimos con Carbó, vamos a ver qué hacemos con tu
artículo.

Ni me senté ni contesté a lo que decía, no podía
hacerlo, no era capaz de coordinar aún. Madrazo se dio
cuenta de que yo había entrado sin decir buenas noches
(ya era de noche), y que tampoco reaccioné a lo de la
prensa. Recapacitó y volvió a mirarme: me vio ensopado
y pálido, ligeramente tuerto.

—¿Qué te pasó?

Moví la cabeza, trataba de no derrumbarme, de no
cagarme encima después que todo había pasado. No era
lógico cagarse a destiempo.

—¿Te sientes mal? ¿Quieres café?

—Café —respondí, pero mi propia voz sonaba
ajena, falsa, como si saliera a través de un sumidero.

Madrazo se precipitó a la puerta, le ordenó al Niño
—un negro, por cierto, con la nariz carcomida— que
fuera corriendo a buscar un café. De inmediato lo sentí
trajinar a mis espaldas, abrió y cerró gavetas, y lo próximo
que vi fue el vasito que me puso al frente.

—Siéntate —dijo con más firmeza—. Y te me
tomas este coñac, así te vas calentando.

Lo bebí de un tirón. Hubiera podido beber lejía, cocacola, fango, cualquier cosa me habría sabido igual.

—¿Estás mejor?

Hice un movimiento con la cabeza, balbuceé que regular. Aún no me había visto en un espejo, pero sentía el pómulo hinchado, y también el ojo, me aterraba el ojo. El miedo a quedarme ciego había sido uno de los fantasmas de mi niñez, una manía que había arrastrado desde entonces. En las broncas de muchachos siempre evitaba que me tocaran los ojos, pero en esta bronca desigual no había podido.

—Desembucha —me apremió Madrazo—. Luego tendrás que ir a la Casa de Socorros para que te curen.

El coñac me había venido bien. A lo primero no lo sentí en la boca, pero ahora que había bajado estaba surtiendo efecto.

—Me siguieron unos tipos —musité, con la lengua enredada porque yo mismo me la había mordido—. Me estaban esperando cuando salí de casa, empezaron a seguirme pero no paré, pensé que era mejor tirar derecho hasta aquí.

Madrazo se levantó, me dio una palmadita en el hombro y dijo «sigue, sigue», buscó un vaso para él y trajo la botella. Le pedí que me sirviera otro coñac y empecé a desembuchar como él quería, literalmente era eso, sacarme del buche esa bola de rabia y de estupor. Le conté que al principio creí que sólo intentaban asustarme, pero al doblar por Manrique, a dos cuadras del periódico, había otra máquina esperándome y me cerraron el paso. Se bajaron unos tipos, los dos del auto que se atravesó, y me sacaron a la fuerza.

—Es el momento en que me pegan este puñetazo —le indiqué, señalándome el pómulo.

—De pinga —se estremeció Madrazo—, sigue...

Me encañonaron y me obligaron a subir con ellos. Arrancamos en el Chevrolet, era un Bel Air azul, y al pasar por *Prensa Libre* se detuvieron un momento: «Aquí trabajas, ¿no?». Seguimos rápido, cogieron por cerca de la Universidad, a Madrazo sólo le di este dato:

—Pararon donde vive una mujer que tengo...

Evité contarle que el hombre que iba manejando, que era un flaco jabado, con el pelo chorreando brillantina, había dicho: «Allá arriba vive la manca, ¿no es verdad?». No estaba seguro si me hablaba a mí o a su compinche. «Fíjate qué cosas, nunca he singado yo con una manca, cojas sí he tenido cantidad, esas mujeres medio tullidas son muy singadoras.» Yo iba delante, entre los dos, el de la derecha mantenía el cañón de la pistola apretado contra mis costillas. Lo empujó a la brava para susurrarme esto: «¿Cómo vas a mojar donde moja el Santo, niño? Estás loco pa'l carajo».

—Manejaron hasta mi casa —continué informándole a Madrazo—, y allí frenaron: «Aquí vives, ¿no?, con la reputísima que te parió».

Hasta entonces, yo no había abierto la boca. Para lo único que la abrí fue para decirles que no sabía a qué venía todo aquello. Me contestaron que sí lo sabía, pero que qué casualidad que íbamos al zoológico, porque tal vez ese lugar me refrescara la memoria. Dijeron zoológico y me acordé del hipopótamo, pensé que me iban a matar allí y que Bulgado estaba combinado con ellos.

—Ese Bulgado es el que quiere ir al Capri —le expliqué a Madrazo—, ¿se acuerda que le hablé de él, de un tipo que quiere conocer a Raft?

Repuso: «Sí, sí, claro que me acuerdo». En eso apareció el Niño con el café, era una pausa obligatoria. Lo mezclamos con el coñac, bebimos en silencio y cuando terminamos, él me pidió que continuara, todavía tenía que llevarme a curar, no era conveniente que el ojo se me cerrara por completo, y ya estaba casi cerrado. Proseguí despacio, intentaba andarme con pies de plomo porque sabía que aún tenía que omitir otro dato que no quería contarle a nadie, no podía, mucho menos a Madrazo, que era mi jefe.

—Llegamos al zoológico. Fuimos directo al matadero...

Tuve que aclararle que en el zoológico había un pequeño matadero donde sacrificaban animales para dárselos a los leones. Madrazo hizo un ligero ademán de repugnancia. Del matadero se encargaba Bulgado, no era normal que estuviera allí a esas horas, y sin embargo estaba, y había alguien más que lo apuntaba con un arma, aunque él no parecía asustado, al contrario, estaba fumando de lo más tranquilo, con la ropa manchada de sangre; no había modo de saber si era su propia sangre o la del caballo que estaba allí tirado, con la cabeza abierta. Bulgado y yo nos miramos como poniéndonos de acuerdo, pero ¿de acuerdo en qué? Llegó un individuo que me di cuenta que era el jefe por la actitud que asumieron los demás: era una forma, no de saludar, porque ni siquiera lo saludaron, sino de mirarlo, de esperar por un gesto, un sutil cambio de frecuencia. El recién llegado vino hacia mí, se sacó unos papeles del bolsillo y me los enseñó: «Dime una cosa, chico, ¿tú escribiste esta basura?». Leí las dos primeras líneas, era el artículo que le había dictado a Fini desde Nueva York. No quise abrir la boca, el instinto me decía que lo admitiera todo, pero sin pronunciar palabra, sólo con gestos, dije que sí con la cabeza. El tipo pareció satisfecho, yo hubiera hecho cualquier cosa por no irritarlo, tenía el aspecto de la gente que al irritarse pierde los estribos; era blanco, de bigotico, con cara de galleta, esa jeta implacable a la que no le faltan ni las marcas de granos ni la cicatriz. Dio media vuelta y se dirigió al lugar donde se hallaba Bulgado: «Vamos a ver, ¿quién le contó a este maricón lo del hipopótamo?». Bulgado se ladeó la gorrita y alzó la vista con tremendo aplomo. Acto seguido, el del bigotico hizo una seña a los dos hombres que me habían plagiado, y ambos salieron; también le hizo seña al que custodiaba a Bulgado, que guardó su pistola y fue con los demás.

—Para un momento —me atajó Madrazo al ver entrar a Fini.

La secretaria me dirigió una mirada de sorpresa. Al verme en la oficina de su jefe, puso cara de zorra, esa cara tan bien estudiada que suelen poner las secretarias traidoras, y me pregunté si no habría sido ella la que chivateó el artículo. Miré a Madrazo, que estaba hipnotizado, no por Fini, imposible hipnotizarse con adefesio semejante, sino por todo lo que le estaba contando, él y yo sabíamos que se avecinaba el desenlace, pero sólo yo —y Bulgado— nos quedaríamos con la verdad, hay cosas que no deben contarse ni aunque hayan ocurrido en contra de nuestra voluntad, son demasiado monstruosas, demasiado humillantes. Después de todo, agradecía que Fini hubiera interrumpido, eso me daba unos minutos para improvisar, para inventar un final que pareciera lógico.

Madrazo se restregó los ojos, creo que ni siquiera comprendía lo que le estaba diciendo su secretaria, que era un recado de parte del director: ¿podían reunirse sobre las diez y media? Me imaginé que a lo mejor lo había embotado el coñac, como me había embotado a mí, aunque me seguía doliendo el ojo, la oreja, el pómulo, que, teniendo en cuenta la velocidad del golpe, no me explicaba cómo no se me había abierto. Se fue Fini, estuve tentado a preguntarle a Madrazo si no estaría sembrada allí, la batistiana. Pero no tuve ánimos, me empezaba a descomponer vertiginosamente, el mismo coñac que unos minutos antes me había animado ahora me estaba hundiendo en un sopor increíble.

—Sigue contando..., y entonces ¿qué te hicieron, supiste quiénes eran?

Los dos sabíamos perfectamente quiénes eran. Lo sabía hasta Bulgado, que era un imbécil.

—¿Cómo que quiénes eran? —era un tono insolente, me di cuenta pero lo mantuve—. Me dijeron que diera gracias de que el artículo no se llegó a publicar. Que ya estaba advertido, y que la próxima no iba a contarlo; que no volviera a jugar con la reputación de las personas.

—Vamos a la Casa de Socorros —insistió Madrazo—. Que te curen y te vas a dormir, cógete un par de días y después hablaremos con calma.

Le dije que no, que un puñetazo se curaba como puñetazo: con hielo y fomentos, no era el primero que recibía en mi vida, y me temía que tampoco iba a ser el último. Madrazo me puso la mano en el hombro y preguntó si me podía ayudar en algo. Me acordé de mi hermana, era rarísimo que me acordara de ella en un momento tan sobrecogedor.

—¿No tendrá por ahí una fotico de Lana Turner?

Él sonrió: ¿Lana Turner? Yo no pensaba darle explicaciones ni decirle que la foto era para Lucy. Él tampoco quiso averiguar demasiado.

—Pues claro, ahora mismo mando que te traigan una.

Levantó el teléfono, habló con Fini o con no sé quién. Luego preguntó si me sentía con ánimos de manejar, le confesé que ánimos no tenía ni para hacer pipí, pero que ya me las arreglaría para llegar sin novedad a mi casa. Fini trajo la foto, se la dio a él y él me la pasó a mí: estaba bonita Lana Turner, no culpaba a mi hermana por haberse enamorado de ella.

—Te acompaño hasta abajo —se ofreció Madrazo.

Antes de salir, le pedí que me dejara hacer una llamada. Él señaló el teléfono y me dejó a solas. Marqué el numero de Yolanda, le dije que tenía que verla y la cité en un cine. Luego salí a la calle y me reuní con Madrazo, que esperó a que me metiera en el auto y se inclinó para hablarme por la ventanilla.

—Ayer se presentó aquí un enviado de Santiago Rey —susurró hastiado, o rabioso, ambas cosas tienen una raíz común, que es el desprecio—. Fue directo donde Carbó, le dijo que por orden del ministro de Gobernación, el escrito de Joaquín Porrata, enviado especial a Nueva York, no podía publicarse. Carbó le explicó que había llegado demasiado tarde, que la edición de hoy estaba en prensa. El tipo gritó que la pararan, se volvió loco y llamó a Gobernación; a los cinco minutos esto se llenó de casquitos y policías de civil que arrasaron con los periódicos. Antes de irse, amenazó con que, si publicábamos algo, nos cerraba el periódico.

Aquellas palabras eran un balde de agua fría, mucho más fría que la que había recibido poco antes en el matadero. Prendí el motor, me despedí de Madrazo y arranqué en esa máquina que jamás me fallaba, mi Plymouth del alma que estuvo a punto de quedarse huérfano. A lo mejor era que mi destino estaba en el cabaret, entrevistando a las putas de toda la vida, o deshaciéndome en elogios para las producciones del gran Rodney, inagotable Roderico Neyra, ¡qué gran sorpresa para mí que una mujer como Yolanda se hubiera podido enamorar de un hombre como aquél!, no sólo feo, no sólo maricón, sino peor, retorcido del coco, con la parejería añadida de que se había atrevido a llevarla a Las Vegas. Mi destino era competir con Don Galaor y con el Gondolero, recorrer yo también los canales averiguando pendejadas, y quién sabe si con los años cayera nuevamente en las garras del Flaco T. A esas alturas de la noche, con la cabeza adolorida y el viento pegándome en la cara —pegaba duro y reiterado, como en una guerra de pasteles—, mi futuro en los periódicos me traía sin cuidado.

Estaba un poco ebrio, tres tragos generosos, con la debilidad mental que yo tenía, equivalían al doble. El coñac había atenuado ligeramente el horror, el que no llegué a vomitar frente a Madrazo porque no se podía. No nos estaba permitido, ni a Bulgado ni a mí, revelar cómo acabó la fiesta, que fue de este modo: los tres hombres que se habían ausentado por indicación del que llevaba la voz cantante regresaron al poquito rato, entre los tres cargaban un bulto, evidentemente un cuerpo humano envuelto en sacos de yute. Cortaron las sogas, desenrollaron con rapidez, cual diligentes viajantes que se disponen a exponer la mercancía. Al descubierto quedó el cadáver de un hombre, estaba en calzoncillos, yo evitaba mirarlo porque estúpidamente había pensado que, mientras menos mirara, menos me iba a complicar después. No me daba cuenta de que ya estaba más allá de cualquier complicación, y estaba frito. Si mi ironía hubiera estado intacta, que no lo estaba, habría admitido que mi situación era más comprometida que la del cadáver; el infeliz había perdido ya toda esperanza, no tenía nada que perder, pero yo sí. El que daba las órdenes le habló a Bulgado, le dijo algo entre dientes que no logré entender, entonces vi que Johnny Angel, o Johnny Lamb, o como quiera que ese desgraciado se empeñara en llamarse, se levantaba y se dirigía a un rincón del matadero. Regresó con tres o cuatro cuchillos carniceros, se quedó en ascuas, esperando otra orden, y el del bigotico se la dio en voz baja. Bulgado vino hacia mí, se me paró delante y me mostró los cuchillos. «Escoja esa faca», susurró ansiosamente, señalándola con un mohín de la boca. No me atreví a tocarla, levanté la vista y descubrí que todos aquellos tipos estaban pendientes de mis movimientos. «Que escojas, coño», se oyó la voz del jefe. Tomé la faca que me había dicho Bulgado, me quedé con ella en la mano como un imbécil. El mandamás me miró con desdén, se puso en jarras, con los pulgares metidos en el cinturón, y se acercó despacito al cadáver. «Ahora me pican a este mierda y me lo mezclan con la carne de caballo.» No comprendí. O comprendí pero no, no era posible. Bulgado, que estaba a mi lado, se dio cuenta de mi desconcierto. «Yo lo haré todo, tú haz el aguaje.» Tenía la sensación de estar anclado al piso, anclado al olor de la sangre y al olor del cadáver, un tufo del que pensé que no me iba a desprender mientras viviera. «Si no te mueves —me amenazó aquel hombre—, te vamos a picar a ti». Me moví, lógicamente. Bulgado me sugirió que me quitara la camisa y el pantalón, que me quedara en calzoncillos. Él llevaba puesto el overol del zoológico, que en un sentido era la ropa de descuartizar caballos, de modo que podía ensuciarlo; de hecho ya estaba sucio. El jefe soltó una maldición, se cagó en Dios o algo así, lo oí gritar: «Desnúdate si quieres volver vivo a tu casa. Tinto en sangre no te devuelvo». Me desnudé. Yo era un lagartijo azul, un gusanito rubio, una especie de larva sin ambición, que humildemente observaba los despojos: los del caballo a un lado, los del difunto al otro. «Voy a trabajar —anunció Bulgado, dejó los cuchillos en el suelo y cogió un hacha—. Cuando yo termine con el hacha, le entramos los dos con los cuchillos». Sentí los primeros hachazos, cerré los ojos y comprendí que salpicaban cosas, no necesariamente sangre, quizá trocitos de hueso, de cartílago, de piel humana y piel animal. «Corta lo que puedas», me dijo Bulgado con disimulo, había tirado el hacha y él mismo estaba armado de un cuchillo tosco. Cuatro matones nos observaban: los dos que me habían llevado hasta allí y el que había estado custodiando a Bulgado, más el que daba las órdenes. Yo vomité dos veces y ellos me vieron vomitar, esperé en vano las risitas, supuse que iban a burlarse de mí pero se mantuvieron serios, como si la faena les provocara roña. Lo poco que pude rebanar lo rebané atormentado por el olor, por la manera en que me ardían los ojos, la piel del cuello, mis brazos tan cochinos, a los que se pegaban unas partículas de carne, grasa de caballo o de hombre. «Agradece que no eres tú el que te vas a la boca de los leones con el caballito —gruñó el que siempre hablaba, y me fijé en su boca, pequeña y sádica, un auténtico culo de gallina bajo el bigote inmaculado—. Espero que no te vuelvas a meter en lo que no te importa».

Bulgado me aseguró más tarde que el hombre muerto era un americano, y que ése era el castigo que recibían cuando intentaban jugarle sucio a los casinos. Por eso La Habana era un territorio limpio, o presumía de serlo: nada de cadáveres en la bahía, ni ajustes de cuentas en barberías o restaurantes. Por lo que concernía a Lansky y al resto de las familias, en Cuba los trapos sucios se lavaban de la manera más espiritual, los tramposos se esfumaban sin dejar ni huella, todo muy disimulado, como tenía que ser. Me di cuenta de que a los matones les daba igual que cortáramos mucho o poco, lo que quedaba era el gesto, la humillación de haber participado en una ceremonia nauseabunda. Al cabo de una hora —eterna— me dijeron que podía bañarme y ponerme mi ropa, y que me considerara hombre muerto si le decía una palabra a alguien. En el matadero había una ducha muy rudimentaria, me saqué el calzoncillo y me quedé inmóvil bajo el chorro de agua fría. Bulgado, con una pala, recogía trozos de carne y los lanzaba a unas palanganas donde me imaginé que les daban de comer a los leones, y además a los tigres, a las fieras todas y a las hienas que roían los huesos. Bajo el agua, me entraron ganas de llorar, incluso de pelear, de abalanzarme contra aquellos sujetos y molerlos a golpes, ahora que estaban desprevenidos, fumando de lo más campantes. Cerré el grifo y comprendí que no tenía ni siquiera con qué secarme. Estuve unos minutos así, tiritando con los brazos cruzados, los hombres me ignoraban y Bulgado continuaba paleando carne. Me empecé a secar con mi propia camisa, pero Bulgado entre una cosa y la otra se dio cuenta de mi situación, se apartó de la carne y con las manos sucias me ofreció una toalla deshilachada, fétida, un trapo más bien, con manchas imperdonables. Me puse el pantalón, los zapatos, la camisa empapada. Respiraba en espasmos, por el frío y el desamparo. En un rapto de generosidad, el del bigotico dijo que podía largarme. «Pero mira —alardeó—, acuérdate de lo que te advertí: como sigas jodiendo con lo que tú sabes, por mi madre que te corto la pinga y se la tiro a las jirafas».

No le contesté, bajé la cabeza que ya era suficiente. Corrí por los caminos del zoológico desierto, descubrí que era un lugar feroz cuando los animales duermen, salí a la avenida y lo primero que se me ocurrió fue coger una guagua, bastante vacía por cierto, unos cinco o seis pasajeros que seguramente iban sumidos en sus propios dramas, pues apenas levantaron la vista cuando subí, mucho menos se dieron cuenta de que me temblaban las manos. Bajé en el Vedado, paré un taxi y le di al taxista la dirección de mi casa, enseguida me arrepentí, le dije que mejor me llevara a la calle Manrique, justamente al lugar donde se había quedado mi automóvil. Me dio alegría verlo, la estúpida alegría de saber que uno vuelve a los objetos, y que esos objetos, a su vez, son señales que nos tiran un cabo, que nos traen de regreso. Las llaves estaban puestas, prendí el auto y manejé las dos cuadras que me separaban del periódico. Subí como un zombi, ajeno a lo que me rodeaba;

alguien, algún compañero, me saludó al pasar, pero no correspondí al saludo porque los fantasmas no hablan, y yo era un fantasma, había estado entre los muertos, había olido la sangre, la humana mezclada con la de la bestia, el contacto que lo oscurece todo, o que todo lo aclara, según se mire: un espejo sólo se descifra en otro. Fui derecho a la oficina de Madrazo, lo vi a través del cristal, leyendo galeradas, no era un pariente, ni siquiera un amigo, pero sentí alivio de encontrarlo allí. Entré sin tocar, Madrazo miró con el rabo del ojo, le bastaba con eso para saber quién era, y entonces fue cuando exclamó:

—¡Nos pararon la prensa!

16. *Rumba*

Le había dicho a Yolanda que tenía que hablarle aquella misma noche, pero no en su apartamento porque era peligroso. Se puso nerviosa, perdió un poco el control, insistía en que le dijera lo que había pasado. Le dije que me habían secuestrado. Se quedó muda, y cuando volvió a hablar, hizo un esfuerzo por parecer serena: «¿Dónde quieres que nos veamos?». La cité en el Águila de Oro, un cine de chinos en el Barrio Chino.

Media hora más tarde estábamos juntos, sentados en la última fila. Fue un encuentro atroz. Dos chinitas cantaban en la película, los agudos chinos son imperceptibles al oído humano, pero esa noche descubrí que podían percibirse en los huesos, en las cuencas de los ojos, allí retumban. En la platea había olor a opio, a tabaco, a pies sucios, y se oían las toses, el gargajeo perenne de los chinos viejos. Empecé a hablar sin orden, atropellando las palabras y las ideas, pero ella me entendió, creo que me había entendido desde el instante en que escuchó mi voz por el teléfono. Y ahora me oía en silencio, mirando al frente, el resplandor de la pantalla la alumbraba, y dos o tres veces vi que contraía el rostro, como si se estuviera contagiando del dolor de las chinitas. Prácticamente la acusé de soplona al servicio de Trafficante, de ofrecerle datos míos y de contarle mis movimientos. La debilidad no me dejó seguir. Ella me acarició el pelo: tenía que hablarme y explicarme cosas, pero no en ese momento, me encontraba mal y era mejor que me fuera a descansar. Le advertí que no descansaría hasta que me dijera todo: si sabía que me estaban vigilando; si se había olido que me iban a llevar a la fuerza, y si Trafficante la había mandado a acostarse conmigo. Yolanda me dio un golpe bajo, el que más me dolió después de todos los que había recibido: «No eres tan importante para Trafficante».

Había un barucho allí, detrás del Águila de Oro, lo atendían dos mulatas y la clientela era variada: negros de los muelles, chinos solitarios, borrachines sin casa... En suma, el lugar perfecto para pasar inadvertidos. Entramos y pedimos jaiboles, fumamos sin parar, fumaba yo, más bien, Yolanda estuvo hablando. No había sido Trafficante quien le preguntó por mí, sino el segundo al mando en el Sans Souci, aquel gordo calvo que se llamaba Jacobs. Le preguntó directamente si nos entendíamos, y Yolanda lo negó, fue la primera reacción de ella negarlo. Él le dijo que corría el rumor de que yo estaba «metido en algo», que era la frase que se utilizaba para sugerir que una persona estaba envuelta en el clandestinaje revolucionario. Luego de eso no le volvieron a poner el tema, salvo por una pulla que le soltó Jacobs: ningún empleado del Sans Souci estaba autorizado a dar información acerca de sus jefes, ni decir si estaban en el cabaret o habían salido de viaje.

Para Trafficante hubiera sido fácil pedirle a Kary Rusi que la despidiera, y hasta el momento no lo había intentado. Admitía que entre ellos dos había habido «un asuntico breve», pero ése era un tormento de su intimidad que había quedado atrás. No iba a decirme más, excepto por el episodio de una mujer que mataron dentro del cabaret; eso sí me lo quería contar. Ella la había visto muerta y esa visión la hundió, la puso enferma, para que yo supiera: «fue una salación cabrona». A esas alturas, yo había dejado de prestarle atención, veía borroso y decidí que debía darme prisa en regresar a casa. Nos despedimos con un beso, pero antes preguntó lo mismo que Madrazo: si me sentía con ánimos de manejar. Le contesté que sí, y ella advirtió que cogería una máquina para su casa, que ni se me ocurriera llevarla.

No se me ocurrió porque ni siquiera sabía si era capaz de llegar a la mía. Al final lo hice guiado por el instinto, llegué sin contratiempos y descubrí con alivio que ya todos se habían acostado. Eran casi las doce, probablemente el único que no había llegado era mi hermano Santiago, siempre trasnochador. La foto de Lana Turner, metida dentro de un sobre, la deslicé por debajo de la puerta de la habitación de Lucy, porque sabía que estaba despierta, trasnochaba a su modo. Busqué por todas partes una bolsa para meter hielo, no la encontré y tuve que improvisarla con una toalla, envolví unos cubitos y corrí a mi cuarto; me la puse en la cara y me dormí enseguida, chorreando agua sobre la almohada. A la mañana siguiente, como era de esperar, me encontraba peor, más hinchado y con el ojo negro. Me llené de valor para enfrentarme a mi familia, bajé temprano, a la hora en que se suponía que todos estaban desayunando: papá y Santiago, que se iban juntos casi siempre al trabajo, y mamá, que luchaba con Lucy para que se pusiera hebillas y se pintara los labios de lo que ella llamaba un rosadito pálido. Con diecisiete años, en último de bachillerato, Lucy se arrancaba las hebillas tan pronto salía de la casa, se frotaba los labios hasta que no quedaba rastro de aquel rosado engañador.

Santiago no estaba. Era mi puñetera suerte: el único que se hubiera puesto de mi parte era el único que faltaba a la mesa. Mi madre levantó la vista y se quedó tan impresionada que, por primera vez, no dijo una sola palabra, nada, llegué a pensar que se había atorado. Papá sí dijo, aunque se comportó con naturalidad, sin aspavientos: «Déjame verte bien..., ¿dónde fue la piñacera?». Balbuceé una frase que ya traía preparada, les dije que me había metido a separar a un par de tipos que se habían fajado en el periódico, por un asunto de faldas. Agregué que Madrazo, el jefe de Redacción, había querido llevarme a la Casa de Socorros, pero que yo me había negado porque los golpes se curan con hielo. Mi madre salió de su mutismo, de su impresión, de lo que fuera, para decir que aún estábamos a tiempo de llamar al doctor Doblas, nuestro médico de cabecera, pues quién sabe cómo me iba a quedar el ojo. Papá se dio cuenta del embuste, pero entre hombres nos tapábamos, comentó que si los tipos que se habían peleado trabajaban allí, lo normal es que los despidieran. Le mentí tan rápido que pareció real: iban a quedarse un mes sin paga, aunque de momento no los habían botado.

—Pues que la paga de ellos te la den a ti —derramó mamá todo su ácido—. Seguro que fuiste el que peor salió.

Para ella era impensable que yo tuviera la menor oportunidad de ganar en algo a los demás. A sus ojos, yo era ese punto medio entre un sólido hermano mayor y una hermana cuya solidez era otra cosa: una lucha diaria por sobrevivir, un coraje que nos dejaba chiquitos a los varones.

—Es como en las peleas de perros —terció precisamente Lucy, tenía cara de felicidad aquella mañana—, uno no debe de meterse nunca. Y gracias por la foto.

Le dije que de nada. No le podía preguntar si le había gustado porque sabía que sí, que a lo mejor la había besado en la boca: la expectante, antojadiza boca que tenía Lana Turner en aquella fotografía. A mí, en cambio, la boca me ardía, la lengua, sobre todo cuando masticaba, y también las mandíbulas, aunque había recuperado mi metal de voz. Nuestra sirvienta de tantos años, que se llamaba Balbina, fue la más expresiva. «Bendito sea Dios, cómo te han puesto, Quin.» Me conocía desde pequeño, me demostraba afecto —no me explico por qué, ya que nunca hice nada para ganármelo, más bien lo contrario—, y prometió que me prepararía un emplasto. Mamá estaba transfigurada, ni siquiera hablaba con su tono histérico de siempre, sino de una manera sosegada que me dejó pasmado a mí, incrédula a Lucy, y supongo que bastante desorientado a papá. Dijo que de todos modos llamaría al doctor Doblas. En realidad, me daba igual que lo llamara o no: tenía sueño, tenía el horror metido aún en la sangre, tenía ganas de abrazar a Yolanda, quien había logrado convencerme de su inocencia, quizá porque necesitaba dejarme convencer; en todo caso, no quería dejarla, no ganaba nada con eso.

Comí huevos pasados por agua, tomé café con leche, sentí alivio de haber enfrentado a la familia y, por primera vez en toda mi vida, creo que hasta sentí alegría de volver a verlos. Dormí hasta el mediodía, me despertó mi madre con el doctor Doblas, un jodedor al que, en cierta forma, yo le debía la vida. Veintidós años atrás, a poco de venir al mundo, estuve a punto de morir asfixiado. El médico que me atendía en ese momento engañó piadosamente a mi madre: simuló que me llevaba a otro lugar para ponerme oxígeno. A mi abuela le dijo la verdad: acababa de perder a su segundo nieto, y me tiró en una camilla reservada a los que se morían. Pero ocurrió que el doctor Doblas, que de casualidad pasaba por allí, me echó el ojo (uno de sus sagaces ojos de lechuza), descubrió que aún respiraba, me alzó por los pies y batalló conmigo hasta que me volvió el color. «El difuntico azul —dijo esta vez al verme—, ¿quién te volvió a poner azul, requetecomemierda?».

Más que jodedor, era un espadachín con las malas palabras. Me recetó pastillas, consintió en que Balbina preparara su emplasto, y ordenó que siguiera durmiendo; era fácil para mí obedecerlo, el cuerpo no me pedía otra cosa, ni siquiera comida, sólo el mundo borroso, me despertaba y me volvía a dormir, recordaba la cabeza del caballo, ese cráneo tronchado, y las piernas del muerto: intactas pero mustias, blanquitas con los vellos rubios; con las venas calladas, como gusanos pensativos. Eran casi las ocho de la noche cuando Lucy me despertó, lo hizo con suavidad porque me agradecía que la comprendiera.

—Te busca un hombre —dijo, noté que le estaba cambiando la voz, se le había puesto ronca y me alegré por ella—. Dice que se llama Joe Martin, y que trabaja en el zoológico.

Me llevé las manos a la cara, fue un gesto espontáneo, pero Lucy lo interpretó como un gesto de horror, o de pánico. Se apresuró a tranquilizarme: no lo había dejado pasar, estaba esperando en la calle, le había dicho que yo estaba enfermo.

—Tiene un golpe parecido al tuyo —agregó Lucy, era tan suspicaz—. Fue con él con quien te fajaste, ¿verdad?

Negué con la cabeza.

—Me fajé con otros. Él estaba de mi parte. Déjalo pasar y procura que mamá no lo vea.

Lucy era una cómplice perfecta cuando se trataba de despistar a mi madre. Salió de la habitación y yo aproveché para ponerme la camisa del pijama, los horrendos pijamas que compraba mamá y que sólo nos poníamos cuando nos enfermábamos. Yo dormía en calzoncillos y Santiago alardeaba de dormir desnudo; Lucy no sé, dormiría como le daba la gana, aun cuando mamá seguramente le compraba pijamitas de niña en El Encanto. Volvió mi hermana en compañía de Bulgado, a quien se le veía la cara un poco machucada, pero no tanto como la mía. Traía un sombrero en las manos, un panamá de primera que me imaginé que había heredado de su suegro; vestía guayabera y parecía hacendado, no era el mismo

Bulgado que baldeaba las guaridas de los animales. Me dio la mano, muy ceremonioso, preguntó que cómo me sentía y le respondí que ya estaba casi bien. Le pedí a Lucy que si mamá preguntaba por mí le dijera que aún estaba dormido; era también una forma de pedirle a ella que nos dejara solos. Bulgado estaba ansioso por hablar, me explicó que uno de aquellos hombres había ido a buscarlo a su casa, y que salió con él porque no quería mezclar ni a su mujer ni a su suegra en el asunto. No dieron rodeos, sino que fueron directamente al zoológico. Había otros dos tipos esperándolos allí. Le mostraron el artículo que yo había dictado desde Nueva York, se lo mostraron impreso en el papel periódico, lo que quería decir que provenía de la misma edición que había mandado secuestrar el ministro de Gobernación. Le advirtieron que me habían cogido y que me llevarían al matadero, me pegarían dos tiros y me tirarían allí, para que él me picara junto con el caballo.

Lo interrumpí de la manera más estúpida:

—¿Y me hubieras picado?

Bulgado contestó con franqueza:

—Si usted está muerto y no siente ni padece, y picándolo puedo salvar yo el pellejo, pues sí, lo hubiera hecho.

Me contó que después que me dejaron ir, y antes de que él pudiera ponerse a repartir la comida (de modo que no quedara ni rastro a la mañana siguiente) aquellos hombres se habían esfumado, no sin antes advertirle lo mismo que me habían advertido: si comentaba una sola palabra de lo que había ocurrido esa noche, debía considerarse hombre muerto.

Me incorporé en la cama; el dolor de la cara parecía haberse diseminado por el cuerpo, me sentía literalmente molido a palos. El propio Bulgado estaba asombrado de verme tan lleno de magulladuras. Pero él había venido a lo que había venido: el miércoles de la semana próxima se inauguraba el Hotel Capri con la presencia de George Raft, y él esperaba que me aliviara a tiempo para poder llevarlo.

—Una promesa por otra —le dije rápido—. Aunque yo no lo pueda escribir, vas a decirme qué está pasando en el zoológico, cuántas veces has hecho lo que hicimos anoche.

—Varias —admitió Bulgado—, pero siempre me han obligado. ¿Y con quién puedo quejarme? ¿Con el jefe de la Policía? Qué va, no estoy tan loco: a veces vienen escoltados por policías de paisano. Conozco yo a la «fiana» de verles nada más las uñas.

Iba a preguntarle qué de particular tenían las uñas de los policías, pero Bulgado prosiguió bajito. Su ayudante Lázaro, el que limpiaba con él las madrigueras, era quien le había propuesto aquel negocio. Un año atrás, estaban almorzando juntos y, de repente, el otro había soltado un fajo de billetes sobre el barrilito que les servía de mesa. Cuando no estaba lloviendo, almorzaban siempre allí, a pocos pasos del matadero, bajo un árbol y envueltos en el olor a carne descompuesta. Bulgado miró el dinero, y el tal Lázaro le confirmó que eran cien pesos, su paga adelantada por el trabajo que harían esa noche. «No trabajo de noche», ripostó Bulgado, y Lázaro le dijo que esa noche sí, y las demás que fueran cayendo, que ambos tenían que hacerlo porque de lo contrario les arrancarían el pescuezo.

—Tiñosa, Niño en Pomo y Jicotea —pronunció Bulgado—, ¿le suenan esos nombres?

Por supuesto que sí, que me sonaban: eran los tres delincuentes que habían ahuyentado al hipopótamo la noche en que empezó esta historia.

—Ellos fueron a buscar a Lázaro a su casa en el barrio de Cayo Hueso, y lo llevaron a un bar de los muelles.

Allí estaban los hombres que nos cogieron anoche, dijeron que nos contrataban a Lázaro y a mí, a las buenas o a las malas teníamos que aceptar.

Mi hermana abrió la puerta sin tocar, asomó la cabeza: había logrado ahuyentar a mi madre, aunque no por mucho tiempo; le aseguró que yo estaba dormido, pero la otra insistía en despertarme para darme un caldo. Bulgado me miró: preguntó si se tenía que ir. No le respondí, le pedí a Lucy que se inventara algo, un resbalón, un dolor de barriga, cualquier cosa con tal de mantener a mamá fuera del cuarto. Lucy se encogió de hombros, se fue y me concentré en Bulgado.

—¿Sabes para quién trabajan esos tipos de anoche?

Bulgado afirmó con la cabeza. Sonrió de medio lado:

—Para un Santo que no tiene corona. Téngale miedo.

—¿Trafficante? ¿Te lo dijeron ellos?

Se echó a reír: me aseguró que aquellos hombres, tan elegantes y con tan buenas máquinas, no hablaban con tipos como él, y menos con tipos como yo. Lo de que trabajaban para Trafficante se lo había dicho Niño en Pomo, que era un bicho; de los tres que tanto habían jodido en el zoológico, el único que sabía leer, y el único que hablaba como las personas, porque Jicotea era fañoso, tenía un tumor en la garganta, y Tiñosa, un medio loco al que le daban ataques, se mordía la lengua y viraba los ojos en blanco. Los tres estaban descansando ya.

Bulgado había bajado la voz para decir la última frase; tanto la había bajado, que más bien adiviné las palabras por el movimiento de sus labios.

—¿Cómo que están descansando?

Miró hacia la puerta, se inclinó hacia mí, ensombreció la voz hasta un punto imposible:

—Los piqué hace unos días. Estaba usted en Nueva York.

Sentí una leve arcada y enseguida un espasmo que culebreó desde mi estómago a la boca. Me recosté y posé la vista en el techo, esperé hasta que pasara la náusea, la mente en blanco, traté de mantenerla en blanco. Súbitamente, volví a sentarme en la cama, como esos cadáveres que reviven y se alzan por sorpresa dentro del ataúd. Bulgado reculó en su silla, le vi el susto en la cara.

—¿Que los picaste? ¿Me estás hablando en serio?

Él vaciló. Tres hombres eran tres hombres, por más delincuentes que hubieran sido.

—Me obligaron a hacerlo. Me los trajeron ya tiesos, con hormigas en la boca. Es que no eran tipos de fiar, eso se veía venir. Lo del hipopótamo lo estuvieron regando, me lo contaron a mí, se lo contaban a cualquiera. Total, fueron pasando los días y nadie se interesó en buscarlos, como si no hubieran existido nunca, entre ellos eran uña y carne, pero fuera de ahí..., ¿a quién le iba a importar lo que le pasara a Niño en Pomo?

¡Éste era el mundo verdadero!, me dije. El que borboteaba oculto bajo mis pies y los de Lucy, bajo los de mamá y papá, bajo los pies desfigurados del gran Rodney; el mundo real sobre el cual se alzaba el estrépito de la ciudad y la vida deliciosa de todos mis amigos.

—No me lo va a creer —dijo Bulgado sonriendo; me indignó que sonriera—. Niño en Pomo nació con su jimagua, que nació ya muerto. La madre, recién parida, quiso que le metieran al difunto en un pomo. Y el negrito que se quedó vivo, jugaba con el pomo donde guardaban al negrito muerto, de ahí le viene el nombrete.

Lucy reapareció alarmada: mi madre estaba en la cocina, calentando el caldo, ya no podía evitar que subiera a traérmelo. Bulgado se levantó para irse, le pedí que esperara, todavía mamá iba a demorarse con el jodido caldo y, después de todo, si lo agarraba allí no era ningún problema, sólo que iba a ponerse a averiguar, a interrogarlo sin ningún escrúpulo, sin medida, como era usual en ella. Él se volvió a sentar, pero no las tenía todas consigo, Lucy y yo le habíamos contagiado nuestra ansiedad.

—¿Quién más lo sabe en el zoológico?

Se besó sonoramente el pulgar.

—Por ésta que nadie lo sabe. Es un negocio de Lázaro, de él y mío, un negocio que a ninguno de los dos nos gusta, pero no hay más remedio, ya vio cómo nos obligaron.

Le pregunté si en una de ésas había salido a relucir el nombre de alguno de los difuntos.

—Jamás —negó rapidísimo—, esas cosas mejor ni averiguarlas, ¿para qué quiero saber el nombre de un desgraciado que no tendrá velorio ni entierro ni tumba? Chicle de león, de hiena..., figúrese, yo que los veo masticar.

Sentí el aliento de una de esas fieras rebotando en mi nuca. Bulgado no sé qué sentiría, lo cierto es que los dos nos encogimos, nos enroscamos como gatos, había sevicia en la conversación, un sentimiento de incredulidad, tuve la sospecha de que jugábamos distintos juegos. Pensé que era el momento de parar. Quedamos en que el martes por la noche me llamaría al periódico para confirmar nuestra salida el miércoles; era el gran día, la única oportunidad de conocer a Raft, yo no podía ni imaginar lo que significaba para él verlo en persona, quizá estrechar su mano. Le propuse que nos encontráramos en el Club 21, desde ese lugar sólo teníamos que cruzar la calle para llegar al Capri.

—Alto ahí —exclamó—. Yo cuido leones, no me meto en la boca de ninguno de ellos.

Bulgado me sorprendía con lo que no debía de sorprenderme. El muy zorro sabía más de lo que aparentaba;

en el fondo, conocía quién era quién en ese mundo resbaloso, donde la mayoría de los nombres no tenían un rostro. La excepción, quizá, era el dueño del Club 21. Raúl González Jerez, alias el Flaco, daba la cara abiertamente allí y en ciertos negocios en los que también participaba el hombre que lo protegía, Luigi Santo Trafficante. No hacía falta que indagara en mi fichero para recordar este dato: Raúl y Trafficante se habían conocido en el verano del 45, jugando gin rummy en la piscina del Hotel Nacional, donde sólo acudían los americanos *big shots* y otros incapturables de la mafia, como Johnny Torrio, que ahora que lo recordaba, ¿no se había muerto pocos meses atrás, en una barbería de Brooklyn? ¡Claro que sí!, también él, mientras el barbero le cortaba el pelo. Sólo que, a diferencia de Anastasia, el Terrible Johnny había muerto como un viejito típico, de un ataque cardíaco, soñando a lo mejor con tiempos idos, con sus primeros viajes a La Habana, cuando lo acompañaban Al Capone y «Ametralladora» McGurn.

—Ya pasé por el Capri —declaró Bulgado—, está bonito cantidad. Si quiere, el miércoles nos encontramos por allí, frente al hotel.

Me daba igual, porque yo sí pensaba llegar una hora antes y meterme en el Club 21. Era lógico que un periodista asignado para cubrir la fiesta de inauguración del Capri, llegara más temprano y matara el tiempo tomando un trago en uno de los bares de los alrededores, y el más cercano era sin duda el «21». Bulgado se levantó y me dio la mano.

—Hasta el miércoles, jefe.

Estaba a punto de cerrar la puerta cuando lo llamé.

—Espera, ¿por qué le dijiste a mi hermana que te llamabas Joe Martin?

—Ah, se lo dije por *Rumba*. ¿No vio esa película? A lo mejor usted era muy chiquito... Yo la vi seis veces, no, siete, por eso es que conozco Broadway.

Se fue Joe Martin y llegó mamá. Su caldo sabía a mierda. O tal vez era que yo tenía todo ese estiércol pegado al cielo de la boca.

Muchos años después, una noche, por televisión, vi *Rumba*. George Raft era un cubano que tenía un cabaret llamado El Elefante, pero lo contrataban como bailarín en Broadway. Se trataba de una película mediocre, con Carole Lombard soltando estupideces, ráfagas de estupideces, como si ella fuera «Ametralladora» Lombard. La vi con lágrimas en los ojos porque todo aquello me recordaba el abismo, la frontera entre una vida y la otra, el mundo que había quedado en su burbuja. Era irónico que, al cabo de tantos años, yo evocara en la rumba esas últimas horas. Y en su clave, la fatalidad, pisando duro cuando se acercaba.

17. Rogación

¿Te acuerdas que te dije que Kary Rusi se quejó de que la noche que viniste al Sans Souci no le habías hecho caso, y que sólo te habías interesado en mí? ¿Te acuerdas que te conté que ésa era la primera vez que me reía en mucho tiempo? No me preguntaste por qué llevaba tiempo sin reírme, a lo mejor creíste que era por Roderico. Y en parte sí. Pero también por esto: unos meses atrás, vi una mujer que la acababan de matar, y no sé qué me pegó esa muerta que me dio tristeza. No era de mi familia ni la conocía, ni siquiera me impresionó verla tirada en el mismo lugar donde cayó, toda bañada en sangre —cuando una ha estado en un circo aprende a soportar cosas así—, pero al día siguiente amanecí con ganas de llorar, con tal agobio, que no atinaba a levantarme de la cama y no podía explicármelo, eso es lo malo, que no sabía qué me pasaba. Cuando empecé con Kary Rusi, casi siempre me quedaba sola en el camerino después que ella se iba. Es la persona más ordenada que conozco, le gusta tener la ropa dividida por colores, los guantes doblados de cierta forma, todo lo exige perfecto. Ella sale agotada del segundo show, por lo general se cambia rápido y se larga. Yo al principio aprovechaba esos momentos para trabajar con calma, había una paz en ese camerino que era imposible cuando estaba Kary, y lo último que hacía antes de salir era meter la ropa sucia en una jaba y dejarla afuera, junto a la puerta, donde la recogía el muchacho de la tintorería. Recuerdo que ese día yo había recibido una tarjeta de Rode, la firmaba así, Rode, y me dio sentimiento que era la foto del letrero de Las Vegas, ese letrero tan famoso que

fuimos a ver en nuestro primer viaje (que fue el último)
minutos antes de que yo le propusiera matrimonio y él me con-
fesara su cariño sueco.

Había acabado mi trabajo y estaba a punto de irme,
solté la jaba y me viré para apagar la luz, y en ese instante se
oyó el grito. Fue un grito de mujer tremendo, muy largo me
pareció a mí. Lo pude haber tomado como algo sin impor-
tancia, una broma de una de las modelos, trabajan muchas
en el Sans Souci y algunas conversan por la madrugada, piden
café con leche y se sientan a pasar el rato. A veces gritan, no
peleando entre ellas sino porque se cuentan algún chiste, se
ríen a carcajadas. Quise pensar que era eso, pero algo me decía
que no; sentí el pálpito de la desgracia, una frialdad por den-
tro. Esperé un ratico en la puerta, pero todo parecía estar
bien, no se oyó otro grito ni se oyeron voces, y estaba cerran-
do cuando vi venir a Jacobs, que se paró a mirarme, luego
comprendí que trataba de averiguar si se podía confiar en
mí. «¿Ya se fue Kary? —dijo por decir algo, pues si yo estaba
cerrando con llave era que se había ido—. Necesito que me ha-
ga un favor». Me quedé esperando y él se quedó callado, lo
veía pensar, hasta que por fin se decidió a pedirme que fuera
a la oficina del señor Luis Santos (jamás decimos su verdadero
nombre) y tratara de ayudarlo como pudiera, mientras él
iba a buscar a un médico. El señor Luis Santos no quería es-
cándalos para no perjudicar al cabaret, y como había nota-
do que yo era tan discreta, me encargaba que fuera para
allá, pusiera el seguro a la puerta y no le abriera a nadie has-
ta que él llegara. «Vaya rápido —me dijo—, es que hubo un
accidente y hay una señora que se siente mal».

La señora que se sentía mal estaba muerta. Lo supe
desde que entré en la oficina y la vi bañada en sangre, tira-
da boca arriba, con ese vestido que le dejaba un hombro al ai-
re, y en el otro había una banda como de un tul verdoso que
sujetaba un broche. Me fijé en eso, y después en la herida que

tenía en la garganta, por allí se había desangrado y aún le salía un hilito. Luego lo miré a él, que estaba sentado en su escritorio, muy pálido y con la vista clavada en la pared, le dije: «Me manda Jacobs, si se le ofrece algo». Levantó la mano,
apretaba un pañuelo tinto en sangre, corrí y le quité aquel
pañuelo, y entonces vi que tenía un tajo profundo, justo debajo de los dedos. Miré a todas partes, había un bañito allí,
fui y agarré la toalla con la que le envolví la herida. Era la
primera vez que entraba a esa oficina, y a Luis Santos apenas lo había visto un par de veces, durante los ensayos de la
tarde, conversando con el coreógrafo. Me parecía un hombre
serio, con la frente ancha, el pelo castaño planchado hacia atrás
y los espejuelos redonditos, cualquiera habría pensado que era
un profesor, aunque esa noche no tenía espejuelos y estaba en
camiseta, lo que quedaba de su camiseta, que se la habían ri-
piado encima. Noté que sudaba frío y por los ojos me di cuenta de que estaba mareado, por eso le pregunté si quería que le
buscara agua o cualquier otra cosa, pero no respondió. Tocaron a la puerta y pensé que era demasiado pronto para que
fuera Jacobs, miré a Santos por si quería preguntar quién era,
pero él no abrió la boca y lo tuve que hacer yo. Era un tal Bebo, dijo que trabajaba en el Sans Souci y que necesitaba hablar con Santos. Le aconsejé que esperara a que llegara Jacobs,
que era quien tenía la llave.

Al cabo de un rato, tocaron otra vez y era Jacobs.
Traía con él a un médico americano que enseguida se agachó junto al cadáver y le cogió una mano; le abrió los párpados y le alumbró los ojos con una linternita. Iba diciendo cosas en inglés, sólo él hablaba. Por fin se levantó y se acercó a
Santos, que le mostró su mano herida. Yo estuve allí como un
florero, hasta que Jacobs se acordó de mí, miró para atrás y
me hizo seña de que saliera con él. Todo estaba solitario, excepto por dos policías que esperaban en el área de la barra.
Jacobs me dio las gracias, dijo que no tenía tiempo de expli-

carme lo que había pasado, que el que los atacó había sido un jugador borracho y no era bueno para el Sans Souci que se supiera. Yo no debía decirle una palabra a nadie, ni siquiera a Kary Rusi, ¿lo había entendido bien? Esa última frase me la dijo en otro tono, mucho más áspero. Le contesté que sí y él me dio cinco pesos para que cogiera una máquina.

Al día siguiente amanecí con vómitos y me pasé la mañana llorando. Tan pronto pensaba que era por Roderico, como que era por mi soledad, sin Chinita y sin mi hijo. Llamé a Kary Rusi para decirle que llegaría un poco más tarde, y ella me preguntó si de casualidad no había sentido nada raro la noche anterior. Pensé que me estaba poniendo a prueba, me maté diciéndole que nada de nada, aunque ella insistía: «¿Ni un grito, Yoli, ni un golpecito, de verdad que no sentiste nada?». Me comentó que alguien la había llamado para decirle que a Santos lo había atacado una mujer, no se sabía quién era, una americana que se entendía con él; en medio del arrebato le sacó un cuchillo, y él defendiéndose la había matado. «Qué barbaridad —le dije—, ¿le preguntaste a Jacobs?». Kary suspiró: «A ese cochino no hay quien le pregunte nada». No podía decirle lo que yo había visto, no podía hablarle de esa difunta que era mi salación. A toda hora me acordaba de ella, de su vestido con el hombro afuera, de sus brazos largos con punticos de sangre, sobre todo de su boca, un poco abierta y todavía pintada, se la pintó de anaranjado antes de la trifulca.

Varios días más tarde, Luis Santos me mandó buscar con el tal Bebo, mira qué coincidencia. Temprano, Jacobs me había dicho que el señor Santos quería verme, y que esa noche, cuando terminara con Kary Rusi, fuera directo a la salida, que habría una máquina esperándome. Pensé que nos veríamos en un bar, yo era una mujer libre y estaba despechada por lo de Roderico, así que no tenía por qué rechazar la invitación de un hombre como Santos, que es elegante y no le desagrada a nadie. *Tan pronto despaché a Kary, fui a la salida como me habían dicho, vi una máquina azul y el que la manejaba se bajó y me dijo: «Tú eres Yolanda, ¿no?». Dije que sí con la cabeza y él añadió: «Soy Bebo, ya te había visto por aquí». Yo no lo conocía de nada, era un forzudo, seguramente un guardaespaldas. Me abrió la puerta, esperó que me sentara y la cerró sin dejar de sonreír, y con la misma arrancó hacia Miramar, al Hotel Rosita de Hornedo. Allí tienen un bar en la playa, todo lo que había eran americanos, los únicos cubanos eran los muchachos que sirven en las mesas. En una de ellas me esperaba Luis Santos. Se levantó cuando me vio llegar y me besó la mano, esta que ves aquí, la pobrecita. Luego nos sentamos y preguntó que qué me gustaría tomar, le dije que lo que él quisiera y me pidió champán. Dijo que hubiera deseado agradecerme antes por ayudarlo con su mano herida, pero que desde el incidente no había vuelto por el Sans Souci. A lo mejor ya Jacobs me lo había explicado: un jugador borracho había querido verlo, estaba acompañado de su esposa y pedía un crédito fuerte. Por cuestión del dinero discutieron entre ellos, y en algún momento el individuo la empezó a golpear y sacó una navaja que llevaba encima. Él suponía que se había vuelto loco, o que la bebida lo había intoxicado, pues no tenía antecedentes en Estados Unidos. Por último, me advirtió que era posible que la policía me hiciera unas preguntas, pero que no debía asustarme, sólo decir lo que había visto. «¿Te parece que nos olvidemos de este tema?» Le respondí que me parecía. El champán estaba helado y había esa bruma del oleaje fuerte, huele distinto por la madrugada, vi el mar entero delante de nosotros. Me di cuenta de que Santos es un hombre silencioso, se toma su tiempo entre una frase y la otra, bebe el champán, prende un cigarro, tiene una paz que me parece mágica. No, no creas que le vi el aire de mago que vi en Roderico, o el que vi en ti mismo, él no lo tiene; es muy frío y no sabe trastocar las*

*cosas, no tenía otro empeño que llevarme hasta su habita-
ción. Allí tomamos más champán, lo oí preguntar que cómo había llegado donde Kary Rusi y le expliqué que era re-
comendada del gran Rodney. Se echó a reír, lo vi buen mozo
y descubrí que olía riquísimo: a tabaco y perfume, todo eso pe-
sa, y además pesaba el tiempo que llevaba yo sin acercarme a
un hombre, sin que me dieran ese revolcón sabroso, el que
tanto había buscado en Roderico, ya ni sé lo que digo, he tomado bastante y no sé cómo te caiga esto: toda la personalidad de Santos, esa seguridad que él tiene, se la debe al fenómeno, un animal que corta la respiración. No he visto nada
que se le parezca. Y te lo dice una mujer de circo.*

*Por la mañana, que me había quedado sola en la
habitación, entró la camarera para hacer la limpieza. Yo estaba en ropa interior, ella se quedó mirándome y de pronto
dijo: «Ay, pero si le falta un bracito». Conversamos un rato, y
me la encontré otras veces, las pocas que amanecí en el Rosita
de Hornedo, pues aquello terminó muy pronto. Un día me
contó que su marido estaba preso, pero que ella se había echado
un hombre. Pensó que una mujer como yo, que era un ave
de paso, podía ser comprensiva. El hombre trabajaba en el
zoológico, les daba platanitos a los monos o yo qué sé, un sin-
vergüenza que parecía un actor de cine, pero que la ayudaba
mucho. La última vez que fui al hotel, me consiguió la dirección de una santera para que le dijera lo de mi tristeza, lo de
la muerta que se me había encarnado. La santera averiguó
que la difunta se llamaba Betty, que aún estaba flotando sobre su cuerpo humano cuando yo entré en la oficina de Santos,
y que desde el techo ella me vio la coronilla. Por eso había que
despojarme, y encima hacerme rogación de cabeza. Dormí tres
noches con el pañuelo blanco, se me fue pasando la salación
tan grande, y vine a reírme de verdad-verdad el día que Kary
Rusi se encabronó contigo.*

18. *Snake*

Salí del Club 21 con un par de whiskys en el cuerpo, y con la sensación de que esa noche en el Capri habría de ser mortífera. En la acera de enfrente divisé a Bulgado, que me esperaba en actitud desconfiada, no podía ocultar su nerviosismo. Se había quitado su mugrosa gorra, se había puesto un traje discreto —debo subrayar ese detalle, discreto y oscuro, no esperaba tanto de él— y peinado con la raya al medio y mucha brillantina, un estilo anticuado. Todo lo que intentaba, según me confió luego, era parecerse lo más posible a Guido Rinaldo, que era el personaje de Raft en *Scarface: The Shame of a Nation,* su mejor papel por mucho. Paul Muni era un cundango. Boris Karloff lo mismo, pero un poco más pálido. Raft les daba tres patadas a ambos, ¡qué manera de comerse el mundo y escupir zapaticos! Bulgado dijo eso: escupir zapaticos, quién sabe qué quería decir.

Unos minutos antes, yo había tenido un fugaz pero amistoso encuentro con Raúl González Jerez, el dueño del Club 21. Era uno de los cuatro cubanos que se habían alojado en el Warwick de Nueva York a mediados de octubre. El «21» era un lugar un poco hundido, aunque no tanto como un sótano. Al entrar, a la derecha, lo primero que había era una barra, y en el lado opuesto unas mesitas. Yo me senté en la barra, pedí un trago y estuve observando lo que me rodeaba; el lugar estaba abarrotado de parejas elegantes y algunos americanos solos, todos matando el tiempo hasta que llegara la hora de moverse al

Capri. Aquella mañana, yo había recibido una llamada de McCrary: acababa de aterrizar en La Habana y al día siguiente era Thanksgiving, ¿por qué no almorzábamos pavo asado con jalea de arándanos? Lo del pavo era una contraseña: él insistía en que habría otra reunión como la de Apalachin, pero en el Hotel Riviera; quedamos en vernos más tarde para discutirlo. Por lo pronto, el «21» hervía, y la animación se disparó cuando llegó el tal Raúl. Alguien le gastó una broma y él contestó con otra, lo que provocó las risotadas de tres o cuatro tipos que estaban junto a mí en la barra. Raúl también se reía, pero con la clase de risa que suena hacia dentro y nunca se explaya. En mis fichas tenía anotado que era hijo de un pundonoroso militar, uno de los famosos oficiales que en el año 30 se atrincheraron en el Hotel Nacional, en protesta por el golpe de Estado que acababa de darles un oscuro sargento: Fulgencio Batista. Lo cierto es que aquella tarde de noviembre, a punto de salir también hacia la fiesta de inauguración del Capri, Raúl estaba muy lejos de parecer el inspector de Hacienda que había sido pocos años antes. Lo vi saludar de mesa en mesa; como buen anfitrión se interesaba por saber si sus clientes estaban bien atendidos, y cuando vino a la barra, que llegó mi turno, me estrechó la mano y preguntó que cómo me trataban; respondí que fenómeno, pero me cuidé de decirle que era periodista, y menos aún que trabajaba para *Prensa Libre*. Al cabo de un rato pagué la cuenta y salí a la calle. En los alrededores del «21» había decenas de policías, muchos de ellos vestidos de paisano, que habían tomado posiciones para vigilar las entradas al Capri. Sorteándolos llegué junto a Bulgado, percibí que se había echado un frasco de perfume encima, si mi nariz no me engañaba, Baron Dandy, tiempo atrás lo había usado mi padre. Me vio sacar la invitación del bolsillo y le clavó la vista, como si en lugar de la mierdera cartulina estuviera viendo un diamante. Dos tipos de librea recibían a los invitados; uno de ellos, con los meses, se convertiría en pieza clave para obtener información sobre las movidas dentro del hotel: lo llamaban Sabrosura, y por la izquierda vendía fotos autografiadas de Ava Gardner.

Yo llevaba el dinner jacket de mi hermano Santiago, estaba condenado a llevar siempre la mundana ropa que él sabía comprar. Bulgado al principio se sentía fuera de ambiente, ya que había muy pocos invitados con trajes oscuros, pero poco a poco se fue relajando, todo lo que era capaz de relajarse mientras buscaba con la vista a su ídolo, una mirada ansiosa que de pronto se volvió aterrada:

—Me acabo de joder con ése, mejor que no me vea.

Agachó la cabeza y me hizo seña para que mirara a mi izquierda.

—Vírese con disimulo... Hay dos tipos hablando, ¿los ve? Los dos que están fumando.

Fumaba todo el mundo, pero los veía. El archivo de mi cerebro se puso en marcha: el gordo era Nicholas DiConstanza, alias Fat the Butcher, uno de los dueños del Capri; el otro era un gorila cuya cara no me sonaba de nada, de ningún lugar ni de ningún casino. Tenía los labios morados, una nariz irregular que me recordó un buen trozo de roquefort, y unas orejitas de murciélago de las que, con toda probabilidad, solía arrancarse pelos cuando estaba a solas.

—Ése..., el tipo que parece un escaparate, fue el primero que nos contrató, a mí y a Lázaro.

Apreté los labios, lo acababa de coger en pifia.

—¿En qué quedamos? ¿Los contrató ese tipo o fueron los tres de la otra noche?

—Se me olvidó que eran cuatro —rectificó sin inmutarse—. Ese bestia también, era el que me faltaba. Fuimos a un bar de los muelles, había un perro olisqueando las colillas, y ¿sabe lo que él hizo?: levantó el pie y lo aplastó como a una cucaracha.

Me acordé de Julián: no habría podido tolerar una escena semejante.

—Así que estuviste en ese bar al fin y al cabo, ¿no dijiste que el tal Lázaro había ido solo?

—Fuimos los dos —musitó Bulgado, que en ese momento se percató del revuelo general, un murmullo que subía en intensidad y anticipaba el éxtasis. Miró en la dirección que todos miraban: Raft acababa de subir al podio colocado en medio del vestíbulo, radiante como un fantasma de lujo, mucho más canoso de lo que se veía en las películas, pero impecable dentro del dinner jacket, que a la legua se veía que estaba hecho a su medida. La gente lo empezó a aplaudir, pero Bulgado no atinó a juntar las manos, se quedó a medio camino entre el aplauso y el gesto adorador.

—Johnny Angel —dije yo para joderlo un poco—. Ahí está el hombre.

Bulgado no me oyó, estaba en otro mundo. Sólo en el cine él había visto a Raft, y ahora quedaba hipnotizado por su presencia, por el fulgor malicioso con que lo veía alzarse sobre los invitados, dominarlos con un gesto, uno solo, y a la vez fingirse cómplice de ellos. Dijo que éramos bienvenidos a su casa; que él iba a estar allí para atender personalmente a los clientes del casino, y que trataría de que ése fuera su mejor papel. Para demostrarlo, echó a volar una moneda que tenía en la mano, el viejo truco arrabalero que años atrás lo había caracterizado, y que ahora enardecía a la concurrencia, a casi todos menos a Bulgado, que estaba acoquinado, lívido, la emoción no lo dejaba disfrutar. Raft bajó del podio y se confundió con el público, y Bulgado echó a andar como un zombi, lo seguí porque no lo vi cuerdo, y en cierto modo yo era el responsable de sus pasos, de cualquier estupidez que cometiera. Se abrió paso hasta Raft, su atuendo oscuro contrastaba con las chaquetas claras de los demás, así que me fue fácil seguirlo. El verdadero Johnny Angel conversaba con un par de viejos: ella era una americana temblona, con una coronita de brillantes sobre el pelo rizado, y el marido era un flaquito conmovido, que observaba la escena como si contemplara un crepúsculo. Junto a esa pareja se detuvo Bulgado y yo logré colocarme justamente atrás, una posición estratégica para llevármelo cuando hiciera falta. Pero Bulgado aguantó en silencio, con los ojos fijos en su ídolo, que tengo que reconocer que despedía una especie de brillo, no era como nosotros, ni tampoco como el resto de los americanos allí reunidos, era más pálido y, en cierta forma, más viril, toda una contradicción.

Terminó de hablar con la pareja, la vieja temblona y su marido retrocedieron para huir del molote, y Raft inadvertidamente se volvió hacia Bulgado. Algo ocurrió en ese momento, porque reaccionó sorprendido, fue una pequeña crisis, como si alguien le hubiera quitado el seguro a una granada y todos nos hubiéramos echado al suelo, todos menos Bulgado, que quizá daba por hecho que lo normal era precisamente eso, que Raft sufriera un espejismo, que lo mirara como si se mirase.

—Brownie Raft —se regodeó Bulgado, con un acento perfecto que me dejó atónito.

—*You can call me Snake* —anotó Raft, con esa voz grave que el otro asimiló como quien asimila una sublime contraseña. La escena parecía ensayada, Bulgado se atrevió a añadir:

—*Yeah... The Old Blacksnake.*

Era suficiente. Toda esa gente que rodeaba a Raft contuvo la respiración, impresionados al igual que yo, porque parecía que Raft hubiera hallado a un hermano gemelo, un tipo que no se le parecía un carajo, pero se parecía, idéntico en otra dimensión, a otro nivel fortuito que todos captamos. Se estrecharon las manos, y yo hubiera hecho cualquier cosa para evitar lo que ocurrió enseguida: Bulgado se inclinó y le besó el anillo, como si Raft fuera un obispo, rozó con sus labios la piedra magnífica, que no podía ser otra que un zafiro estrella, la misma de sus cofrades en el casino. Fue un arrebato de ternura, un pronto, y para la gente que lo presenció fue un chiste, aunque para Raft, y también para Bulgado, aquel gesto se tornó en catástrofe. Me pareció el colmo del ridículo, pero el hecho estaba consumado. Noté que Raft se había asustado, de sí mismo más que de Bulgado, de lo que percibió en sus huesos con relación a un sentimiento, a una suplantación: la devastada soledad del cuidador de fieras. Cayeron un par de flashes sobre nosotros, con la vista busqué al fotógrafo y vi que era un amigo de mis tiempos del *Diario de la Marina,* uno de los tipos con los que jugaba cubilete algunas noches, cuando escapaba de las garras del Flaco T. Más tarde le pedí esa foto y es la única que conservo de Bulgado, de él y de Raft frente a frente, algunos desconocidos los rodean y estoy yo, con los ojos desorbitados y una mano en alto, no recuerdo haber levantado esa mano pero lo hice, como si hubiera intentado prevenir a alguien. Por fin logré atrapar a Bulgado, lo cogí por el borde del saco y tiré con fuerza para llevármelo de allí. Aquello se prolongaba y comencé a sentir vértigo. Arrastré al zombi, tomé una copa de una de las bandejas y le ordené que bebiera, me quedé a su lado viéndole bajar el licor, necesitaba cerciorarme de que era capaz de recordar quién era, dónde estaba, hacia dónde se dirigiría después de abandonar el Capri, en fin, los datos básicos. De repente, un hombre se nos acercó y nos echó el brazo por encima, ambos brazos, uno sobre Bulgado y otro sobre mí, bajó la cabeza y me figuré que iba a decirnos un secreto.

—¿Por qué no estás limpiando mierda de elefante? —le preguntó a Bulgado.

Tuve un pensamiento cándido: pensé que se trataba de una broma. Miré a Bulgado porque esperaba que se estuviera riendo, pero fue todo lo contrario, tenía el rostro contraído y la vista fija en el suelo.

—El señor viene conmigo —intervine—, soy de *Prensa Libre,* ¿algún problema?

El hombre me quitó el brazo de encima, me miró con curiosidad, como si acabara de descubrir que una mosca era capaz de retarlo, de revirarse o simplemente pronunciar palabras. Miró hacia atrás, creo que buscaba una indicación, alguna pista para saber cuál era el próximo paso. Yo miré en la misma dirección y no vi a nadie.

—Lléveselo —agregó haciendo un gesto hacia Bulgado—. Se me van los dos.

—Tengo que escribir sobre esta fiesta —le dije—, no puedo irme.

Lo vi vacilar, volvió a mirar hacia atrás.

—Esperen aquí.

No esperamos. Tan pronto lo vi alejarse, caminamos en la dirección opuesta. Bulgado me seguía con expresión doliente, y hasta llegué a la conclusión de que algo en su encuentro con Raft se había torcido, o no había salido como él esperaba, pero no me imaginaba el qué. Raft había estado cordial; había sido más que paciente con él: ¿qué otro artista hubiera tolerado aquel beso en el anillo, un alarde innecesario en medio del montón de gente?

En principio no identifiqué a McCrary. Me quedé mirándolo porque su cara me sonaba de algo, me saludó con la mano y entonces me di cuenta y caminé hacia él. Estaba acompañado de una mujer a la que presentó como fotógrafa de *Life,* y me aseguró que entre los dos pensaban hacer un reportaje sobre la noche habanera. Propuso que al terminar la fiesta fuéramos a tomar un trago; le contesté que esa noche era imposible, tenía que ir a arreglar un asunto con el amigo que me acompañaba. Señalé hacia Bulgado, que estaba recostado a una pared, digamos que volviendo en sí después del trance, fumando con ojos seráficos, pendiente todavía de Raft, que conversaba solícito con los clientes y repartía tarjetas de presentación: «George Raft, General Manager, Casino de Capri Corp., Havana». Una orquesta comenzó a tocar, McCrary aprovechó el ruido para preguntarme si tenía algún otro dato sobre la reunión de capos en el Riviera, el segundo Apalachin en menos de quince días. Le respondí que no, que nadie podía acercarse al hotel, aún estaba cerrado para el público y custodiado por guardias armados.

—Es que la guerra está en su punto —señaló—. No es una guerra entre italianos y judíos como la gente cree, es otra cosa. Todo se está moviendo.

En sus primeras horas en La Habana, McCrary había podido averiguar que Meyer Lansky se había mudado del Hotel Nacional a un lugar desconocido; que había pasado varios días recluido en una clínica habanera, operado de la vesícula, y que ante la avalancha de sicilianos carroñeros que habían llegado a Cuba, amenazaba con largarse a Las Vegas y dejar que la guerra se resolviera a tiros, como en todas partes.

—Debe de estar cansado —dijo el pequeño vengador en mí—, ya está viejo.

Noté que Bulgado se alejaba un poco, de nuevo ponía proa rumbo a Raft, que a su vez enfilaba hacia el casino; la gente se acercaba a las mesas de blackjack, los camareros se movían a esa zona —la estrategia era arrastrar poco a poco a los clientes—, y se escuchaban los primeros golpes de las fichas cuando las colocaban para las apuestas. Cité a McCrary para el día siguiente en el Roof Garden del

Hotel Sevilla, que era el territorio de don Amletto Battisti, amigo y protegido de Lansky. Tomé otra copa, me paré a conversar con un par de fotógrafos, uno de ellos era el del *Diario de la Marina,* fue cuando aproveché para pedirle la foto del encuentro. En todo ese tiempo, no descuidé a Bulgado, que continuaba maquinando algo, seguramente la forma de volver a hablar con Raft. Al cabo de un rato, fui a su lado y le dije que era hora de irse, que a la mañana siguiente teníamos que levantarnos temprano para trabajar, él con sus fieras y yo con las mías. Me miró con desprecio, como si estuviera tocando un tema muy ordinario en un recinto tan espiritual.

—Los crupieres del Montmartre —comentó, echando a caminar a mi lado—, ¿sabe que todos vinieron para acá?

Le dije que sí, que algo había oído. En el cabaret Montmartre, meses atrás, los rebeldes habían acribillado al capitán Blanco Rico, jefe de la Inteligencia Militar, y el Gobierno lo había cerrado en represalia. Ni Charles Tourine, alias «The Blade» Tourine, que era quien controlaba aquel casino, ni el sindicato de crupieres habían logrado reabrirlo en un tiempo razonable. El propio sindicato aconsejó a sus miembros que buscaran trabajo en los nuevos hoteles: en el Capri, que ya había contratado a muchos, o en el Riviera, que se inauguraba dentro de muy poco, y hasta en el Havana Hilton, que abriría en los primeros meses del 58. Ningún crupier medianamente bueno se quedaba en la calle.

—Mi mejor amigo era crupier del Montmartre —suspiró Bulgado—. Le dicen Trabuco, pero no vino para acá.

El mismo tipo que lo había mandado a limpiar mierda de elefante nos rondaba de nuevo. Me di cuenta de eso y empujé un poco a Bulgado para prevenirlo.

—Trabuco fue guardaespaldas —reveló bajito—. ¿A que no adivina de quién? Del gran Lucky Luciano... ¿Cómo le cae?

Caminamos sin prisa hacia la salida, yo mismo le había advertido que lo hiciéramos con naturalidad, y fue entonces que los vi, poco antes de alcanzar la puerta, protegidos por una muralla de hombres que no disimulaban su misión y estaban armados, eso era obvio, tenían pistolas hasta en los zapatos. Meyer Lansky y Santo Trafficante conversaban de manera sombría, pegados a la pared; ambos fumaban, pero sólo Trafficante sostenía una copa. Lansky estaba enfundado en un traje color caramelo, nada de dinner jacket; tenía esa flema, ese estilo para cagarse en todo, incluso en la vestimenta requerida. El otro sí había acudido con su saco blanco, una tela que despedía un brillito; en conjunto, podría decirse que brillaba tanto como George Raft.

—¿Se te perdió alguien por aquí? —me enfrentó un joven musculoso, quién sabe si de mi edad o menor, le acababa de brotar acné—. Yo sé quién eres tú, anda y circula pa'l carajo.

Algo me picó en la manera en que dijo que sabía quién era yo, y no circulé, no me moví ni un centímetro. Quizá era que estábamos a la misma altura, éramos escuetos fanfarrones, dos chamaquitos midiéndose en el esplendor.

—¿Tú me estás oyendo, maricón?

Me lo había dicho bajito, había acercado su boca a mi oído, y Bulgado, que estaba a mi lado, nos echó una mirada socarrona, como si estuviera a punto de ver batirse a dos niños con pistolitas de agua.

—Espérame afuera —le exigí a Bulgado, que se encogió de hombros, encogió uno más que otro, y en ese gesto suyo me di cuenta de que había vuelto a ser el mismo, había recuperado su carácter después de la impresión de conocer a Raft. Enseguida me dirigí al matón—: Quisiera entrevistar al señor Trafficante. Soy Joaquín Porrata, de *Prensa Libre*.

Soltó una risita y se viró en redondo, simulando que buscaba entre la gente.

—Pues chico, que yo sepa aquí no hay nadie con ese nombre, ¿tú ves a alguien que se llame así?

—Sólo le haré un par de preguntas, es para un reportaje sobre el Sans Souci.

No me dio tiempo a nada, me cogió por las solapas y empezó a arrastrarme. No me arrastraba hacia la salida, sino hacia atrás, junto al grupo de hombres que custodiaba a los dos capos. En un momento como ése, sólo atiné a preocuparme por el dinner jacket, ¿con qué cara iba a decirle a mi hermano que había dejado que un matón me lo ripiara?

—*Let him go...*

Alcé la vista, yo estaba cansado y bebido, pero creí ver en la cara de Lansky un aire de satisfacción. No iba a perder ni medio minuto en el insecto que debí de parecerle, pero quizá algunos segundos, los suficientes para caer en la cuenta de que ya me había conocido, ficharme nuevamente en su memoria y descorrer las nubes, esa borrosidad armoniosa de las tardes de *Almendra*. Más tarde supe que presumía de no olvidar un rostro casi nunca.

—*It's ok, Jaime... Let him go.*

Con dolor de su alma, el tal Jaime me dejó partir. Nos habíamos odiado a primera vista y me soltó con un gesto aséptico, como si no soltara exactamente a un hombre, sino a una bolsa de basura. Fui trastabillando hasta la acera, Bulgado me recibió sin pizca de asombro, no se alarmó de verme mareado, corto de respiración o pálido, inmensamente pálido: para él, mi estado natural era ése. Le pedí que me ayudara a llegar al carro y por el camino le pregunté si sabía manejar, dijo que por supuesto, que manejaba casi casi tan bien como Joe Fabrini. No le pregunté de qué película salía Fabrini, ni le recordé que teníamos un trato, porque no estaba mi alma para presionar a nadie, ni para escuchar una palabra más. El dinner jacket de mi hermano estaba manchado, daba la impresión de que me había revolcado en él, y sólo esperaba no toparme con Santiago a esas horas, ya se lo llevaría a limpiar y se lo devolvería como nuevo. Bulgado fue manejando el Plymouth, lo hizo fantástico: ni una sola vacilación, ningún frenazo; hay pequeños cerebros que se acoplan fácil, tienen esa habilidad para adaptarse a los motores, Bulgado era uno de ellos, así que le propuse que me dejara en mi casa y siguiera con el automóvil a la suya. Al día siguiente yo lo recogería en el zoológico.

Al bajar, vi luz en las ventanas; quería decir que estaban todos despiertos y me preparé para lo peor, para tener que dar explicaciones o, como mínimo, las buenas noches. Abrí despacito la puerta y me encontré con la cara demudada de mamá; tan pronto sintió la llave ella gritó: «¡¿Santiago?!». Con el mismo tono de siempre, o sea, un tono de hastío que era mi especialidad, le respondí que no, que no era Santiago sino el que cogía su ropa prestada. Lucy se asomó por detrás de ella, me hizo una seña: «Es que Santiago no aparece». Me eché a reír: «¿Y acaso aparece alguna vez en esta casa a estas horas?». Mamá negó con la cabeza: «No aparece desde ayer». Traté de echarme a reír nuevamente y Lucy, la mirada de ella, me lo impidió. Les dije que seguramente estaba con alguna mujer, con sus amigos rumbeando por ahí, ¿qué de extraño tenía que Santiago no hubiera llegado a dormir? Mamá dio media vuelta, esa noche no estaba para mis sarcasmos, y Lucy vino hacia mí, sus ojos como platos, unos platos húmedos, desconocidos, huecos: «Es que creemos que sí apareció —

dijo bajito—, papá fue a ver». Mamá cayó en el sofá, no puedo decir que se sentara en él, fue algo rotundo, tiesa y compacta como una piedra que ya no volverá a moverse. Arrastré a Lucy a mi cuarto, hablamos en susurros, pegados a la puerta, y de nuevo intenté tirarlo todo a coña, quise echar una terrible carcajada, una risa que saliera duro, todo mi cuerpo negando lo que parecía imposible: Santiago sorprendido en mitad de una reunión, en un apartamento de la calle Humboldt, con otros revolucionarios que tenían petardos, disparándole a la policía y recibiendo un tiro, uno solo en la pierna pero que le impidió correr, los del SIM lo agarraron, se lo llevaron vivo, y esta mañana lo habían encontrado muerto, creían que era Santiago por un carné que le metieron en la boca, no había más nada, ni su cartera ni ningún papel. Lucy se volvió otra piedra, pero más blandita, cayó en mi cama y comenzó a llorar. Sentí de nuevo aquella sensación de derrumbe, y enseguida el vómito, ni siquiera me dio tiempo de llegar al baño. Me quité el dinner jacket a tirones, era verdad que me quemaba el cuerpo, me puse otro saco y le pregunté dónde estaba papá. «En la morgue de Belascoaín», la oí decir, recuperando el aplomo, posiblemente ya sabía que ella iba a ser la única entera en esa casa. La besé en el pelo, era la primera vez en mi vida que le daba un beso, y salí espantado. Tiré la puerta en el momento en que mamá gritó.

19. ... me refugio en ti

Papá estaba sentado en un banco, tenía los codos apoyados en las rodillas y miraba hacia el suelo, en la actitud de quien se asoma a un charco de agua y se entretiene con su propio reflejo. Mucho tiempo después comprendí que, en efecto, estaba viéndose a sí mismo, no en el agua estancada, sino en su mente, en su cerebro líquido, derretido por el estupor: Santiago no era lo que parecía, no lo sería jamás, ni para él, que era su amigo íntimo, ni para los clientes que le compraron parcelas en Isla de Pinos; tampoco para aquella casa donde lo esperaban su madre y su hermana; ni para la ciudad que ya no lo vería trasnochar de nuevo. Llegué a su lado y le puse la mano en el hombro. No olvido la manera en que levantó la vista, la forma en que asumió la ironía de verme vivo. «Está destrozado», fue lo único que alcanzó a decir, con una voz que no reconocí. Me pregunté por qué le había cambiado la voz, y empecé a sudar, como si ésa fuera la única respuesta. Saqué el pañuelo y me sequé la cara, fui donde el hombre tras el mostrador y le dije que quería ver el cadáver de Santiago Porrata. El hombre hizo un gesto hacia mi padre, musitó que el señor ya lo había identificado. Le contesté que yo era hermano del difunto, le mostré mi carné de periodista e insistí en que necesitaba verlo. Lo estuvo meditando, no sé qué vio en mi cara, pero noté que se ablandaba, fue una manera de mover la cabeza y salir del mostrador, dirigirse a la parte de atrás, a la nave donde reposaban los cadáveres, salir de nuevo y responderme que esperara unos minutos.

Mi incredulidad era tan fina, tan punzante como una agujita. Había dicho que quería verlo porque en el fondo dudaba de que fuera Santiago, era una duda que me permitía respirar, luego una duda que estaba en mis pulmones.

Un mulato calvo, con una bata blanca y delantal encima de la bata, salió a buscarme sin decir palabra. Fue el hombre del mostrador quien dijo: «Vaya con él». Lo seguí, cogimos por un pasillo, abrió una puerta y me dolió el embate, un tufo intenso que me llegó hasta el alma. Había tres o cuatro camillas ocupadas, lo hicimos rápido, el mulato levantó una sábana y vi la cara de Santiago, su pelo castaño claro que le brillaba como si acabara de salir del agua, y los párpados hundidos, no había nada debajo de esos párpados, unas manchitas de sangre. Yo había dejado de sudar, y había dejado de oír; posiblemente lo único que funcionaba en mi cabeza, de cara a lo que me rodeaba, eran mis ojos. Esos ojos míos sintieron una soledad tremenda, porque faltaban los del otro, los ojos vivos o muertos de Santiago. Aparté un poco más la sábana, tenía el torso desnudo, salpicado de moretones y de quemaduras, lo cogí por los hombros y le di algo parecido a un abrazo. Sentí la piel helada, esa frialdad que no se parece a ninguna otra, y me lo pregunté en voz baja: «¿Dónde se fue?». No sé si pasaron segundos o minutos, sé que el mulato del delantal me cogió por un brazo y trató de apartarme, pero alcé la voz, esta vez lo grité: «¿Dónde se fue?». El otro hizo un nuevo intento por arrancarme de allí y lo consiguió, cubrió el cadáver de mi hermano, me empujó hacia el pasillo y me devolvió a la sala de espera, donde mi padre seguía mirando su reflejo en un agua inexistente. Me senté junto a él: «Es Santiago», le dije, y descubrí que mi voz también sonaba como la de alguien distinto.

Los dos días que siguieron, 28 y 29 de noviembre del 57, fueron los días en que vine al mundo. Como esos niños que nacen en medio de los cataclismos, entre las ráfagas de un huracán, o bajo los escombros que deja un terremoto. Tengo la sensación de no haber estado vivo hasta el día en que murió mi hermano, hasta esa noche que tuvimos que regresar a casa, confirmarle la noticia a mamá, que se cayó redonda, y encomendarnos todos a Lucy, que seguramente también tuvo la sensación de no haber estado viva, porque a partir de entonces tomó las riendas de la casa, se puso una camisa de hombre —de Santiago, por cierto—, cogió la libreta de teléfonos y avisó a los parientes, a los amigos, le avisó a Aurora y escuché cuando se lo decía a mamá, que Aurora y Telma (otra amiga de la infancia de mi madre) ya estaban avisadas y venían en camino. Papá se convirtió en gelatina, en una nada que a veces suspiraba, se encerraba en el cuarto de Santiago y hurgaba entre sus papeles; me imaginé que buscaba alguna pista, algún dato sobre sus actividades clandestinas, pero Santiago, para todos nosotros, e incluso para su novia, mantuvo un frente impecable, una apariencia sin resquicios, nada que pudiera comprometerlo en casa, y mucho menos en la oficina, en el despacho que ocupaba junto al de papá. A la novia sólo la habíamos visto un par de veces, y nadie nunca la había tomado en serio porque Santiago había tenido muchas. Llegó vestida de negro, era menudita y rubia, tenía una trenza echada para un lado y a mí me pareció una niña. Le aseguró a mi hermana que Santiago y ella ya habían fijado fecha para la boda, y hasta habían comprado muebles. Estuvo con nosotros casi todo el día, llorando como si en realidad fuera la viuda, hasta que su padre, que era médico del Ejército, se apareció en la funeraria y la sacó prácticamente a rastras. De Santa Clara vino la hermana de mi madre, y aunque mi padre era hijo único, tenía unos primos que eran como hermanos suyos: se turnaban para acompañarlo, lo obligaron a comer, o al menos a tomar la sopa que preparó para todos la mujer de uno de ellos. Aurora llegó a mediodía, vino directo hacia mí y me dio un abrazo, explicó que Julián estaba en Nueva York, pero que me mandaba decir que en un par de días regresaría a La Habana. Aurora me había cogido la mano y nos quedamos por un rato unidos, mis dedos arropados por los suyos, y ella quejándose de que aún no sabía qué iba a decirle a mamá cuando se vieran, ni cómo iba a enfrentarse a mi padre. Sentados allí, en esa intimidad imprevista, pensé en Yolanda, a la que nadie había avisado y por lo tanto no se imaginaba nada, y decidí que la llamaría tan pronto volviera a quedarme solo, cuando Aurora se llenara de valor para ir al encuentro de mi madre. «Espantado de todo, me refugio en ti» fue la línea que me vino a la cabeza, porque la había leído en el colegio cuando era chiquito, en una carta de José Martí, y la dije dos veces, tres, tal vez más, mientras esperaba en vano a que Yolanda contestara el teléfono. Debía de estar trabajando, haciendo gestiones para Kary Rusi, y me prometí llamarla de nuevo por la noche, y refugiarme en su casa por la madrugada. «Espantado de todo», repetí ofuscado, y empecé a llorar, saqué el pañuelo y me cubrí la cara, pero no hubiera hecho falta porque en ese momento nadie me veía, estaba en un rincón, de frente a una pared, necesitaba desahogarme. Unas horas más tarde, desde el periódico, vino Madrazo. Me susurró al oído que ya no se aguantaba más, que había que parar aquello, porque estaban acabando con la juventud del país, con la que valía la pena. Yo sabía que sólo eran palabras de consuelo, que aquello no había modo de pararlo, a no ser el modo en que lo había intentado Santiago, batiéndose a tiros. Comparado con eso, con lo que él había hecho, mi trabajo había sido un ejercicio absurdo, todo el tiempo que invertí en averiguar el nombre de la sastrería donde

Lansky se mandaba hacer sus trajes (la sastrería Pepe); o las máquinas en que se movía por La Habana (el Mercedes, el Chevrolet color perla, el Ford negro del 50); o la rutina de los jueves por la tarde, cuando acudía a la mansión de Joe Stassi, junto a las márgenes del río Almendares, para reunirse con la plana mayor, todos los jefes de La Habana.

Madrazo se quedó esperando un comentario mío; en realidad yo no tenía ganas de hablar, él lo entendió y me dio una palmadita en la espalda. Antes de irse, me comentó que un tal McCrary me había llamado al periódico. Cerré los ojos: me había olvidado de McCrary. Le expliqué a Madrazo que se trataba del periodista que tanto me había ayudado en Nueva York, que lo había visto el día anterior en la fiesta del Capri, y habíamos quedado en almorzar en el Hotel Sevilla. Por cierto, había olvidado la crónica del Capri, en esas circunstancias, no sabía cuándo podría escribirla. Madrazo respondió que no me preocupara, que lo del hotel no corría prisa, y en cuanto a McCrary, al final la telefonista había pasado la llamada a su oficina, y Fini, su secretaria, le había explicado que yo había tenido una novedad en la familia. Una novedad, pensé, qué manera tan rara de nombrar el horror.

En el cementerio, junto al panteón donde estaban enterrados tres de mis cuatro abuelos, mamá se desmayó y papá se fue del mundo. Se fue un poco para siempre, nunca salió por completo del estupor, ni siquiera cuando fueron pasando los días y alguien vino a hablarnos, a condición de que fuéramos discretos. Era un amigo de Santiago, el único que conocía sus planes de alzarse en la Sierra. Nos trajo una carta que escribió mi hermano, no era la carta de despedida de alguien que pensaba morir, sino la de alguien que planeaba ausentarse unos cuantos meses. Mamá se tranquilizó de una manera poco típica en ella: recordaba los momentos buenos de Santiago y punto; no habló ni una palabra más sobre su muerte. A Lucy le tocó recoger el cuarto, vino al mío con mucha ropa de Santiago colgada del brazo. «Me da pena regalarla por ahí —suspiró extenuada—, y al fin y al cabo tú siempre te ponías su ropa». Yo también estaba extenuado, no tenía ánimos para decirle que la dejara en el clóset, o que se la llevara toda —y cuando digo toda, digo también el dinner jacket— porque me dolía verla. No podía decir ni una cosa ni la otra, era un momento de confusión, una niebla parecida a un limbo.

Cuando por fin conseguí hablar con Yolanda, el mismo día del entierro, la sentí afectada y la oí decir que saldría enseguida para acompañarme. Ante eso me quedé mudo y ella rectificó: pensándolo mejor, no era una buena idea, porque tal vez mis padres lo tomaran a mal. Le dije que sí, que era lo más probable, y luego mentalmente pasé revista: un hijo muerto, una hija marimacha, y el único varón sobreviviente, enredado con una mulata manca que le llevaba un carajal de años. Yolanda y yo vinimos a vernos dos días después; la recogí en el Sans Souci y fuimos a su casa. En el momento en que me preguntó cómo estaban todos en mi familia y traté de explicárselo, me di cuenta de que aquel Santiago siempre ausente, al que nadie esperaba encontrar nunca en su habitación, se había instalado de repente allí, se aferraba a esa casa y era algo físico, un remolino que uno sentía en la sala, en el comedor, al subir la escalera. No creo en fantasmas, pero tuve la sensación de que Santiago gritaba para que lo oyéramos, y sobre todo para señalar sus cosas: a la hora en que de verdad tenía que irse, le daban ganas de quedarse. Yolanda me acarició la cabeza y aseguró que eso era los primeros días, que luego poco a poco nos iríamos acostumbrando. «Menos papá —recuerdo que le contesté—, trabajaban juntos, eran uña y carne». Yolanda murmuró esta frase: «También la uña y la carne se separan». Cuando nos acostamos, me di cuenta de que estaba asustado, lo había estado todo el tiempo, desde el momento en que regresé del Capri y al abrir la puerta, mi madre me recibió clamando por mi hermano: «¡¿Santiago?!». Esa angustia, comprimida en un nombre, se me quedó grabada. En ese punto había empezado el miedo, que se volvió insoportable cuando levantaron la sábana y reconocí el cadáver, y más insoportable todavía cuando me acosté con Fantina, fantasma del pasado; desde ese instante yo tenía un pasado porque todo era nuevo, para bien o para mal, había dejado atrás una manera de ser, de comprender los lugares, o de mirar la vida. Y eso lo percibieron pocos, pero curiosamente lo percibió Bulgado, a él le bastó con echarme una ojeada y captó la idea, sé que lo hizo. Al ver que no me presentaba en el zoológico para recoger mi carro, se le ocurrió llevármelo a la casa, donde lo atendió Balbina y le explicó que mi hermano había muerto. Esa noche se puso el mismo traje oscuro de conocer a Raft, y vino acompañado de su mujer y su suegra para darme el pésame. Debí tener un aspecto enfermizo, pues la suegra de Bulgado opinó que había que darme una comida rápido, ya que los ayunos en las funerarias casi siempre desembocaban en tisis. Se ofreció para hacerme una sopa, y cuando lo dijo, pensé en aquella sopa de pescado y ojos que había tomado en el Mercado Único. Era verdad que llevaba muchas horas sin probar bocado, y aún me quedaba una conversación pendiente con Bulgado. Me lo llevé aparte, le propuse que fuéramos a comer al Barrio Chino, necesitaba echarme algo al estómago y teníamos que hablar; él comprendió y les dijo a las mujeres que cogieran una máquina de alquiler y fueran para la casa. Antes de irse, la esposa de Bulgado me miró a través de los espejuelos de aumento, talmente como si mirara a una larva, puso su mano regordeta sobre mi mejilla, y con su voz soñolienta de retardada dijo: «Come algo, niño». Fui donde mi madre, que estaba en la capilla, junto al féretro cerrado, le pregunté si quería que le trajera una sopa y no me respondió. Telma, esa amiga de la infancia que estaba a su lado, negó con la cabeza. Interpreté que no debía molestar, de interrumpir ese dolor siquiera con mi voz, que era un insulto precisamente porque se hacía escuchar, y si se hacía escuchar era que continuaba viva. Salí con Bulgado, vi mi Plymouth parqueado frente a la funeraria, me serenó verlo como si esperara un gesto, no sé, una señal imposible. Me sentía muy débil, pero pensé que me convendría manejar un rato, y así fue, empecé a respirar mejor, por momentos tuve la sensación de que estaba solo, pues Bulgado se arrinconó junto a la ventanilla, estuvo taciturno y no dijo ni una palabra hasta que llegamos al Pacífico. Fuimos al Pacífico porque yo buscaba lo que nadie habría buscado en esas circunstancias: voces altas, olores fuertes, el abejeo de los chinos yendo y viniendo con los platos humeantes. No le pregunté a Bulgado si le parecía bien, estaba ejerciendo mi voluntad en una cosa tan simple como escoger el lugar donde íbamos a comer, porque en pocos minutos la iba a ejercer para algo un poco más complejo, para obligarlo a que hablara de una puñetera vez. Miré a mi alrededor, hacia las otras mesas: parejas que acababan de salir del teatro; músicos que estaban a punto de entrar a tocar en algún local; periodistas que hacían un alto para comerse un arroz frito y volver a las redacciones, listos para la vorágine del cierre. Pedimos jaiboles, miré a Bulgado, que supo sostenerme la mirada; tenía una astucia innata.

—Qué golpetazo —dijo.

Silencio de mi parte, no quería acordarme de Santiago, ni tampoco quería acordarme de papá, pero me vino a la mente la noche en que mi padre me presentó a su querida en ese mismo restaurante: «Quiero que conozcas a Lidia», declaró delante de otras parejas que compartían la mesa, y Lidia seguramente se sintió cohibida, porque ya conocía a Santiago (todas las amantes de mi padre pasaban, tácitamente, por el cedazo de mi hermano mayor), pero yo era otra cosa, más joven, menos unido a mi papá. Y a propósito de Lidia, ¿se habría enterado ella de la muerte de Santiago? ¿La habría llamado su amante, don Samuel Porrata, para explicarle que nada era como pensaba y que el mundo se le había venido abajo? Espantado de todo... Me temí que mi padre no se refugiara en nada ni en nadie; si acaso, en el recuerdo del difunto, en pasar la misma película una y otra vez: lo que mi hermano dijo o no dijo; el comentario que nunca se le escapó, un paquete raro, una llamada fuera de lugar. Mucho tiempo después, llegué a la conclusión de que papá se había culpado por no haber adivinado lo que nadie, nunca, hubiera podido adivinar.

—Empieza por el principio —le ordené a Bulgado; el hastío se me tenía que estar saliendo por los poros—. ¿Cuándo te enteraste que lo del hipopótamo era un mensaje?

Bulgado se inclinó sobre la mesa, también me pareció un poco hastiado.

—Cuando nos dijeron que lo soltáramos. «Suéltenlo y empújenlo hacia el bosque.» Eso fue lo que hicimos, lo espantamos un poco, le tiramos palos...

—¿Quieres decirme que eso lo hiciste tú?

—Yo, sí, junto con Lázaro. Nos obligaron, usted sabe que esa gente obliga. Lo tenían todo arreglado con la policía para que mataran al animal. Le digo más: una semanita antes, habíamos picado a un tipo, a un italiano del grupo de Anastasia. Y ese italiano, después de muerto, llevó su mensaje, ¿qué le parece? Pero Anastasia se cagó en eso, en el italiano tieso y en lo que le advertían, y ya sólo quedaba el hipopótamo. Era la última advertencia, que no entiendo por qué llegó tan tarde.

Otro jaibol. La sopa china con un huevo escalfado. Nada de pescado y ojos. Nada de ojos.

—Sé que era italiano porque lo dijeron —prosiguió Bulgado—, y después de muerto le tomaron una fotografía. Se lo juro por Elvira, yo no tengo madre y juro por mi mujer. Hicieron un letrero, un tipo lo escribió en italiano y le ordenó a Lázaro que se lo pusiera en el pecho al fiambre. Era un mensaje que le mandaban a Anastasia. Así fue como lo supe, porque en el letrero ponía «Anastasia...», y luego cosas que no entendí.

—¿Y los negros? El tal Jicotea, Niño en Pomo...

—Lo del hipopótamo fue obra nuestra. Lázaro y yo lo hicimos, daba pena un animal tan grande, pero no nos quedó más remedio.

Bulgado bebió su jaibol, aspiró el aroma de la sopa y se enganchó la servilleta en el cuello de la camisa, como un niño al que le van a dar su papilla.

—Vamos, empiece a comer —me animó en el tono de azuzar a los leones—. Lo que usted tiene es que está muerto de hambre.

Empezó él. Lo vi sorber los frijolitos chinos.

—¿Por qué me lo contaste, Bulgado? ¿Por qué me dijiste lo del mensaje cuando fui al zoológico?

—No sé —repuso—, parece que se me escapó.

—No te creo. Querían meterlo en el periódico, que se supiera que no había sido un accidente, te mandaron a que me soltaras algo, di la verdad.

Masticó el huevo, viéndolo masticar sentí hambre y cogí la cuchara, que me tembló en la mano. En realidad necesitaba que algo caliente me cayera en el estómago.

—Si se lo estoy diciendo, compadre —dijo irritado—, se lo digo, pero usted no hace caso: cómase la sopa.

Tragué un par de cucharadas, de buena gana lo hubiera cogido por las solapas, sacudido allí mismo, exigido que me lo contara todo.

—Y si se me escapó lo del mensaje, ¿qué? —sonrió insolente, parecía haberme adivinado el pensamiento—, ¿qué más le da? Yo no hablo de esas cosas con nadie; con usted, que se metió en esto por su propio gusto, y que no puede ponerlo en el periódico, ¿cómo lo va a poner? El general Fernández Miranda vino en un carro con su escolta y estuvo parado en la puerta del zoológico, esperando que retrataran al italiano compinche de Anastasia. ¿Eso lo va a escribir? Qué va, lo quemarían vivo.

El plato de Bulgado pronto estuvo vacío. El mío parecía sacado de la casa de los trucos: yo tomaba cucharada tras cucharada y el plato continuaba igual, lleno hasta los bordes.

—¿No va a comer? —Bulgado me ofreció un cigarro—. Mire que tiene que volver al velorio.

—Tenemos que volver a la carta —repliqué—. ¿De dónde sacaste esa carta?

—En eso sí le dije la verdad. Me la dio una amiga mía que es camarera del Rosita de Hornedo. Allí vive Trafficante, o es el matadero donde lleva a las mujeres, la verdad que no sé. Acá entre nos, la camarera cree que yo me llamo Vince.

Pronunció «Binse». Pedimos los últimos jaiboles.

—Se la di porque a mí no me servía, y me parece que a usted tampoco le va a servir. Es una carta robada, pero aunque no lo fuera, embarra a los amigos del general Batista. Este país está todo embarrado. Yo creo que el gordo Anastasia pensó algo así cuando le di la foto.

Era el golpe maestro al final de la noche, la moneda con que me pagaba tras haberlo llevado a conocer a su ídolo. Bulgado estaba cumpliendo con su parte del trato.

—¿Anastasia? ¿Quieres que te crea que fuiste a ver a Umberto Anastasia?

—Pues sí, hace un tiempito. Fui al Nacional y le llevé la foto del italiano muerto con el letrero encima. Me mandaron que se la llevara a ese hotel, que pidiera que lo llamaran a la habitación y dijera que le llevaba un encargo de parte del señor Lucania, me hicieron repetir varias veces el nombre para que no se me olvidara: Lu-ca-nia, Lu-ca-nia... Los guardaespaldas que tenía Anastasia bajaron y abrieron el sobre, vieron lo que era y me obligaron a subir, me llevaron delante de él, se veía que tenía mal genio, miró la foto pero no dijo nada, no cambió de cara, se quedó igual, tenía esas sombras debajo de los ojos. Yo llevaba en la mano mi carné de empleado del zoológico, él habló en italiano con sus hombres, abrieron la puerta y dijeron que me fuera, un guardaespaldas me acompañó de vuelta al lobby. Y eso fue todo. Nadie me hizo preguntas.

Bulgado le hizo seña al camarero para pagar la cuenta. Dejé que me invitara. No sé si habíamos terminado, pero en lo que a mí respecta habíamos terminado. Por un rato había logrado concentrarme en otra cosa que no fuera el rostro muerto de Santiago y lo que me quedaba por delante, varias horas de velorio y el entierro a la mañana siguiente. Por el camino, quizá el efecto de los jaiboles, Bulgado no paró de hablar, dijo que creía que el italiano muerto era un murciélago que Anastasia había mandado por delante para que tanteara los negocios (murciélago, me dije, por qué murciélago), y que esa comida que acabábamos de tener en el Pacífico le había recordado *Las señas del peligro,* una película en que Peter Lorre interroga a George Raft, que se llama Joe Barton.

—Me dan ganas de llamarme Joe —se encaprichó Bulgado, pronunciando «Yoe»—, ¿qué le parece?

Nada, nada me parecía. Se me cerraban los ojos, y él agregó que después de comer lo que necesitaba era dormir un rato; me animó a que buscara un sofá y me recostara ahora que en la funeraria no había casi nadie. Él se fue y yo me arrastré a la capilla. Mi padre estaba con un par de amigos, sentado entre ambos, callados los tres. No vi a mamá ni a Lucy por los alrededores. Seguí el consejo de Joe Barton y busqué un sofá donde tumbarme y depositar todo el espanto de mis huesos, sin refugio posible.

20. Fantasmas

Nunca me gustó Fantina. Es un nombre que suena a fantasma, y me da miedo el fantasma que veo en mí, dedicada a contar siempre la misma historia: un mago que entra en una casa con cualquier pretexto, lanza al aire su anzuelo invisible y pesca el corazón de una mujer. Ese mago fue el hombre que arrastró a mi madre, pero también lo fue Roderico, el gran Rodney de Tropicana (¡Paraíso bajo las Estrellas!), que nunca se ha vuelto a preocupar de si estoy viva o muerta. Trataba de salir de esa historia de magos cuando conocí a Luis Santos, tan despegado y salvaje, tiene un asunto que la derrite a una, pero no le interesan las personas y eso lo daña todo. Más tarde apareciste tú, y al principio me asustó que tuvieras casi la edad de mi hijo; luego se me ocurrió que eso quizás me ayudaría, que esa diferencia es una forma de matar el tiempo.

Un día que estaba muy amargada, pensando en la mala suerte que había tenido al enamorarme de Rodney, tocaron a la puerta, pegué el ojo a la mirilla y vi a un chino bajito, trajeado, con sombrero negro, uno de esos sombreros anticuados que son redondos por arriba, como el de Charlie Chaplin. Venía acompañado por dos niñas, y cuando abrí y le pregunté qué deseaba, respondió: «Soy Benjamín, el hijo de Lala». Me quedé en Babia, yo no tenía la menor idea de quién era Lala, le iba a decir que se había equivocado de apartamento, pero él agregó lo siguiente: «Fui al circo y su hijo Daniel me mandó para acá. Soy el hijo de la china que la crió, y éstas son mis hijas, las nietas de Lala». La más pequeña tenía como once años y se llamaba Lupe, y a la mayor le calculé unos trece, y se llamaba Carmen Luisa. Yo tenía puesta una blusa sin mangas y ellas no me quitaban la vista del muñón, miraban extasiadas porque seguramente nunca habían visto a una mujer sin brazo. Los invité a pasar, fui a la cocina a buscarles unos refrescos, pensé que si el tal Benjamín era como su madre tal vez prefiriera tomar té. Salí con los refrescos en una bandejita, ya me había acostumbrado a cogerla con un solo brazo, equilibrando el peso, con la necesidad se aprenden muchas cosas, pero las niñas me miraban con la boca abierta, y luego buscaban una explicación en los ojos del padre, que tenía esa clase de mirada acuosa, dirigida al frente, igual a su mamá, igual a todos los chinos. Al no tener respuesta de su padre, ellas se miraban entre sí, nunca habrían visto a una manca tan eficiente. La que se llamaba Lupe era la más chinita, yo le hallaba un parecido a su abuela; la otra no tenía los ojos tan rasgados, aunque las dos eran bonitas, cada una a su manera. Benjamín me pareció un poco viejo para ser el padre de unas hijas tan jóvenes, y lo primero que dijo, con mucha suavidad, es que tenía entendido que él y yo éramos hermanos, pues sabía que su mamá lo había tenido con un mago portugués que también fue mi padre. Le tuve que explicar que mi mamá no había tenido hijos del mago; que yo nací mucho más tarde, cuando ella se enamoró del hombre que amaestraba perros, lo normal en un circo. Benjamín no mostró ni decepción ni alivio ante la noticia. Eso sí, puso una gran sonrisa cuando le ofrecí té, y dijo que era lo único que le gustaba beber. Mientras ponía a hervir el agua para prepararlo, las niñas se levantaron a mirar las fotos de Daniel que estaban sobre el aparador, a distintas edades, haciendo equilibrio. Ellas lo acababan de conocer en Camagüey, pues el circo había pasado por allá, lo habían visto actuar y estaban orgullosas, sobre todo porque al principio les dijeron que Daniel era su primo. Carmen Luisa lo miraba con sus ojos de almendra, unos ojos preciosos que embelesan, podría hipnotizar a quien le dé la gana, debe de haberlos heredado del mago, su verdadero abuelo. Benjamín tomó un sorbito de té e inclinó la cabeza en gesto de aprobación. Tenía los ademanes orientales, aunque no hubiese crecido con su madre, sino con una familia del Central Senado, un maestro y su mujer que lo cogieron con un mes de nacido. Había crecido en el Central, se había casado y enviudado joven, y ya mayor conoció a la mujer con la que había tenido a esas dos niñas. Ella se había quedado en Camagüey, pues estaba algo enferma, y él había venido a conocerme, pero sobre todo a preguntarme —lo dijo con calma, con una gran frialdad, sin alterarse ni ponerse bravo— si Lala me había hablado alguna vez del hijo que había tenido a los catorce años, y si yo conocía la razón por la cual lo botaron y jamás volvieron a preguntar por él. Usó esa palabra: botar. La usó delante de sus hijas, que de seguro ya la habían oído, pues no se sorprendieron, al contrario, mientras su padre hablaba, ellas cuchicheaban y soltaban risitas, disputándose a Daniel, que les gustaba a las dos.

Le conté a Benjamín la verdad: ni siquiera sabía que a la china la llamaban Lala; ella nunca lo había mencionado, pues desde que la conocí no le habían dicho otra cosa que Chinita, y sólo cuando murió supimos su verdadero nombre, el cantonés que estaba en sus papeles. Tampoco mencionó jamás que hubiera tenido un hijo, pero le expliqué que se entristecía al hablar de aquellos que no pueden recordar la cara de una madre. Le conté de los tiempos en que vivimos juntas, de lo mucho que me había enseñado, y de que gracias a ella me había convertido en partenaire de otro mago, uno que se llamaba Sindhi. Aquel hombre me escuchó con atención, tomando sorbitos de té y meditando, no hizo ninguna pregunta mientras yo le hablaba, sólo escuchaba y asentía muy educadamente. Tenía un bigote ralo, como un ca-

minito de hormigas, y mirándolo me di cuenta de que se parecía a la china, no porque fuera chino, que tampoco lo era completamente, sino por el modo de mover los labios y por la forma de beber el té, esas cosas que se aprenden de convivir con la madre, de tocarla y de tenerla cerca. Era curioso que tuviera tanto de ella cuando no la había visto ni siquiera en fotos. Le pregunté si quería verla, dijo que sí y traje la caja con las fotografías; la primera que saqué fue de Chinita en uno de los cumpleaños de Daniel. «Mírela aquí», le dije, y le ofrecí la foto. Él la cogió con delicadeza y se quedó mirándola, las niñas guardaron silencio, me di cuenta de que era un momento difícil, y fue una suerte que Lupe, la más pequeña, saltara de la manera más normal: «Quiero verla, déjame ver a mi abuela». Recibió la foto de manos de su padre, que le advirtió que tuviera cuidado, y las dos niñas juntaron las cabezas y se concentraron en aquella cara, en la de la china imperturbable cogida de la mano de mi hijo. Benjamín volvió tranquilamente a su té, y yo me puse a rebuscar en la caja, pues quería encontrar la foto en la que aparecía el mago en uno de sus espectáculos. Quería dársela de regalo, yo para qué la quería, y tuve que sacar muchas hasta que por fin la localicé: «Mire, aquí está su papá, se puede quedar con ella». Por primera vez lo vi reaccionar con emoción, miró la foto y le temblaron las manos, levantó la vista, tenía los ojos nublados: «¡No puede ser!». Las niñas, Carmen Luisa y Lupe, se asustaron un poco; luego, al pensar en todo lo que había pasado, comprendí que no estaban acostumbradas a ver a su padre tan nervioso, o tan disminuido. «No puede ser», repitió Benjamín, y yo me preguntaba que qué era lo que no podía ser, qué podía haberlo trastornado en esa foto. «Es Horacio —musitó—, este hombre es él». Me pareció que las niñas estaban a punto de echarse a llorar, y no se me ocurrió otra cosa sino ir a buscar un poco más de té para el hombre, y traer galleticas para ellas. Cuando volví de la cocina estaban en las mismas, en esa situación de sorpresa, el padre por lo que veía en la foto, y las niñas por lo que veían en el padre. «Horacio era el médico del central —murmuró Benjamín—; es este que está aquí en la foto». Luego me explicó que el médico, fallecido unos meses atrás, había sido muy amigo de sus padres adoptivos, y había traído al mundo a sus dos hijas. «Era este hombre», insistió, señalando al mago portugués. Le expliqué que era imposible, porque el mago había muerto antes que yo naciera, y que tenía que ser casualidad que se pareciera al médico, o que quién sabe si el médico era también hijo del mago, un hijo que había tenido por ahí, la vida de la gente del circo es como la de los marineros, a veces pasan por un pueblo, los hombres se prendan de alguna muchacha, se enamoran mientras el circo está parado allí, y luego desmontan las carpas y se desmonta el romance, pero resulta que queda una semillita, algún hijo regado. Las niñas se tranquilizaron, no era una explicación que ellas pudieran entender, ni siquiera me di cuenta de que no debía hablar ese tema delante de ellas, pero vi que en su inocencia comprendían que yo estaba dándole a su padre un consuelo. Ellas volvieron a sus risitas y empezaron a comer las galletas; Benjamín, en cambio, se había quedado entumecido, hasta me pareció que respiraba de otro modo: a él no le podía venir con cuentos chinos, porque ya era chino. Las niñas se alejaron un poco para seguir viendo las fotos de Daniel, y el hombre me miró, su mirada chiquita y penetrante estaba llena de preguntas: «Yo le juro que es Horacio, con la misma verruga aquí, cerca del labio, y este dedo doblado, fíjese en este dedo, y es la nariz y es todo. Es el mismo hombre, pero no lo entiendo». Me explicó que la viuda del médico, después de enterrar a su marido, había vendido la casa y se mudó a Matanzas, donde tenía familia. «No sé dónde vive la señora Gertrudis —murmuró Benjamín—, si lo supiera iba y le preguntaba: ¿por qué mi verdadero padre, que fue este mago, era igualito a su marido, el médico?». Tomó un sorbo de té. «Igualito, no —se contestó como si hablara solo—, yo le preguntaría cómo es que su marido era médico y mago a la vez». La visita había terminado, la dimos por terminada los dos al mismo tiempo. Yo tenía que salir para mi trabajo, y aquel hombre tenía que volver a Camagüey. Había venido en busca de una hermana y lo único que había encontrado era un enigma; con ese enigma haría el camino de regreso, ocho o diez horas en el autobús, todo ese tiempo dándole vueltas al asunto. A las niñas les regalé unas fotos de publicidad que le habían hecho a Daniel; regalaban fotos de los artistas entre el público que iba al circo, y ésa en particular era muy buena, estaba el muchacho saltando de un trapecio al otro. Benjamín se puso su sombrerito de Charlie Chaplin y se despidió inclinando la cabeza, como se despiden los chinos. Yo fui a mi cuarto, me cambié de ropa, me puse colorete porque estaba pálida, y cuando cogí el creyón de labios, que me acerqué al espejo para pintarme, tuve la impresión de que mi cara empezaba a derretirse, fue apenas un momento, pero me pareció que se me hundían los ojos, la nariz, la boca, me vi como un monstruo porque era el efecto del miedo, de las lágrimas que me brotaban, mis sentimientos en ese momento me hacían verme así. La mujer del médico igualito al mago se llamaba Gertrudis. Eso era lo que había dicho el hijo de la china. A todas las Gertrudis se les dice Tula, y esa Tula, tan rápido como enviudó, desmanteló la casa y corrió a Matanzas, de donde era oriunda. Parecían demasiadas coincidencias, sentí el vacío que se forma alrededor de un remolino, como si estuviera flotando dentro de un sueño, o flotando en la línea que divide dos aguas: de un lado los vivos, y las cosas normales que les ocurren todos los días; y del otro los muertos, y los fantasmas con los que nadie tiene que meterse, ni andar averiguando por qué hacen lo que hacen; mucho menos descubrirlos, sorprenderlos en sus regresos a este mundo. Entre

Benjamín y yo habíamos destapado un infierno, como quien destapa una olla. Todavía no puedo explicarlo, son las cosas que nadie puede explicarse nunca. Tula era mi madre, que a esas alturas yo no sabía si estaba viva o muerta —hoy sé que está muerta—, y cuando cogí la guagua para ir al Sans Souci, que me senté en la ventanilla para que me diera la brisa, se me ocurrió la idea de que aquel hombre y sus dos hijas no eran lo que habían dicho. Me pregunté si no sería un truco de Chinita, en vida había sido una mujer de trucos, y su fantasma tenía que ser igual: venir a mi casa disfrazada para advertirme de algo, o para enseñarme algo. Chinita repartida en tres: un hombre casi de su edad, bastante parecido a ella, y dos niñas que significaban otra cosa, dos caminos antiguos, cada una con un trocito del espíritu de Lala, el nombre que no llegué a conocer.

Ese día, en la guagua, cuando pasé por los salones de baile de la calle Neptuno, que siempre estaban tan iluminados, tuve miedo de estar muerta. «¿Y si lo estoy? —me dije—, ¿si estoy muerta y no me he dado cuenta?». Tuve ese terror precisamente allí, mirando la alegría, el hormigueo de gente, un billetero que se había quedado dormido junto a los billetes, y un vendedor de ostiones muy gracioso, con un gorrito verde. Más tarde, al llegar al Sans Souci, me metí en el camerino de Kary Rusi, empecé a ordenar su ropa, a sacar el maquillaje de las cajitas, a hacer todo lo que hacía todos los días antes de que empezara el show. Y de pronto me paré en seco, volvió a darme miedo, me pregunté si no sería yo también parte del truco, como Benjamín y sus hijas, parte del jueguito de los magos del más allá. Sacudí la cabeza para sacudir mi nombre, que no es sólo de mujer barbuda, sino que lleva la marca del fantasma. Eso es lo más difícil, porque me desgració mi madre, que cayó en el vicio de los magos. Me desgració mi padre, un pobrecito diablo con sus pobrecitos perros, sufrían juntos, no lo supe hasta que fue muy tarde. Y me desgració

Chinita, aunque la quise tanto, y ella también me quiso a mí.

Después que me llamaste, le prendí una vela a tu hermano. No me acordaba de su nombre, tal vez nunca me lo dijiste, pero está bien, escribí Porrata en un papel, le puse un vaso de agua y le recé una oración que me enseñó Chinita. Eso me dio tranquilidad. Me di cuenta de que los muertos son los únicos que entienden todo, algo así se me metió en la mente, pero a la misma vez me dio alegría de estar viva y coleando, y de tocarme, y de sentir mi cuerpo... No me interpretes mal: tu hermano muerto y yo contenta de quedarme aquí. No, no era eso, te lo explico otra vez: tu hermano muerto y yo despierta, viendo un montón de diferencias en la llama de la vela, en el agua del vaso y hasta en la jerigonza de los rezos, muchas palabras sin sentido, cubanas y chinas, que aprendí de carretilla porque me daban gracia. De chiquita quise rezarla a un perro que se le murió a mi padre, uno que bailaba con bolas, el que más él quería, y Chinita me lo prohibió, dijo que esa oración sólo se les rezaba a las personas. Me dio roña y creí que nunca me volvería a acordar, pero ya ves, hice memoria y la recité mirando el agua, sintiendo lástima de tu mamá, terrible es que se muera un hijo, y sintiendo lástima de ti, que ahora ibas a tener un momento parecido al mío, pues al pasar por los salones de baile tan iluminados, a lo mejor te ibas a preguntar: «¿Y si estoy muerto?». Cómo no, mi amor, óyeme una cosita: nadie está muerto hasta que desde el agua, desde la candelita de la vela, mira para este lado y ve al otro rezando, y oye la jerigonza como si oyera un aire, como si viera música, como si respirara algodones. Son dos mundos que respiran juntos, ésa es la conclusión a la que llegué yo, que no soy comesantos, ni milagrera, ni un perico muerto. Soy Fantina, peleando con fantasmas. Hay que pelear con ellos.

21. *Buick Special*

Para Yolanda todo eran fantasmas. Para mí, todo empezaba a ser motivo de sospecha, que es otra forma de coincidir con esa idea de que la gente que nos rodea no es real. ¿Cuánto había de cierto en Bulgado y en lo que me confesó aquella noche, ese raro paréntesis que hicimos? Yo sentía como si hubiéramos salido de una pesadilla —que era la del velorio— para meternos de cabeza en otra: el abejeo de gente en el Pacífico, aquella sopa inacabable, una locura mojada con jaibol. Pensé en McCrary, ¿cuánto tenía de larva, de visión, de sombra, ese sujeto escurridizo que anunciaba la guerra? Cuando volví al periódico, me puse arisco con mis compañeros; empecé a desconfiar de Madrazo y se lo demostré, no sé qué clase de comentario le hice que él me paró en seco, rugió que me metiera mis pullas por el culo, y luego se ablandó al verme la cara, debí de estar muy pálido, muy azorado, dijo que no me preocupara, que yo había recibido demasiados palos y era lógico que estuviera nervioso. Me senté frente a la máquina y estuve tecleando con mis dedos manchados de amarillo, yo sabía que tenía el aspecto de alguien que vuelve de una gravedad, no había comido bien y las mejillas se me habían hundido, incluso el pelo lo tenía pegado al cráneo, como paja seca. Lo primero que hice fue escribir la crónica de la inauguración del Capri, todavía recuerdo que empezaba así:

«Quien espere ver en Raft los malos modales que exhibió en el Barbary Coast Saloon de *La vuelta al mun-*

do en 80 días, se llevará una grata sorpresa al observarlo como irresistible anfitrión en el casino del Capri».

Era una entrada repulsiva, a la que le seguía una historia pazguata, con unos pocos datos sobre el costo del hotel, los empleados que habían contratado y los huéspedes que esperaban recibir. Al releerla, me pareció que era un estilo empalagoso, medio parecido al de Don Galaor, el galeón-insignia de la revista *Bohemia.* Pero más tarde llegué a la conclusión de que mi escrito era peor que eso: se asemejaba peligrosamente a las mariconadas de Berto del Cañal. Con esa angustia se la entregué a Madrazo, que no le reprochó ni una coma y la publicó tal cual, algo que, en lugar de animarme, me provocó cierta amargura.

En la casa me quedé prácticamente solo. A mamá se la llevó Telma, su amiga de la infancia, la invitó a un apartamento que tenía en la playa. Las vi partir una mañana en carro de alquiler, Telma era una rubia diligente, que disponía de la vida de mi madre con el mismo tono autoritario con que seguramente la trató de niña; de chiquitas tuvieron que haber sido la clásica pareja de amiguitas en que una impone la ley, y la otra se limita a divertirse. Nadie intervino cuando le ordenó a mamá que recogiera sus cosas para que pasara quince días con ella y su marido en Guanabo. A nadie le interesaba retener a nadie en esa casa. Papá se fue por su lado, supuestamente para poner en orden el negocio de la venta de parcelas en Isla de Pinos. Yo sospechaba que estaba con Lidia, pasando el luto sin tener que vernos. Tan pronto Telma se llevó a mamá, Lucy me dijo que ella también se iba unos días para la casa de Irma, una maestra del colegio que la estaba aconsejando en torno a la carrera que debía matricular. Recibí a esa maestra cuando vino a buscar a mi hermana, la llevé a la sala y le dije que Lucy bajaría enseguida. Hubo un silencio lleno de tensión y me fijé que tenía el mismo peinado de Doris Day en *Juego de pijamas,* más una voz esponjosa, cálida, con la que me explicó sus intenciones: que mi hermana se despejara un poco y estudiara con calma el futuro, no se fuera a arrepentir más tarde de matricularse en Contabilidad, si en verdad su vocación estaba en Farmacia. Me hablaba con respeto, como si yo fuera el representante de la familia, principal custodio de la prenda que estaba a punto de raptar. Porque lo que ella había planeado era un perfecto rapto, con la sagaz complicidad de Lucy, que apareció por fin ante nosotros, acabadita de bañar; llevaba en la mano su diario íntimo y arrastraba un maletín de florecitas, regalo, sin duda, de mi madre, una madre siempre lo intentará hasta el fin. Pidió disculpas a la maestra por haberla hecho esperar, la otra se levantó para ayudarla y me di cuenta de que estaba asistiendo al nacimiento de un gran romance, como esa gente que asiste, desde el caldeado mirador, a la erupción de un géiser.

Se fueron. Mi rutina se simplificó, tomaba a solas el desayuno que me hacía Balbina, quien hablaba poco pero me observaba mucho; era una gallega suspicaz que adivinaba que yo estaba metido en mi mundo y así quería quedarme. Cuando regresaba del periódico, entrada ya la noche, afortunadamente ella no estaba, pero me había dejado sobre la mesa un plato con comida, casi siempre bisté empanizado con papa hervida, un asco yerto y sin sabor a nada; Balbina era una cocinera económica y mustia, disfrutaba sirviéndonos aquella mierda. Yo llegaba ya comido, pues a menudo invitaba a Yolanda, de lo contrario arrancaba solo para cualquier fonda; había fondas magníficas en la ciudad. Una de esas noches, al regresar a casa, me encontré con Julián, él acababa de llegar de viaje y me esperaba parqueado en la calle, dentro de su Buick Special, una máquina cobriza enorme. Nos abrazamos, se me hizo un nudo en la garganta, entramos juntos y le expliqué que la familia había sufrido una estampida. Julián no se escandalizaba nunca, con él se podía hablar de todo: de que mi padre estaba con su amante; de que a mamá la había arrastrado la única amiga que era capaz de soportarla por dos días seguidos, y de que Lucy había encontrado la felicidad, en una maestra nada menos, una tipa que era clavada a Doris Day en *Juego de pijamas*.

—De pinga —musitó Julián—, ¿no será Doris Day?

Nos sentamos en la barrita de la terraza, la misma en la que papá y Santiago solían darse tragos cuando estaban en casa. Julián me confesó que le gustaba tanto Nueva York, que sólo pensaba en la manera de quedarse allá. Luego me puso el tema de Santiago, tenía que ponérmelo en algún momento. A esas alturas, yo estaba apaciguado por el primer whisky y saqué valor para contarle todo: a mi padre lo habían llamado desde el despacho del coronel Ventura para que fuera a recoger al hijo. Le habían dado ese mensaje escueto; cogió su carro y manejó como un poseso hacia la morgue, dando por hecho que el cadáver que le iban a entregar era el mío. Pero antes de llegar tuvo un presentimiento: le daba mala espina que Santiago no hubiera dado señales de vida desde el día anterior. Era normal que no las diera en casa, que no se acordara de avisarle a su madre, o que pasara días sin ver a sus hermanos, pero jamás plantaba a papá en las cosas del trabajo; tampoco dormía fuera sin avisarle a su compinche. Se compinchaban para casi todo. Por eso me costaba imaginar cuál había sido la reacción de mi padre cuando levantaron la sábana —un trapo empegostado por la sangre seca— y se topó con la cara de Santiago, la cara insospechada, triste, con el mechón de pelo brillante sobre la frente. Sabía, en cambio, cuál había sido mi propia reacción: le confesé a Julián que me sentí culpable, que de momento atribuí esa muerte a una venganza por mis metimientos, mis averiguaciones sobre la muerte de Anastasia y aquella guerra de familias que se trasladaba a Cuba.

—¿Y a ti qué te importa Anastasia? —replicó Julián—. ¿Tú sabes quién era ese gordo hijoeputa?

Papá fue a ver al coronel Ventura, de quien siempre se dijo que coleccionaba las uñas que arrancaba a los interrogados y las guardaba en pomos. La esposa de Ventura era famosa por su cría de canarios; según se había sabido en *Prensa Libre,* tenía la casa abarrotada de ellos. Cuando morían les cortaba un trozo del piquito, y también iba guardándolos en pomos: uñas y picos, era un delicado hogar de recuerdos inconfesables. Un amigo de papá, capitán del Ejército, gestionó la entrevista y acompañó a mi padre hasta el despacho de Ventura, que dijo que lo sentía, pero Santiago estaba metido hasta el cogote, su nombre había salido a relucir en algunos interrogatorios, lo habían estado vigilando un tiempo, dirigía una célula, recogía dinero, había estado repartiendo armas que le llegaban por mar a Isla de Pinos. Al final, se había batido con la policía, nada hubiera podido hacerse por salvarlo. Papá sabía que no era cierto, y que Santiago había llegado vivo a las mazmorras del SIM, probablemente herido, pero vivo. No le preguntó a Ventura por los ojos, a saber adónde habían ido a parar los ojos de mi hermano, que cuando recogimos el cadáver, no estaban ya en sus cuencas.

Julián se sirvió medio vaso de whisky, se lo zampó de un buche y con la boca ardiendo murmuró:

—Los ojos, tú...

Salimos en su carro. Lo único que lo ataba a Cuba —me dijo, poniéndose los espejuelos para ver de lejos, parecía un tipo formal— era lo bien que le iban los negocios, los dos que tenía abiertos, la competencia fuerte de Marina, ahora mismo había traído de Indochina a unas muchachas que eran de colores. Por su madre me lo estaba jurando. Desde chiquitas las envolvían en esos batines de distintos tonos: rosado, verde claro, azul, y se los amarraban bien, no les ponían otra ropa que ésa, porque la tela iba sudando un tinte que era como un tatuaje. Cuando pasaban los años y llegaban a la pubertad, se les notaba el color, que hasta tenía un brillito, sobre todo en las tetas, en las barrigas lisas, una cosa increíble. Dijo tetas, barrigas, y se me antojó preguntarle por Aurora.

—Está bien —fue la oscura respuesta de Julián.

—¿Sigue con ese hombre?

—Sigue con él.

Otra oscura respuesta. Paramos en el Monseigneur, en el comedor no cabía un alma, ni tampoco en la barra, pero para Julián apareció una mesa. Bola de Nieve cantaba un tema casi providencial: «Tú, que ves fantasmas en la noche de trasluz...», y cuando terminó, que divisó a Julián entre el público, se viró de nuevo para el piano y entonó el estribillo de otra melodía: «Yo soy Monsieur, pero Monsieur... Julián». Era su manera de saludarlo, y me di cuenta de que el hijo de Aurora se había convertido en un personaje popular en La Habana, muy bien vestido siempre —su sastre era Pepe, el mismo de Lansky—, con el gesto enzorrado y galante de los chulos de categoría, y esa facilidad para soltar una ocurrencia en el lugar menos pensado, tenía la frase adecuada a flor de labios, y un gran sentido del tiempo y de la entrada, como un actor veterano. Pensé en lo diferente que era de aquel niño con el que me había colado en la reunión de gánsters, la tarde en que fuimos los únicos testigos del humillado retorno de Anastasia. Me acordaba perfectamente de eso, del obediente hipopótamo que giró sobre sus talones y regresó al salón del que acababa de salir, sólo porque Lucky Luciano volvía a reclamarlo allí, y lo había hecho con dureza, despótico desde la puerta. También me acordaba de Luciano, y del arratonado perro que llevaba en brazos. Era la Navidad del 46, acababan de pactar la muerte de Bugsy Siegel, y Aurora, ajena a todo, preparaba el salón donde iban a fiestear y a comer pechuga de flamenco al horno. Desde entonces habían pasado once años. Julián seguía siendo flojito con los animales (¿se acordaría de las aves rosadas, amontonadas en el suelo de la cocina?), en la calle se inclinaba para acariciar a los perros sarnosos, y recogía a los gaticos huérfanos, se los llevaba a las putas para que los cuidaran. Cuando salimos del Monseigneur, lo invité a que tomáramos la penúltima copa en el bar de al lado, que era precisamente el Club 21; yo estaba ya medio borracho, pero a Julián no se le movía ni un pelo. Respondió que era imposible, acababa de llegar de viaje y tenía que darse una vueltecita por sus negocios, recalcó que trabajaba de noche, no me olvidara de eso, y al decirlo me guiñó un ojo, me tiró el brazo por encima del hombro como hacíamos de muchachos. Arrancamos en su Buick Special, una máquina que parecía un palacio, cerré los ojos y creo que me adormecí, o estaba a punto de hacerlo, cuando Julián propuso que almorzáramos al día siguiente en el Boris. Le contesté que hacía mil años que no iba por allí, desde que el camarero ruso me había echado a la calle.

—¿Constantino? —dijo riéndose—, ¿que ese verraco te botó del Boris?

Empecé a contarle los detalles: los matones que ocuparon la calle, el misterioso cónclave que se celebró en el restaurante, a menos de veinticuatro horas de la muerte de Anastasia... Me callé de golpe porque vi que un carro de la policía nos daba el alto. Julián pegó un frenazo y musitó esta frase: «Me cago en diez, se me olvidó prender la luz». De la perseguidora bajaron tres hombres, uno de ellos vino hacia nosotros, mientras el resto se quedaba alumbrándonos con las linternas.

—Subuso —dijo Julián—. Ni se te ocurra abrir la boca.

El policía le pidió que se identificara, Julián se asomó por la ventanilla y empleó un tono frío, un retintín soberbio que me fascinó.

—Trabajo en el Capri, acabo de salir de allí, estaba dándome unos tragos con éste... Tengo el carné del Capri en el bolsillo y hay una pistola en la guantera. Su licencia está en mi billetera.

—Dame el carné.

Otro policía se acercó a cuchichear con el primero, y luego fue por mi lado, me fulminó con la mirada y abrió la guantera. Allí estaba el arma, la cogió y empecé a temblar, no pude evitarlo, supuse que, mareado como estaba, en cualquier momento me entrarían ganas de arrojar. Pasaron dos o tres minutos, y el que había cogido la pistola la devolvió a su lugar, cerró la guantera y se sacudió las manos.

—Sigan —fue la palabra mágica.

Seguimos. Miré a Julián. Le pregunté si era verdad que trabajaba en el Capri.

—No seas comebola, tú. ¿No sabes en lo que yo trabajo?

Agregó que eso le había pasado por no prender la luz interior del vehículo. Le habían aconsejado que la prendiera siempre que manejara por la madrugada, era una contraseña para la policía, quería decir que no había nada que ocultar, además de que les permitía ver hacia dentro. Llegamos a casa y me tambaleé al bajarme. Julián me preguntó si necesitaba ayuda para llegar a la cama; le dije que me mirara bien, no estaba borracho, sólo un poco mareado.

—Quin —me llamaba así desde que éramos niños—, ahora que tú dices que no estás borracho, ¿verdad que estuviste enamorado de Aurora?

Alcé la cabeza y lo vi de perfil, miraba al frente, como si no hubiera dicho gran cosa, o como si no esperara la menor respuesta.

—Cuando éramos muchachos —le confesé.

—Todavía somos muchachos —recordó entre dientes, me pareció que se había puesto triste—. Te recojo mañana a la una, en el periódico, ¿estamos?

Prendió la luz interior del Buick y partió sin apagarla, visiblemente solo en la fugaz vitrina.

22. Chulita

El Boris estaba repleto, Julián dijo que no tenía ganas de esperar a que se desocupara una mesa, pero que le iba de capricho tomar sopa de gallina con kreplaj, así que fuimos a Moshe Pipiks, el otro restaurante judío, había algunas mesas vacías y a mí me gustaba el *strudel,* que era el único postre que ponían en la carta. Mientras comíamos, Julián me dio su nuevo teléfono, el de un apartamento de la calle Infanta donde estaba viviendo con una americana. Me preguntó si tenía alguna mujer, le conté de Yolanda, le pareció una historia inverosímil y añadió que yo era un tipo con suerte, pues el sueño de cualquier hombre era meterse en la cama con una contorsionista. Le aclaré que no era contorsionista y respondió que daba igual, había que tener huesos de goma para encerrarse en una caja angosta y esquivar los sables.

—La verdad es que no los esquivó del todo.

Le expliqué que a Yolanda le faltaba un brazo. Julián tragó saliva, se concentró en el piso ajedrezado de Moshe Pipiks. A nuestro alrededor, casi todos hablaban en hebreo.

—No tienes remedio, mi socio —suspiró con la vista fija en la comida humeante—, ni siquiera te gustan las muchachas que traigo. A las que tienen ese colorcito que te conté ayer, tuve que bautizarlas. No había Dios que dijera esos nombres que traen desde Java. A una le puse Aurora.

—¿Le pusiste a una puta el nombre de tu madre?

Julián se encogió de hombros y atacó la primera kreplaj, yo ataqué por mi parte y pensé en McCrary. A esas horas iba camino a la provincia de Oriente, su propósito era acercarse a las estribaciones de la Sierra Maestra, escribir sobre los alzados, con suerte fotografiarlos y conversar con ellos. Por la mañana había ido a verme a *Prensa Libre,* quería darme el pésame y despedirse de mí, pues él y la fotógrafa habían alquilado una máquina para irse por la tarde. Fuimos a un cafetín y pedimos dos vasitos de ron, los bebimos sin hielo, echando fuego por la boca cada vez que bajábamos un buche, tipo dragón, pero mirando al frente, hablábamos con la vista puesta en el espejo que estaba tras la fila de botellas. McCrary me dejó saber que lo habían llamado desde Nueva York, que había indicios de que la reunión del Riviera se había celebrado —aunque a él no lo dejaron acercarse al hotel—, y que, lejos de resolverse los problemas, hubo un pequeño caos: Lansky dejó claro que nada de lo que se había acordado anteriormente era ya válido, y volvió a poner sobre la mesa la posibilidad de largarse. No alzó la voz para exponer su punto, porque la verdad es que Lansky nunca gritaba; ni gritaba ni tomaba notas, eso lo sabía todo el mundo. Pero los demás capos allí reunidos recibieron claramente el mensaje: los acuerdos tomados en Apalachin —los pocos que llegaron a tomarse antes de que la policía irrumpiera— y unos cuantos que se habían ratificado por esos mismos días en La Habana, en aquellas reuniones de la casa junto al río Almendares, quedaban sin efecto. Al parecer, era una decisión respaldada por Lucky Luciano, quien por entonces vivía encerrado en su casa de la Via Tasso, en Nápoles, pero que desde allí había mandado a un emisario a la reunión del Riviera. Hasta donde McCrary sabía, ése había sido el final del encuentro.

—¿Qué tú crees? —le pregunté a Julián—, pinta la cosa fea, ¿no? Me dicen que habrá guerra.

Julián habló con la boca llena, algo que irritaba tanto a Aurora.

—¿Con los barbudos?... Frank Costello les acaba de mandar doscientos cincuenta mil dólares, lo sé de buena tinta, ordenó que se los pusieran en mano a Fidel Castro: en caso de que haya un cambio, no se meterán con los casinos.

—Ya lo sé. Pero me refiero a la otra guerra; Lucky Luciano rompió unos acuerdos, los de Apalachin, ¿supiste algo de eso?

—No, Quin, no sé nada y sabes que no me gusta hablar.

Fue una respuesta tan cortante, en un tono tan lleno de resentimiento, que me sentí avergonzado, se me quitaron las ganas de comer mi *strudel*, y tuve la corazonada de que la guerra iba a ser más sanguinaria y sucia de lo que imaginé. Julián había dejado claro el punto y, luego de eso, no valía la pena andar con malas caras, así que tiró a broma la otra parte de mi pregunta.

—Y una cosita, tú: no vuelvas a decir Luciano jamás en tu vida, que vas a amanecer con la boca llena de hormigas, fíjate que ya no quiere que lo llamen así. Ni sus amigos se atreven. Hay que llamarlo don Salvatore, ¿te acuerdas del perrito que tenía aquel día?

La ternura que le inspiraban los perros alejó de una vez las sombras que habían caído sobre la sopa de gallina con kreplaj. Salimos de Moshe Pipiks tan buenos amigos como siempre, caminamos un rato por el Paseo del Prado, estuve a punto de pedirle que me llevara a saludar a su madre, pero no podía, yo sabía que no debía hacerlo. Le dije que regresaría al periódico en taxi, insistió en llevarme, y yo insistí en dejarlo todo en esa nota alegre, de memorias de infancia. De regreso al periódico, vi las primeras vitrinas con adornos de Navidad y sentí malestar, sobre todo incertidumbre. Mamá solía llamar un día sí y otro no desde la casa de playa de su amiga Telma, había sabido que Lucy estaba pasando unos días con su maestra, y era tan cándida —o estaba tan afligida—, que decía que eso la tranquilizaba. Por lo general hablaba con Balbina, le preguntaba si me estaba cuidando bien, y si papá estaba durmiendo en casa. No sé qué mentiras piadosas le diría la gallega, porque la realidad era que papá no había vuelto, por lo menos a dormir no venía, sólo a recoger papeles o a cambiarse de ropa. Aproveché la situación para invitar a Yolanda a la casa; varias noches dormimos en mi cuarto, y entonces sí comíamos la comida que dejaba preparada Balbina; nos levantábamos de madrugada, poníamos cubiertos y tomábamos jaiboles con el *ginger ale* que estaba guardado en el barcito de la terraza, un rincón que se había vuelto absurdo, totalmente desolado. Cuando apretaba el hambre, levantábamos la servilleta de cuadritos con que Balbina cubría sus manjares: bisté con papa hervida, el incomible pollo asado, y a menudo tortilla. Yolanda insistía en cocinar otra cosa, pero yo rehuía la complicación, me daba grima verla trajinar con un solo brazo, y tampoco me convenía que Balbina supiera que estaba metiendo a una mujer por las noches. Era una vieja zorra capaz de confabularse con mi madre, organizar un retorno sorpresivo y atraparnos allí, desnudos en el comedor, fumando con sabiduría, clareando los últimos albores del 57, que había sido el peor y el mejor año de mi vida.

De Bulgado me distancié por esos días. Había logrado casi desterrar de mi mente aquella noche de horror en el zoológico, y supuse que él no tendría más nada que ofrecerme. Dejó un par de mensajes para mí en *Prensa Libre*. En el primero, obligó a la telefonista a repetir varias veces su nombre de batalla: Steve (que pronunciaba «Esteve»); en el segundo, dijo simplemente que me esperaba para comer en su casa el día de Nochebuena. Miré el papelito donde la telefonista había anotado el mensaje y pensé que prefería estar muerto, con hormigas en la boca como auguraba Julián, antes que sentarme a la mesa con Elvira, aquella gorda de albaricoque que tenía la edad mental de una pulga, y con Sara, la sufrida suegra, ella sí que era una contorsionista, pero mental: vivía en un mundo de circo, con esa extraña mujer que era su hija, y con esa mezcla de mago, payaso y domador de leones que era su yerno Bulgado.

Mamá llegó a mediados de diciembre. Para entonces Lucy había vuelto como hijo pródigo a la casa, nunca mejor dicho, porque su transformación como varón era completa. Al verla se me pareció un poco a Santiago; se parecían entre sí más de lo que yo me parecía a ninguno de los dos, y la manera en que llevaba el pelo, su forma de fumar (ahora fumaba demasiado), más ese gesto que hacía con los hombros, como un tic masculino, la acercaban al hermano que habíamos perdido. Mi madre se había dado por vencida y no mostró ni sorpresa ni enojo. Papá sí resintió aquel cambio y se lo noté en la cara, en ese pestañeo repentino que era una forma de alejar fantasmas, porque en el fondo le dolía que Lucy se hubiera convertido en una copia falsa del difunto. Se avecinaban los días más duros: el jefe de la Navidad en la casa siempre había sido Santiago; era él quien sacaba el arbolito y lo adornaba con la ayuda de Lucy, y él quien acompañaba a papá hasta la panadería para dejar y recoger el puerco asado. Nadie salió la Nochebuena, ni siquiera papá se quiso alejar de casa aquella noche, cada cual se encerró en sí mismo y en su habitación. Entrada la madrugada del 25, que no me podía dormir, tuve el impulso de meterme en el cuarto de Santiago para fumar un cigarro, abrí la puerta y me pegó un golpe de humo, vi la punta de otro cigarro ardiendo y la silueta de mi padre recortada contra la poca luz que entraba por la ventana, sentado en la cama de Santiago. Tenía un pañuelo en la mano y me di cuenta de que estaba llorando, comprendí que debía dejarlo solo, cerré la puerta despacito y vagué unos minutos por la casa, fui a la cocina y me serví un vaso de leche; bebiéndola, me entraron ganas de llorar también, pero no pude. Solté un sollozo seco y me pregunté dónde coño estaríamos dentro de un año, en la Navidad del 58, cómo sería papá, y cómo sería mi madre al cabo de ese tiempo; cuánto habríamos dejado de extrañar a Santiago, y cuánto de él quedaría en la casa, en la mesa del comedor, en la reminiscencia que era Lucy, que se había vuelto un buen muchacho.

En el periódico, Madrazo me había estado alternando entre Finanzas y Policiacas, me confesó que no estaba seguro en cuál de las dos secciones me iba a dejar fijo, confesión que me jodía bastante. Eso sí, consideraba intocables aquellas dos horas, más o menos, que yo a diario invertía en actualizar los datos sobre la construcción de los nuevos hoteles, las ganancias de los casinos y la embestida prodigiosa del Banco Financiero, que gracias a chanchullos y puñaladas traperas a sus propios accionistas, desbordaba dinero para inversiones y lo colocaba allí, donde un oscuro personaje llamado Amadeo Barletta —íntimo de Santo Trafficante— opinaba que debía de colocarse. En una de aquellas tardes en que estaba hundido en los papeles secretos (y no tan secretos) de la pesquisa, Madrazo se acercó para decirme que hasta *Prensa Libre* había llegado el rumor, ya plenamente confirmado, de que el tal Barletta y Sam Giancana habían almorzado juntos en Ranuccio, una fondita del este de Chicago. «Los generales hacen alianzas —recuerdo que le contesté, volviendo instintivamente a los papeles—; cuando hay guerra se hacen esas cosas». Madrazo salió y anoté el dato. Por gusto lo anotaba todo, al fin y al cabo no me dejaban publicar casi nada.

El último día del año, que fue martes, Julián me llamó al periódico para decirme que no iba a permitir que me encerrara en casa; agregó que Santiago, con el carácter que tenía, habría sido el primero en animarme para que esperara el año como Dios mandaba, y que no teníamos que celebrar con esos comemierdas que se ponían gorritos y soplaban pitos, sólo sentarnos a tomar unos tragos y escuchar la música. Le dije que lo pensaría, me respondió que no pensara, que a los que piensan mucho se les pelan los huevos, y que me buscara una mujer para que fuéramos al Ali Bar. Le recordé que no tenía que buscarla, ya la tenía, y así fue que todo quedó organizado. Llamé a Yolanda, pero ella propuso que comiéramos en su casa antes de salir, acepté y fue una comida extraña porque estuvo el hijo, aquel trapecista con el que nunca había cruzado ni media palabra. Yo le llevaba cuatro o cinco años, que a esa edad se nota bastante, pero él tenía cierta ventaja inmediata sobre mí: precisión de movimientos, tensión del cuerpo, esa imperiosa agilidad que machacaba al prójimo, como si el músculo, todos sus músculos, fueran otro cerebro, o el único cerebro disponible. Era un muchacho que pensaba con los bíceps, la cabeza la tenía en apariencia hueca. Dijo varias frases muy estúpidas que Yolanda celebró sin reparo, y hubo un momento en que la realidad dio un vuelco, fue una alucinación: tuve la loca idea de que se prendían miles de bombillitas como las de un circo, y Fantina agitaba sus numerosos brazos, convertida en una diosa hindú, inabarcable diosa, ¿no había pensado al conocerla que era la novia perfecta para Tamakún? Tragué absorto el bocado de congrí, Yolanda preguntó si me servía un poquito más, lo había dicho por decirme algo, todavía tenía comida en el plato. Le contesté que muchas gracias, que estaba satisfecho. Daniel era un duende perverso entre nosotros y lo había arruinado todo, mi apetito inclusive, como si tuviera una varita mágica para el destrozo. Desde esa noche, difícil de olvidar, algo cambió en mi percepción de Yolanda, y supongo que también en la percepción que ella tenía de mí. El romance había durado alrededor de dos meses; aún seguiríamos juntos algún tiempo, con salidas esporádicas a restaurantes, algún viaje al interior, besos y ternuras que nada tienen que ver con la pasión, esa piedra de asombro que es pozo y piedra a la vez. El trapecista se levantó y se fue sin despedirse; Yolanda y yo cogimos en mi carro hasta el Ali Bar, donde Julián nos esperaba en compañía de su muchacha americana, que era una diosa verdadera con dos brazos. Blanca Rosa Gil cantaba *Besos de Fuego,* y Benny Moré iba por las mesas dándose tragos con los conocidos, lo vi abrazarse a Julián, se susurraron cosas y rieron a carcajadas, asuntos de ellos. El hijo de Aurora, aquel que les ponía a las putas el nombre de su propia madre, era el rey de la noche y de los trapicheos, y en ese ambiente, al parecer, era algo más: era un sujeto de fiar, esa gema imposible. Juntos entramos en el año nuevo, a él le cayó bien Yolanda y a mí me hipnotizó su novia, un poquito mayor que nosotros, todo el mundo era mayor que nosotros, tendría veintiséis o veintisiete años y se llamaba Leigh. A la hora en que gritaron las doce y brindamos por un próspero 1958, me acordé de Santiago, se me hizo un nudo en la garganta y crucé una mirada con Julián, que me dio apoyo de una manera sólo visible para mí: sacó los labios, en un gesto muy suyo, y asintió, como queriéndome decir que sí, que estábamos conectados. Ni él ni yo podíamos imaginar que apenas quince días más tarde, en la noche más descarriada de aquel mes de enero, volveríamos a cruzar otra mirada, pero muy distinta, una mirada de supervivencia: miedo cochino por la parte mía, y helada angustia por la parte de él.

Los primeros días de enero, Madrazo me avisó que estaba gestionando una entrevista con George Raft y que tenía en mente que la hiciera yo. Había hablado varias veces con sus ayudantes en el Capri, y el propio secretario del artista se la prometió para después del 15, ya que Raft estaba en Nueva York. Una cosa era segura: la entrevista se iba a celebrar en una suite del hotel, y no en el penthouse de 21 y N, que era su verdadera guarida, el lugar que a mí me habría gustado conocer. Lo lógico hubiera sido que esa entrevista se la dieran a Berto del Cañal, a cargo de Espectáculos, pero Berto no hablaba suficiente inglés, y por otra parte el periódico quería enfocarse en Raft como hombre de negocios: se comentaba que tenía una participación de al menos medio punto en el casino, y que además de ser *floor man,* era un enlace que cada fin de semana volaba a Miami con dos maletas repletas de dólares.

—Va por la mañana y vuelve por la noche —se asombró Madrazo, como si estuviera viendo la película—. Sigue siendo su propio personaje.

Seguía siendo Snake, pensé, y aposté a que Bulgado hubiera dado un brazo —sólo se me ocurrían esas imágenes con brazos— a cambio de acompañarme a la entrevista. Tampoco hubiera sido muy difícil complacerlo, pero debo confesar que desde el día de la inauguración del Capri le había cogido miedo; no era un tipo normal, y no me imaginaba cómo iba a reaccionar cuando se viera en una situación mucho más íntima con Johnny Angel, Johnny Lamb o ese último personaje de cuyo nombre se apropió para dejarme un mensaje navideño: Steve, que él pronunciaba «Esteve», y que mucho más tarde supe que aludía a Steve Larwit, el dueño de un club nocturno que interpretaba Raft en *La casa sobre la bahía.*

De todas formas, yo había cambiado de opinión con respecto a que Bulgado no tenía nada que ofrecerme ya. Pensándolo mejor, llegué a la conclusión de que, a medida que se recrudeciera la guerra por el control de los casinos, era posible que a él y a su ayudante les encomendaran nuevos trabajitos, escarmentada carne para los leones. Así que el día de Reyes decidí ir a verlo. No para contarle que iba a entrevistar a Raft, sino para restablecer el contacto. Me recibió Elvira, cada día más gorda y, a juzgar por su sonrisa, cada día más retrasada. Le dije que los Reyes le habían dejado un regalo en casa y le entregué una caja de bombones. No respondió, es un signo de imbecilidad total: cuando tienen que hablar se callan, y hablan a borbotones cuando deben cerrar el pico. Quizá fue la sorpresa que la dejó muda, estuvo así unos minutos —que se me hicieron eternos—, al cabo de los cuales llamó a su madre, la llamó a gritos, como si la estuvieran violando. La vieja vino a la carrera, se tranquilizó al verme en la puerta y me invitó a pasar; dijo que Bulgado no tardaría en llegar, pues había ido a darles vuelta a los leones. Esperé una hora, me ofrecieron café, me despedí de las mujeres y dije que regresaría otro día, y en ese instante apareció Bulgado; no se sorprendió al verme en su casa, más bien tuve la sensación de que esperaba hallarme allí. Propuso que fuéramos a tomar unas cervezas, me di cuenta de que quería hablarme en privado.

—¿Cuándo entrevista a Raft?

Lo dijo riéndose, había soltado la frase sin saber que estaba dando en el clavo.

—La semana que viene —le respondí con franqueza—, lo voy a ver en el Capri, vine a saber si quieres que le pregunte algo.

Bulgado abrió la boca: yo era su ídolo, pero también su verdugo. Me disponía a conversar con Raft, a sentarme a su lado y a captar su atención.

—Hubiera dado este brazo, mire, este brazo por ir con usted a esa entrevista —y alzó el brazo derecho, lleno de cicatrices, las antiguas caricias de un tigre de Manchuria—. Pregúntele de cuando era boxeador, de la vez que Frankie Jerome lo dejó casi muerto, bah, ¿a que no le pregunta eso? Jerome le rompió la nariz, le fundió los dos ojos, casi le arranca una oreja.

Se alteró para decirlo, se había puesto muy bravo y le temblaba la boca, ese temblor tan característico del ataque de celos.

—Se lo preguntaré —le dije—. ¿Te han llevado al zoológico algún otro fiambre?

Prendió un cigarro antes de contestar.

—¿Por qué lo dice?

—Porque lo sé, chico. Porque tienen una guerrita empingada y sé que habrá más muertos.

Bulgado bebió, fumó, estuvo un rato sin decir palabra. Entonces volvió a acordarse del boxeo.

—Lo sacaron del ring en camilla, pregúntele, con la quijada colgando, mire pa'cá, con la quijada así.

Abrió la boca y entornó los ojos. Me pareció cómico: la envidia lo estaba devorando vivo. Yo me reuniría con Raft; yo, que no sabía un carajo de su vida, y él tendría que conformarse con lo que le quisiera contar luego de la entrevista, puras migajas.

—Habrá dos o tres trabajitos la semana que viene. Nos dijeron que estuviéramos listos para dos o tres. No lo pondrá en el periódico, ¿verdad?

La pregunta estaba cargada de ironía, de desesperanza inclusive. No había nada que hacer: ni él podía negarse a rebanar cadáveres para la mafia, ni yo podía escribirlo en el periódico, destapar el asunto y sacudir al país. Dos o tres fiambres eran demasiados para una sola noche. Si Bulgado no mentía —y era una lástima que mintiera tanto—, se cocinaba una pequeña masacre. Antes de despedirnos, en la puerta de su casa, le aseguré que volvería a llamarlo tan pronto confesara a Raft.

—Apriételo —me aconsejó—, pero con cuidado porque tiene mal genio. Le dio un batazo a un camionero hace unos años, pregúntele para que vea.

Ya no me presentaba en casa de Yolanda sin llamarla antes. No quería volver a coincidir con el hijo, que me había dado mala espina, como si fuera el verdadero mago, el único realmente en su vida, una criatura imperturbable, alguien que iba derramando cieno, no pudo darme una impresión peor. Esa noche él no estaba en el apartamento, no estaba casi nunca, y Yolanda y yo tuvimos una intimidad muy parecida a la de los primeros días, aunque con una sombra oscilando sobre nuestras cabezas, la de un trapecio que se impulsa solo, como en las películas de los circos malditos. Por la madrugada, cuando me estaba vistiendo para irme, se me ocurrió hacerle una pregunta amarga: el día que ya no estuviéramos juntos, ¿qué iba a contar de mí?

—No tienes lepra —repuso Yolanda desde la cama, estaba oscuro y no podía ver su expresión—, no te gustan los hombres, ni te quemas los dedos cuando fumas, contaré eso.

Era poco. Era horrible escuchar que eso era lo único que podría decir. Decidí cambiar de tema y le dije que en el periódico me habían pedido que entrevistara a George Raft. Ella saltó de la cama y preguntó si estaba hablando en serio, usó ese tono de adolescente histérica para desconfiar, y luego confesó que la primera película que había visto en su vida fue una de Raft, Raft de torero, ¿te imaginas eso? Se quedó unos minutos en blanco tratando de recordar el título, o el nombre del torero, pero no, sólo pudo acordarse de que la novia se llamaba Chulita.

—Nadie se llama Chulita —bostezó, apoyada en el marco de la puerta, es una imagen trágica que conservo de ella—. Eso es peor que llamarse Fantina.

23. Oh, vida

Aquí palitos de incienso. Aquí papel picado. Aquí flores, frijoles de carita, dulces de ajonjolí. Son las costumbres chinas, ¿se me queda alguna? No sé qué más ponerte para que me perdones, para que no te revuelvas en la tumba cuando oigas lo que voy a decirte. Son remordimientos míos, secretos míos, cosas muy serias, Lala, ¿me dejas que te llame así?

Nunca me atrevería a reprocharte nada, y menos aquí, delante de la tierra donde están tus parientes, o como dicen en las novelas del radio, donde reposan tus antepasados. No sé qué les habrás contado a ellos de Daniel, si has presumido de tu nieto postizo, y si les has dicho que es el mejor muchacho de este mundo, el más grande trapecista en Cuba. Yo me callaré lo malo: que por corazón lo que tiene es una piedra, una bola de jade —¿no lo enseñaste tú a jugar con bolitas de jade?—, que no se ablanda más que cuando te menciono, y que estuvo a punto de romperse cuando te moriste. ¿Qué le hiciste, vieja, qué le diste de comer a ese chiquito? Te voy a confesar que por las noches, después que me acuesto recondenada por la manera en que me trata, me da miedo que todo haya sido una venganza tuya. A veces pienso que, como buena china, tú disimulaste delante de mi madre, fingiste que no te importaba el mago portugués. Pero te tuvo que haber dolido como loco que cuando el circo pasó por Coliseo, ese pueblito polvoriento, él conociera a Tula y se prendara de ella, y que allí mismo la agarrara y se la llevara para siempre. También pienso que por vengarte de ella, te quedaste conmigo; que por hacerle daño, no me dejaste casarme con el padre de Daniel, y me metiste en la cabeza lo de ayudar al mago con el suplicio chino, hasta que perdí el brazo y me desgracié la vida. *Cuando me acuesto triste, desesperada por la inquina que me tiene ese muchacho, me preguntó si la venganza habrá llegado hasta aquí, hasta esta barriga de la que él salió: Daniel es rinquincalla, un demonio que pincha, que te inyecta veneno. Me da pena hablarte así, pero no tengo a nadie con quien desahogarme. Puedo engañar a Kary Rusi, a Roderico, a Joaquín Porrata, que el pobre es un equivocado de la vida. Puedo engañar al coreógrafo del Sans Souci, que piensa que Daniel es un artista —además del trapecio, parece que le mete al baile— y ha prometido usarlo en otra producción. Puedo engañar a todos, porque las madres saben cómo hacerlo, pero a ti no, Chinita: conoces de sobra lo que creció a tu lado.*

Aquella noche, cuando Joaquín vino a mi casa, recién llegado de Nueva York, Daniel le abrió el equipaje a escondidas, le registró el abrigo, y salió a la calle para mirar qué había en su máquina, esa máquina verde que Joaquín dice que se llama Sorpresa. Sacó unos papeles y los leyó, no lo pude evitar, no me hace caso. Le había cogido tirria a Joaquín porque lo veía muy joven para mí, y porque yo creo que le tenía un poco de envidia: un periodista que se luce, que se viste bien, que es rubito y con los ojos claros. Jamás se portó así con otros hombres que tuve, nunca vi que le cogiera tanta roña a nadie. Entre los papeles de Joaquín, dio la puñetera casualidad de que encontrara uno en el que mencionaban a Luis Santos y a los amigos de Santos, esos negocios raros de los cabarets. Dije casualidad, ¿y quién me dice a mí que no fue Santos quien lo mandó a que registrara todo? Mientras aquél y yo estábamos en la cama, Daniel estuvo tomando notas, copiando esos escritos, y por la mañana se los llevó a Santos al Rosita de Hornedo. Han hecho buenas migas, porque desde que Daniel llegó al Sans Souci, Santos se preocupó de que estuviera cómodo y le pagaran bien, me imagino que porque teníamos aquel romance, desde que supo que era el hijo mío le dio un camerino para concentrarse en ese salto mortal, que es el final del show, y lo alababa mucho. Daniel se reviró conmigo cuando terminamos, creyó que Santos me había dejado porque no di la talla. Hasta creo que me despreció por manca, cómo me duele decírtelo, Chinita, que mi propio hijo piense que valgo menos porque me falta un brazo.

A Joaquín casi lo matan por culpa de lo que había puesto en el escrito; lo secuestraron y lo sonaron duro, pasó un susto del diablo, y yo lo sé porque lo vi esa noche, con la cara abufada, te juro que me sentí morir, sabiendo que mi propio hijo estaba detrás de eso, que el chivatazo había salido de él, y que encima de todo, para rematar, Luis Santos estaría en candela porque me había echado un querido que era enemigo suyo. Yo sabía que Joaquín estaba averiguando cosas sobre un hombre que mataron en una barbería, con tan mala pata que Daniel puso los ojos en esas averiguaciones. Luego se enteró Luis Santos, que mandó que lo cogieran, le pegaran un par de piñazos y lo llevaran al zoológico; Joaquín me juró que lo habían llevado a la jaula de los leones, sería para asustarlo. Lo peor fue que pararon aquí enfrente, los tipos le dijeron que yo era la querida de Santos, y cuando al fin lo soltaron, él me citó en un cine para echármelo en cara, fuimos después a un bar, yo no sé ya ni qué le dije, estaba desquiciada y no quería que descubriera a Daniel.

Varios días después, la noche de fin de año, mi hijo y Joaquín por fin se conocieron. No habían hablado nunca, pero preparé un banquete con este brazo de mierda, le pedí ayuda a una vecina para poner la carne al horno, tú no te imaginas la de maromas que hice. Daniel es un hígado y esa noche exageró la nota, pero Joaquín yo creo que le ganó. Ni siquiera porque le llevaba varios años y estaba acostándose conmigo, que soy la madre del otro, trató de disimular y de arreglar las cosas. Qué va, no puso de su parte y eso me decepcionó. En la mesa, con la cara enfurruñada, aplastando con el tenedor los frijolitos del congrí, tuvo que soportar a un trapecista que le habló mal de los periódicos, y de la gente que escribe en ellos; le habló pestes de las mujeres que se enredaban con hombres más jóvenes, y de las mulatas que eran unas bobas porque se creían que los blancos las querían en serio. Me retrató de cuerpo entero, y yo traté de tirarlo a relajo. Pero llegó un momento en que los vi ponerse pico a pico, se provocaban con los gestos y con las miradas, y hasta pensé que se irían a las manos. Me aterré porque si eso pasaba, ¿qué podía hacer yo para apartarlos con un solo brazo? Joaquín apenas probó la comida, se encerró en sí mismo, estuve a punto de decirle que se fuera solo a su fiesta de despedida de año, pero luego me dije: ten calma, acaba de perder a su hermano, o mejor dicho: ten calma, acaba de quedarse vivo. Daniel ni siquiera se despidió de mí, ni me dio un beso, nada. Antes de irse me había dicho que vendría al cementerio chino. Le dije que me parecía que iba a estar cerrado. Él me miró con rabia, yo juraba que me iba a escupir, se me encimó para gritarme que qué poquito conocía a los chinos. Que aunque no era el año nuevo de ellos, el cementerio estaría toda la noche abierto.

Me cagué en tu madre, Chinita. Te pongo incienso, te pongo velas, te pongo un vaso de agua si tú quieres para que me perdones. Pero cuando lo vi coger la calle, restregándome en la cara que iba a verte, pensé que me lo habías robado. Tula te quitó el marido, ese maldito portugués, ese viejo cagado que no sé qué les daba para tenerlas tan enamoradas, ni que hubiera tenido un brillante en el pito, pero nada de eso te daba derecho a quitarme a mi hijo. Y no digo quitármelo en el sentido de que no me quiera, eso lo puedo soportar, sino quitármelo en el sentido de volverlo raro, mala persona como él solo, si es que lo digo y me derrumbo, chica,

*la gente creerá que te moriste ayer, viéndome aquí llorar
como una magdalena.*

*Te confieso que me sentí aliviada cuando por fin se
fue. Tengo que vivir, ¿tú entiendes?, mi hijo es mi hijo y es lo
que más yo quiero, pero soy una mujer de treinta y cinco años,
no soy una vieja y necesito aire. Como Kary Rusi cuando
regresa del segundo show, que se ahoga dentro del camerino,
pues yo me ahogaba dentro de mi sentimiento. Así que me
arreglé bonito y acompañé a Joaquín al Ali Bar.*

*Allí conocí a su mejor amigo, que se vistió de chulo
porque es chulo, y a la americana que andaba con él, y que
me pareció que presumía de sus brazos: largos, delgados,
doraditos del sol. Nunca antes había estado en ese lugar,
Roderico dijo una vez que fuéramos, me contó que el Benny
en cuanto lo veía llegar cantaba su canción favorita, que
siempre fue Oh, vida, le daban ganas de morirse cuando la
escuchaba, pero nunca fuimos, se me quedaron muchos paseos
pendientes con el gran Rodney de Cuba. Joaquín estuvo toda
la noche distraído, miraba de vez en cuando a la americana,
pero ella me miraba a mí. Creo que cuando me vio llegar,
no se dio cuenta de que me faltaba el brazo, eso le pasa a
mucha gente, están tan acostumbrados a que los demás tengan
dos brazos, que en un primer momento, la mente los engaña,
no se dan cuenta de que me falta algo, y no es hasta que pasa
un rato, cuando me pongo de pie o cambio de postura, que
descubren que tengo un muñón, un taquito de carne que no
me cubro porque no me da la gana, porque me parece que es
la traición más grande que le puedo hacer, no sólo a ese buen
brazo que está enterrado en un lugar que únicamente tú
conoces, en este mismo cementerio, sino también a mis recuerdos, a la mujer serruchada que fui por tantos años, a la
partenaire atravesada por espadas, que no es lo mismo que
ser contorsionista; el chulo, tan ignorante, le comentó a la
americana que yo era una contorsionista. La americana quitó*

la vista del muñón y me miró a los ojos. Ella tampoco iba a olvidarse de la noche en que se terminó el año 57, porque después de las doce, Julián me sacó a bailar, y entonces Joaquín le pidió a ella que bailaran también, y estando en eso, bastante cerca ambas parejas, vi una movidita rara: me la llevé en el acto, se toquetearon, o más bien ella lo toqueteó, Joaquín después de todo es muy amigo de sus amigos, no se atrevió a seguirle la corriente. Aproveché cuando volvíamos a la mesa, que los dos hombres se habían quedado atrás, conversando entre ellos, y la cogí por un brazo. Bendito sea Roderico Neyra, me acordé de una frase que le gritó varias veces a una de las bailarinas que trajo para aquel show del paraíso del Asia, era una medio india que sólo hablaba inglés y él le hacía seña: «You bitch, move your ass!». Fue lo único que aprendí en inglés, pero estaba segura de que serviría. Se lo grité a la americana, podía darme el lujo de alzar la voz en ese instante porque había un gran escándalo, la gente con los pitos y la algazara de año nuevo, y a la vez que le decía aquello le clavé las uñas. Nadie que no haya sido pellizcado por un manco sabe la fuerza que es capaz de coger la mano que se queda sola. Ella trató de soltarse, dio un grito y miró hacia atrás, me imagino que buscando a Julián. Yo volví a bendecir a Rodney: «You bitch, so puta, ¿no ves que Joaquín está conmigo?». Estoy segura de que me entendió, estaba aturdida, se sentó con mala cara y se frotaba el brazo por encima del codo, en el lugar donde empezaba a formarse un verdugón, que era por donde yo la había agarrado.

Benny Moré vino a la mesa para saludar a Julián, se abrazaron y me di cuenta de que el Benny le decía algo bajito, pero cómo me iba a imaginar que yo pudiera gustarle ni un poquito así, con el mujerío tan grande que había en aquel salón. Jamás voy a olvidarme de esos primeros minutos del 58, cuando la gente se tranquilizó y él empezó a cantar. Fue un corrientazo que sentí esa noche, un garnatón que me hi-

zo preguntarme qué estaba haciendo yo en aquella mesa, con esos tres comequeques, tres chiquillos de mierda, los dos del país y la andoba americana. Cuando me levanté y noté que el Benny me seguía con la vista, se me ocurrió una cosa que nunca se me había ocurrido: ¡qué mago tan encabronado es el destino cuando uno no lo está buscando! Yo estaba un poquito tomada y me acerqué para pedirle Oh, vida, no lo hice por pintarle fiesta, sino por complacer a Roderico, que estaba lejos, pero eso qué importancia tiene, yo me acordaba de él y quise dedicarle esa canción, dentro de mí la dediqué y pienso que él a lo mejor la oyó; dondequiera que estuviera, seguro que le entraron ganas de morirse y todo sin saber por qué. Benny la cantó para mí, no conocía mi historia ni tampoco sabía dónde buscarme, pero le mandé un papel donde ponía Yolanda y el teléfono del cabaret. A los pocos días, cuando nos empatamos, le aclaré que mi verdadero nombre era Fantina. Le dio un ataque de risa. Estaba fumando mariguana y me dijo que eso de Fantina le sonaba a maricón putero. Le pedí una chupadita del cigarro, tú te vuelves a morir con esto, sacó uno nuevo y me lo fumé entero; y cuando estaba saboreando el gusto, le susurré: «No es de maricón, mi cielo, es de mujer barbuda».

24. The Money Messenger

—Se lo dije a un colega suyo hace unos años —recordó George Raft—. Le dije que en el 58 vendría a La Habana para hacerme cargo del casino del Hilton. En vez del Hilton vine al Capri. No está mal, sólo me equivoqué por tres cuadras.

Se lo había dicho, en el 56, a Rai García, un reportero de mi edad con el que coincidí en varias ruedas de prensa, pero que pronto tuvo oportunidad de dejar Espectáculos para dedicarse a lo que le gustaba: escribir de béisbol. Hay tipos así, reventados de suerte. En aquella entrevista, Raft prometió que además de atender el casino, si era preciso, bailaría para los clientes. Le pregunté si aún planeaba bailar.

—Ya lo hago —abrió los brazos, fue un gesto comprensiblemente callejero—, imposible vivir en Cuba y no mover el culo.

Usó esa expresión: «... *and not shake my butt*». Tenía una voz gruesa, seca, como si en sus raticos libres masticara piedras, y hablaba rápido, con los labios casi cerrados, un tormento para entender cada palabra, a veces sólo podía adivinar la frase. Quince minutos antes, cuando entré en la suite, temí que la entrevista se arruinara con tanta gente como mariposeaba a su alrededor, entre ellos una especie de secretario que le mostraba papeles, y una mujer mayor, como un ama de llaves, que entraba y salía de la habitación contigua. En una de ésas regresó con un traje colgado del brazo, le dijo a Raft: ¿es éste?, él le contestó que sí y ella lo revisó allí mismo, me pareció que estaba en busca de una mancha. Detrás de la pequeña barra había un par de camareros colocando copas, y respiré cuando Raft les pidió a todos que lo dejaran atender a la prensa, señalándome a mí, que debí de parecerles un lagartijo hundido en una chaqueta demasiado holgada. Mi madre hubiera dicho que hacía falta más hombre para poder llenarla.

Todos se fueron y Raft se levantó para servir el whisky, lo hizo de una manera poco natural, como si hubiera estudiado cada movimiento. No me preguntó si prefería beber otro licor, sólo dijo: «¿Cuántos cubitos?». Le respondí que tres. Cuando se acercó para darme el trago, noté que despedía un perfume fuerte, sándalo intenso, algo que no sé si hubiera podido resistir más de dos horas seguidas. Anoté lo del perfume y añadí: boquilla de marfil, batín de seda oscura sobre la camisa blanca, zapatos de dos tonos. Empecé con la clásica pregunta de chupatintas deslumbrado: le pedí que me dijera cómo había adquirido el gusto por el juego. Es lo que le hubiera preguntado cualquiera: Don Galaor para *Bohemia,* el Flaco T. para *la Marina,* o el mismo Berto del Cañal, que el día anterior me confesó que se había puesto bravo cuando supo que me habían dado la entrevista a mí, pero que comprendía que era imposible que él la hiciera por su poquito inglés. Raft contó que en el barrio donde había crecido, al que no por gusto llamaban Hell's Kitchen —en su voz sonaba tal vez más infernal—, vivía un viejo al que apodaban Killer Gray, que había sido *sheriff,* pistolero y cazador de indios. Como sus padres andaban tan ocupados criando a once chiquillos más, Killer se hizo cargo de él: lo enseñó a usar la navaja, a manejar camiones y a jugar al póquer. No se podía sobrevivir en Hell's Kitchen, ni en la pandilla de los Gophers, donde lo bautizaron Snake, si no se sabía todo eso. En dos o tres ocasiones, mientras hablaba, me miró de reojo, y la manera en que lo hizo, ladeando un poco la cabeza, manteniéndose en su personaje, me recordó intensamente a Bulgado. Entonces se lo dije. Le conté que conocía a un sujeto que cuidaba leones en el zoológico, y que era un gran admirador de sus películas, las había visto todas, hasta recordaba los nombres de los personajes.

—Oh, sí —respondió Raft sin titubear—, sé quién es, es idéntico a un amigo mío.

No me atreví a preguntarle quién era su amigo, pero traté de averiguar de dónde diablos conocía a Bulgado.

—Aquí me hablaron de él. Y además, vino el día que inauguramos el hotel, lo conocí y nos retratamos juntos.

Estuve a punto de decirle que yo mismo lo había llevado, pero no quise complicar las cosas. Pensé que no era el momento, tal vez más tarde, cuando termináramos con la entrevista. Antes de ir al grano —el grano era el Capri, la fortuna que se acumulaba cada noche, tan inmanejable ya, que lo obligaba a viajar semanalmente a la Florida para llevar el dinero—, le pregunté por unas memorias suyas que por esos días estaba publicando el *Saturday Evening Post,* hizo una mueca y comentó que no se había tomado el trabajo de leerlas. Le recordé que él las había dictado, me respondió con otro gesto callejero, como diciendo: ¿y qué?, y sorpresivamente volvió al tema de Bulgado, no dejaría pasar otro día sin llamar a su amigo Madden (lo dijo con los labios cerrados, pero entendí perfectamente Madden), que vivía en Arkansas, para contarle que tenía un doble en La Habana, un tipo con su misma jeta, aunque más joven, claro, Madden tenía sesenta y pico, ¿cuántos años tenía el domador?

—Muchos menos —le dije—, y no es domador, sólo les da de comer.

—Ah, ¿y no le parece que hay que domarlos para darles comida? Trate de hacerlo usted.

Era un buscapleitos. Un cínico Raft. No perdía ni aunque perdiera. Me pareció que estaba bueno ya de nostalgias, de comentarios que sólo le hubieran interesado al comemierda de Berto del Cañal, y le dije que quería saber cuán difícil le resultaba manejar un lugar como el Capri, que estaba repleto el día de la inauguración, pero que había tenido que rechazar clientes durante todo el mes de diciembre, y ya era la locura en enero, con lista de espera para las habitaciones, y jugadores que llegaban desde otros hoteles con tal de probar suerte en el casino que regentaba Snake.

—Voy a darle una primicia —anunció Raft, haciendo caso omiso a mi pregunta—, para que se la diga al domador: haré una película con Marilyn y Tony Curtis, ya vi el libreto, me llamaré Spats Columbo.

Y se echó a reír con la risita sibilina de los vejancones, porque nadie se ríe como joven cuando ya ha cumplido sesenta y dos años, bien alimentados y mejor vestidos, por eso tal vez no los aparentaba.

—La primicia ya la publicó el *Evening Post* —le dije por joder, para que respetara un poco.

—Salió lo de la película —endureció el semblante, hasta los ojos se le endurecieron—, no el dato de cómo me iba a llamar en ella.

Sonreí sumisamente temiendo que montara en cólera, y volví al tema que me había llevado hasta allí: se comentaba que, en vista del éxito que estaba teniendo el casino, habían tenido que añadir mesas de dados, y el coronel Fernández Miranda, cuñado del presidente Batista (en inglés sonó indoloro: *Mr. President's brother in law*), sacaba las traganíqueles del Hotel Nacional y las llevaba a la carrera al Capri, para satisfacer la demanda.

—No sé nada de eso —mintió descaradamente, se detuvo para prender el segundo o el tercer cigarro—, yo sólo trato de que la gente esté contenta, la semana pasada le llevé el desayuno a la cama a una mujer. Créame que no era la mía.

De nuevo la risita, un poco áspera, ligeramente sepultada en flemas. El Flaco T. lo había contado en su columna: una pareja de Texas había llegado por primera vez al Capri, el marido comentó que su señora era la más grande fanática de Raft (no consultó con el espejito mágico: hubiera salido uno más lindo en el zoológico), y a la mañana siguiente, alguien tocó en la puerta y se escuchó «*¡Room service!*», entonces apareció el actor con la bandeja —de acuerdo con Bulgado, la escena era calcada a una que había tenido en no sé qué película con Ginger Rogers—, la colocó sobre las rodillas de la mujer y, mirándola con ojos de serpiente, untó la tostada de ardorosa jalea. Sentí apetito, y sentí sobre todo que Raft me estaba toreando de la manera más burda. Le pregunté si era cierto que tenía una participación de al menos medio punto en el casino. Musitó, pasándose la lengua por los labios, que eso era asunto suyo, pero que yo le caía bien y me iba a contestar. En ese instante, sin tocar a la puerta, entró en la suite el secretario: quería que Raft leyera un cablegrama y ni siquiera se excusó por interrumpirnos. Al contrario, se dirigió a un camarero que había entrado con él y le ordenó que renovara el hielo; incluso la mujer que parecía ama de llaves, al ver la puerta abierta, pasó en silencio y con la vista baja, y siguió rumbo a la habitación contigua. Se reanudaba el abejeo en torno a Raft, tuve la sospecha de que todo se había planeado de ese modo para que me largara, pero él me dijo:

—Espéreme un instante.

Pregunté por el baño; si aquello iba a durar, necesitaba como mínimo mear el par de whiskys que me había tomado. El secretario señaló hacia una puerta al otro lado de la suite, que era el baño de los invitados. Dejé mis cosas en la butaca, no había nada secreto: la libreta donde estaba tomando notas, vacía con la excepción de esa entrevista; la pluma que había estado usando, una Parker con las iniciales de Santiago, y la chaqueta que me había quitado un rato antes. Después de aliviar la vejiga me lavé las manos y estuve curioseando, abrí el botiquín, vi navajitas de afeitar, una jabonera, tabletas de cafeaspirina. Había frascos de agua de colonia y varios artículos de mujer: polveras, creyones de labios, colorete rosado. La caja del colorete me llenó de nostalgia, era igual a la que había visto en la coqueta del cuarto de Aurora, muchos años atrás, aquella vez que me metí a tocar sus cosas. Olí para que la nostalgia me arañara del todo. Luego dejé correr el agua, me mojé el pelo y me peiné con un cepillo ajeno, lleno de pelos rubios. Salí del baño y regresé al salón en el que había dejado a Raft, que ya no estaba allí, había otra gente en la suite: una americana en su punto, de treinta y pico suaves, con un vestido azul de institutriz; y dos gordos que conversaban junto a la ventana y ni se tomaron la molestia de mirarme. El camarero dijo que Raft regresaría enseguida, y preguntó si deseaba beber algo más. Le pedí otro whisky, ya había meado los dos anteriores y me pareció que toleraría sin problemas el tercero. Noté que la americana, pese a su vestido recatado, desbordaba lujuria, la miré un par de veces y la tasé de forma concienzuda: flaquita y visceral, veterana de guerra. Revisé mis notas, cogí una revista y maté el tiempo mirando las fotografías, hasta que Raft volvió y quedamos como antes, yo en una butaca y él en otra, con la mesita de por medio. Los dos gordos que hablaban junto a la ventana se largaron, lo mismo que el camarero, pero la americana no se movió del sofá donde se había sentado a hablar por teléfono, una conversación interminable sobre un vuelo a San Francisco. Con esa música de fondo le hice a Raft tres o cuatro preguntas relacionadas con su nueva vida en La Habana, es la clase de

morralla que les gusta leer a las mujeres; se dio banquete
contestándolas, era especialista en hacerse el accesible. Luego de eso le di las gracias y le dije que era todo; el fotógrafo
pasaría esa misma tarde por el casino para retratarlo en su
elemento, como pez en el agua junto a la ruleta. Me acompañó hasta la puerta, nos estrechamos las manos y bajé al
lobby, no sé por qué noté el ambiente enrarecido. Detec-
té lo que supuse que eran tres o cuatro policías de civil, y
otros sujetos muy distintos que parecían guardaespaldas,
probablemente ubicados en lugares clave. Prendí el motor
del Plymouth, pensando que Bulgado no se parecía al mejor amigo de Raft, ni a nadie que no fuera Raft, aunque
quizá estaba mejor sin conocerlo, adorándolo en la sombra,
hay decepciones que tienen su lado diabólico, y la que se llevaría Bulgado podía ser una de ellas. Antes de poner el saco
en el asiento de al lado, saqué el paquete de cigarros y los
fósforos que había guardado en el bolsillo, y con ellos salió
un papel doblado. No recordaba haber metido allí nada
que no fueran los «aperos de fumanza», como les llamaba
Julián, así que abrí el papel con curiosidad, y vi unas líneas
escritas con buena letra y tinta oscura:

«*Voloshen, Skip, are gonna get whacked by Fat the
Butcher.*»

Voloshen y Skip serían liquidados por el Carnicero.
De la curiosidad pasé al desconcierto. Por unos momentos
creí que el papel había pertenecido a Santiago, y que lo
había dejado olvidado en el bolsillo del saco. Pero enseguida caí en la cuenta de que Fat the Butcher era el alias
de Nicholas DiConstanza, uno de los accionistas del Capri,
y yo aún estaba allí, así que el instinto me dijo que debía
ponerme en marcha, alejarme lo antes posible del lugar.
Al mirar hacia atrás, divisé por el espejito a dos de aquellos
guardias que custodiaban las puertas del hotel; ambos me
habían visto sacar el papel, leerlo, y finalmente esfumarme.

Volví a la Redacción, lo primero era lo primero: debía escribir la entrevista antes de ocuparme del anónimo. Me senté frente a la máquina y llené cuatro cuartillas, pero además se me ocurrió gastarle una broma a Madrazo, y de antetítulo puse esta línea: «George Raft, The Money Messenger». Como título escogí una frase que saqué de sus propias respuestas: «Ya no concibo mi vida lejos de Cuba». Mientras escribía, me seguía dando vueltas en la cabeza el contenido de aquel papel que alguien había metido en mi bolsillo. No tenía idea de quién era Skip, o de quién era Voloshen, pero daba igual, allí avisaban que los iban a liquidar; verdad o mentira, eran dos nombres sentenciados. Llevé la entrevista a la oficina de Madrazo, que no había llegado aún al periódico. La releí antes de dejarla sobre su escritorio, y llegué a la conclusión de que no hay nada más patético que un gánster que erupta corazones: Raft enamorado de La Habana; Raft enamorado de las habaneras; Raft perdidamente enamorado del mar. ¿Con qué cara me atrevía a criticar al Flaco T.? ¿Con qué moral podía burlarme luego de las hazañas cursileras del pobre Berto del Cañal? Tan pronto salí de la oficina de Madrazo, olvidé la entrevista y saqué el anónimo para leerlo por enésima vez: «Voloshen, Skip, are gonna get whacked by Fat the Butcher». Tenía todas las características de una pequeña trampa para un pequeño imbécil, como esos artefactos de resorte que se usan para desnucar ratones, así mismo la habían puesto en mi bolsillo, para que me pillara los dedos. Cometí en ese momento el primer error de lo que habría de ser una cadena de errores humillantes, inexplicables en un tipo que había vivido al menos diez de sus veintidós años empapándose de tácticas, advertencias, sigilos y costumbres de la mafia afincada en La Habana. Me acerqué a Castillo, el mejor reportero investigativo del país, amenazado por aquellos meses, amargado en su guarida, sintiéndose inútil porque ya no podía escribir un par de líneas sin meterse en líos. Teníamos una relación cordial, pero yo sabía que me veía como al advenedizo que ha llegado para quitarle gloria. Le enseñé el papel, le expliqué la manera en que lo había obtenido, y le dije que estaba casi seguro de que lo habían hecho para engatusarme.

—Pero fíjate —observó Castillo—, Voloshen era abogado de Anastasia, ahora no sé a quién represente pero está en La Habana, lo han visto en el Hotel Nacional, y Skip es el apodo de Shepard, uno de los dueños del Capri.

Castillo sostenía el anónimo con las puntas de los dedos, yo no le quitaba el ojo, loco por recuperarlo.

—¿Sabes lo que me dijo un americano que conoce bien a todos estos locos del Capri? —había estado mordiendo un palillo y se lo sacó de la boca para imitar la voz gangosa de su confidente—, me dijo: «Shepard cometió un error asociándose con un gánster como DiConstanza... DiConstanza se lo comerá vivo». Así que el que escribió este anónimo no anda muy despistado.

Se lo arranqué prácticamente de las manos, me acababa de arrepentir de habérselo enseñado, pero al mismo tiempo comprendía que nadie me habría dado esos datos preciosos: Voloshen había sido colaborador de Anastasia, y Skip era una piedra en el zapato de Fat the Butcher. Volví a mi mesa y redacté lo que intentaría que fuera un recuadro dentro de la entrevista a Raft, con este título: «¿Quién escribió el anónimo?». A continuación ponía: «Como en una escena tomada de una de las películas de gánsters de George Raft, poco después de abandonar el Hotel Capri, este reportero descubrió que en el bolsillo de su saco alguien había deslizado un mensaje anónimo. El mensaje advierte sobre las inminentes muertes de un tal Voloshen y un tal Skip, supuestamente a manos de un tal "Fat the Butcher". Hechas las averiguaciones pertinentes, se nos informó que

Voloshen podría ser Jay Voloshen, uno de los abogados del capo Umberto Anastasia, asesinado hace tres meses en Nueva York. Skip es el apodo de J. J. Shepard, uno de los dueños del Capri. La pregunta es: ¿quién escribió ese anónimo, y por qué?».

Llevé el texto del recuadro a la oficina de Madrazo, que aún no había llegado, lo presillé a la entrevista y le dejé esta nota: «Tengo el anónimo si quiere verlo». Volví a mi escritorio y por el camino me topé con Castillo, que me andaba buscando.

—Supe algo más de Voloshen —dijo—. La mujer cría esos perros grandes, de la raza San Bernardo.

Lo miré sin comprender. ¿Qué coño me importaba que la mujer tuviera perros?

—Escucha esto: el día que murió Anastasia, esa misma mañana, Voloshen y su mujer se despertaron asustados, sintieron algo extraño en las sábanas. Cuando se destaparon, ¿qué crees que encontraron allí?, las cabezas de los San Bernardo, chorreando sangre.

—Eso lo vi en una película —alcancé a balbucear.

—En ninguna —porfió Castillo—. ¿En qué película lo vas a ver? Nadie lo sabe.

Pensé en Julián. Una historia como ésa le hubiera partido el corazón. Le di las gracias a Castillo, no mencioné lo del recuadro y seguí trabajando en las cosas que había dejado pendientes antes de salir a hacerle la entrevista a Raft. Media hora más tarde, Madrazo vino a verme, aseguró que le encantaban ambas cosas, la entrevista y la nota de intriga, y me pidió que le enseñara el anónimo. Mientras lo leía, le dije que sospechaba que era una trampa para tomarme el pelo. Todavía no me perdonaban que hubiera viajado a Nueva York, a meter las narices en la misteriosa visita de los cuatro cubanos y la reunión que sostuvieron con Anastasia pocos días antes de que lo liquidaran. Madrazo dijo que aunque fuera una trampa, el anónimo le daba un sabor especial a la entrevista, y a la larga seríamos nosotros quienes les tomásemos el pelo.

Por la noche me acerqué a la casa de Bulgado. Como siempre, evitó que habláramos delante de su mujer y su suegra, y nos largamos al cafetín de la esquina, pedimos un par de rones y le empecé a contar lo que Raft me había dicho acerca de él.

—Sabe perfectamente quien eres —le dije, más serio que el carajo—. Dice que te pareces a su mejor amigo.

Se hinchó de orgullo, pero faltaba lo mejor.

—Quiere que te cuente que va a hacer una película con Marilyn Monroe y Tony Curtis. Ya vio el libreto. En esa película se llamará Spats Columbo.

—Espás —lo pronunció dos o tres veces—, qué nombre más difícil.

—Nombre de gánster. ¿Tienes noticias frescas de lo que tú sabes?

Negó con la cabeza, le fastidiaba hablar del tema.

—Nada, que en cualquier momento nos llaman. A lo mejor nos llaman mañana, o pasado... Lo harán cuando quieran, cuando tengan listo el salchichón. Tengo un león enfermo.

Me pareció espantoso que comparara a un cadáver con un salchichón. Y en cuanto al león, era un detalle como el de los perros de la mujer de Voloshen. De momento, no entendí qué diablos importaba un león.

—Tendrá que verlo el veterinario, y con el veterinario por allí hay que cuidar el alimento, se pone a preguntar qué comen, ¿se da cuenta? Siempre nos pregunta eso.

Me daba cuenta: lo que comían era sustancial. Tomamos otro par de rones y fui a mi casa, que cada día se tornaba más y más sombría. Lucy se iba a veces a pasar la noche en casa de su maestra. Papá no trabajaba tanto, empezaba a beber de una manera exagerada, y mi madre salía a menudo, visitaba a las vecinas o a las amigas, tal vez vagaba sola, no sé, creo que ya no soportaba vernos. Yo era un tipo normal hasta que cruzaba esa puerta, Santiago nos enfermaba a todos, su espíritu o lo que fuera. Era una ironía que un muchacho tan alegre nos atormentara de esa forma después de muerto.

A las ocho de la mañana del siguiente día, Balbina golpeó la puerta de mi habitación. Supe que era ella porque la oí gritar: «¡Es urgente, urgente!». Me tiré de la cama, abrí presintiendo el fin del mundo y resultó ser algo parecido. Dijo que me llamaban del periódico, que le habían dicho que era urgente y que me sacara de la cama. Volé al teléfono, era Madrazo, hasta ese momento, en que acababa de abrir el periódico, no se había percatado del antetítulo que yo le había puesto a la entrevista: «George Raft, The Money Messenger». Preguntó que cómo me había atrevido, que eso le iba a traer problemas. Balbuceé que era una broma, se lo pensaba decir, me imaginé que él mismo lo iba a ver y lo iba a eliminar. Madrazo ladraba al otro lado, se puso soez, gritó que yo tenía el cerebro de un mosquito y que las cosas en el país no estaban para el relajo. Colgó y me quedé con el teléfono en la mano, nunca creí que esa línea se escapara así, pero olvidé por completo que la había puesto, y como era tan pequeña, ni Madrazo ni los correctores se fijaron, es la clase de desfices que sólo ocurren en los periódicos. Me sentí humillado, probablemente también iba a perder el empleo. Y, por supuesto, jamás podría volver a poner un pie en el Capri. Subí a mi habitación, me tumbé en la cama, no tenía que presentarme en el periódico hasta mediodía y tenía miedo. A los veintidós años, esos desastres infunden demasiado miedo. Serían cerca de las once y todavía estaba en la cama, pensando en lo que le diría a Madrazo, cuando Balbina volvió a tocar: dijo que me llamaba el mismo hombre, y que otra vez era urgente. Balbina era cómica: me vio salir del cuarto con su cara de pena, yo daba pena y ella olfateaba mis ruinas.

—Esto es peor —barruntó la voz plomiza de Madrazo—. Te lo voy a decir rápido: al tal Voloshen lo encontraron muerto esta mañana, tenía un tiro en la cabeza, creen que lo mataron por la madrugada. La policía vino a buscarte porque quieren ver el anónimo, y dice Castillo que hay otros individuos allá abajo, esperándote también. Escóndete dos días y luego veremos.

Colgué. Corrí a vestirme. ¿Esconderme dónde? El apartamento de Yolanda lo conocían de sobra. Lo ideal era que me largara de La Habana y huyera a Santa Clara, a la casa de mi tía. Pero en eso me acordé de Julián, de su nuevo apartamento en la calle Infanta. Busqué el teléfono y me salió la americana de los bellos brazos, susurró *«just a moment»* y se puso Julián. Le expliqué lo que pude y como pude, no debió de entenderme casi nada: la entrevista a Raft, un mensaje anónimo en el bolsillo del saco, un título que era una broma y que salió publicado por accidente y, lo más grave, el hombre del anónimo había muerto en serio. Julián me dijo que me calmara y fuera para su casa, él me estaría esperando en el portal. No cogí nada porque pensé que Lucy podría llevarme alguna ropa. Salí disparado, aturdido por el sol y por la confusión, me temblaban un poco las manos cuando abrí la puerta de la máquina, y no fue hasta que prendí el motor que descubrí que alguien se incorporaba en el asiento de atrás:

—Sorpresa, niño, arranca rápido.

Sentí el contacto del cañón en la nuca, como si me pegaran un cubito de hielo indestructible.

—Sigue derecho. Ni se te ocurra hacer una parejería.

Ninguna. Nada se me iba a ocurrir. De repente experimenté un vacío que me atemorizó, se me antojó que era la cercanía de la muerte. Qué indiferencia, qué puñetera calma dentro de mi cabeza, cuando en verdad mi cuerpo se cagaba entero.

—Tira pa'l Almendares.

25. Gumba

Nadie que no haya visto de cerca a Fat the Butcher podrá entender que en esos momentos, teniéndolo de frente, yo no haya pensado en mi situación, ni en el riesgo que estaba corriendo, y mucho menos en la posibilidad de que mi cuerpo fuera a parar a las expertas manos de Juan Bulgado. Eso lo pensé después. Al principio, cuando entró en la habitación y se inclinó para mirarme, resoplando fuerte, fumando con ferocidad, pensé cosas extrañas; me pregunté, por ejemplo, cómo habría sido su cara de recién nacido, la indefensión de los primeros meses. Lo estuve observando, intrigado por lo que veía, y me dio como un hipo mental: me subió una pregunta, luego otra, y otra más sin poder evitarlo, todas relacionadas con la infancia de Fat the Butcher: sus manos cuando vino al mundo, el primer llanto cuando la comadrona lo alzó por los pies, la fiebrecita de los dientes de leche. Hubo una aberración dentro de mi cabeza, me obsesioné con los detalles más absurdos. Me daba cuenta de eso y no podía evitarlo: seguía haciéndome preguntas, una tras otra, idiotizado por su presencia, convertido en piltrafa temerosa. Me convertí en piltrafa cuando me tiró a la cara el primer gargajo.

—Eres un mierda —rugió en español, tenía un acento duro, como un garfio con el que rajaba oídos—. ¿Dónde está el papel?

Pregunté que a cuál papel se refería. Me tiró un galletazo que estuvo a punto de partirme el cuello. Junto a él, en aquella habitación llena de luz, con vista al Bosque

de La Habana, había un hombre bajito, grotesco, probablemente enano, que era el que me había obligado a manejar
hasta esa casa. Recuerdo que cuando bajé del auto y lo vi
de cuerpo entero, sentí vergüenza de haber estado tanto
tiempo a merced de un moco, si bien un moco que sabía
usar diestramente el revólver. Poco después de decirme
que tirara hacia el río Almendares, me ordenó que no diera
rodeos y cogiera la ruta habitual para ir desde el Vedado
a Marianao, por toda la Calle 23 hasta llegar al puente.
Nunca me pareció tan larga aquella calle, tan sembrada de
contraseñas que me recordaban otras etapas de mi vida.
Pasamos por El Carmelo, una cafetería en la que solía
merendar con Zoila, mi novia de la universidad, y me aferré
a la visión de las mesitas, que estaban donde siempre, a esas
horas vacías, como esperándome. En las inmediaciones
del Jalisco Park, el tipo retiró momentáneamente el revólver
de mi nuca, lo hizo porque había otros automóviles cerca,
y demasiada gente cruzando la calle a nuestro alrededor.
Tantas veces que había pasado por allí, y nunca hasta ese
día había vuelto a acordarme del último paseo infantil en
el que coincidimos Julián, Santiago y yo, los tres acompañados por Aurora, que nos llevó para que montáramos en
los carritos locos. Esa visita al Jalisco Park fue el episodio
que marcó la adolescencia de Santiago, no tengo duda de
eso, porque a partir de ese día mi hermano notó que tenía
gustos muy diferentes a los míos y a los de Julián, ya no era
más un niño, y desde entonces no volvió a juntarse con
nosotros. Aurora era demasiado joven para andar lidiando
con tres fieras hambrientas, la peor de todas, a esa edad,
Santiago. Jalisco Park fue una frontera: ella enviudó unos
días más tarde, y a mí me mandaron a su casa para que me
quedara con Julián y lo alegrara un poco. Nadie sabe lo feliz
que fui en los días de luto, ocupando mentalmente el lugar
del difunto, a pesar de que no se podía poner el radio, ni

gritar, ni reírse uno alto. Ni siquiera correr, pero daba igual: corría en mi imaginación.

—Quiero el papel —insistió Fat the Butcher—. ¿Dónde lo tienes?

Si antes del bofetón mi cabeza era una bola de trapos inservibles, sacudida por un hipo de preguntas, después del golpe no era capaz de coordinar, de planear casi nada, y menos recordar dónde había metido aquel mensaje anónimo. Respiré fuerte, porque sentí que me faltaba el aire, miré hacia el techo y traté de hacer memoria. El papel..., el papel lo había leído Castillo, y cuando pude quitárselo, lo doblé y lo eché en el bolsillo del saco; más tarde lo quiso ver Madrazo, que me lo devolvió doblado, y automáticamente lo guardé en el mismo lugar. El hipo del cerebro se me pasó al diafragma, de donde normalmente son todos los hipos: fue como si destrabara un pensamiento y aposté a que el anónimo, la nota que culpaba a Fat the Butcher por la muerte de Voloshen, seguía estando allí, en el saco que yo había heredado de Santiago, y que por fortuna era el mismo que había cogido en el momento en que salí de casa.

—Creo que lo traigo encima —dije, apuntando con la barbilla hacia el bolsillo.

—¿Que lo traes encima o que te cagaste encima? —sonrió el enano.

—Tengo encima el papel.

No me atreví a cogerlo. Estaba desnucado, turulato, hueco, pero no tanto como para olvidar que no debía mover las manos sin que antes me lo autorizaran.

—Dámelo.

Tuve terror de no encontrarlo allí. Me empezó a doler el pecho en el mismo instante en que metí la mano para sacarlo, era un dolor tan bárbaro que me dieron ganas de arrojar, y fue asqueroso porque en definitiva arrojé, pero no salió el líquido, hice un esfuerzo y lo volví a tragar.

Al fin logré rozar aquel papel con mis dedos, me puse alegre, fue un humillante regocijo que duró hasta que lo saqué y se lo extendí a Fat the Butcher.

—Cójalo..., déjeme ir.

Lo atrapó con la mano izquierda y con la derecha me tiró otro golpe, quizá más torpe que el primero, pero que logró arrancarme de la silla. El vómito que había tragado poco antes regurgitó en mi boca y me asfixié con él, tosí y me estuve revolcando. Al mismo tiempo sentí un puntapié en la entrepierna, abrí los ojos y vi al enano. Me había pateado allí, pero tratándose de él, no debió de ser una patada poderosa, y sin embargo lo fue, me retorcí con un dolor atroz, como una cuchillada, perdí el conocimiento y ya no volví en mí hasta que me echaron agua. Fat the Butcher no estaba en la habitación, sólo el enano, era él quien trataba de espabilarme.

—Alguien más quiere verte —anunció—. Se llama Navajita y me parece que está bravo contigo.

Navajita era «The Blade» Tourine, el peor americano que había pisado La Habana en los últimos treinta años; más sanguinario que Al Capone, más independiente y loco. Se le atribuían, al menos, cincuenta y cuatro asesinatos, todos mediante navaja.

—Levántate, ¿o quieres que te dé otro toquecito para que te animes?

Me haló por el brazo y me quedé sentado en el suelo, tratando de ubicarme, luego me apoyé en la silla y pude ponerme de pie. Volví a sentir vergüenza de que un tipo como aquél me hubiera controlado; la misma que debió de haber sentido Gulliver, me acordé de la lámina del cuento y de los liliputienses brincando sobre su nariz. Éste no brincaba, sólo continuaba apuntándome con el revólver, indicándome que caminara hacia la puerta, allí pegó tres golpecitos y alguien la abrió desde afuera. Era un mulato con espejuelos oscuros —clavado a Burt Lancaster, pero en prieto—, y oí que le decía al enano: «Aguanta, tú, que hay una gente ahí». Salían voces de lo que imaginé era la sala, una conversación en inglés, más bien exaltada. Me dolía el vientre, la pinga, el estómago, pero sobre todo el cuello, lo palpé y me pareció que se me había hinchado una vena. Me tambaleé y el mulato dijo: «Vuélvelo a meter, se va a cagar aquí». Con el cañón del revólver, mi carcelero me indicó el camino, y en ese instante la discusión subió de tono. Se oían gritos, pero hablaban muy rápido y apenas pude captar unas palabras sueltas, casi todas soeces. El mulato cerró la puerta para que yo no pudiera oír, y el enano se quedó con él del otro lado, así que, por un momento, viéndome solo, pensé en correr hacia la ventana y saltar al bosque. Lo hubiera hecho si las piernas me hubieran respondido, pero eran patas de palo, al igual que el cuello, que apenas lo podía mover. Fueron minutos sórdidos, en los que me resigné a la idea de morir, hubo un raro silencio y prevaleció el canto de los pajaritos. Me empezó a matar la sed y otra vez tuve el ansia de saltar al bosque, no para escapar, sino en busca del río; se oía el agua corriendo, borboteando rica. Creo que me adormecí, me hipnotizaron los ruiditos del campo, ni siquiera oí cuando se abrió la puerta, sé que de pronto alcé la vista y vi a un hombre con sombrero, tenía una boca absurda, un mohín despiadado o simplemente de asco, pero sus palabras fueron amables:

—¿Crees que puedes caminar?

Le dije que sí. No me salió la voz, sólo un humilde carraspeo que sonó a respuesta, la hinchazón en la garganta me impedía hablar.

—Pues vámonos —me tocó por el hombro, aunque se mantuvo a distancia, era evidente que no quería que se le ensuciara el traje.

Cogimos por un pasillo, atravesamos dos o tres habitaciones y un patiecito donde había dos perros encadenados, mastines me parece que eran, ambos nos siguieron con la mirada impenetrable. Salimos por la parte trasera hacia el mismo terraplén por el que recordaba haber llegado junto con el enano. Mi auto estaba aún allí, polvoriento como si hubieran transcurrido meses, y acaso fueron meses, ¿o sólo fueron horas? ¿O tal vez minutos? Me adelanté para abrir la puerta y el hombre me detuvo:

—No, no... Vámonos en el mío.

Señaló hacia otro carro, un Mercedes gris que estaba debajo de un cobertizo. Comprendí que no era libre. No me dejarían en libertad después de lo que me atreví a escribir. Me lo habían advertido varias semanas antes, cuando me transformaron a la fuerza en picador de carne: no tolerarían otro escrito. Ahora podían liquidarme cuando quisieran, de la manera que les resultara más fácil, y sin preocuparse del escándalo, o de que alguien saltara en los periódicos. Después de todo, si Santiago había caído por revolucionario, nadie se iba a extrañar de que cayera yo también. Y ni siquiera tendrían que recurrir a los servicios de Bulgado: me tasajeaban sin piedad y me tiraban en cualquier cuneta. Que le preguntaran al coronel Ventura qué había pasado con el hermano de Santiago Porrata, el que escribía para *Prensa Libre*. Diría que eso se veía venir, pues yo era parte de la misma célula. De tres hermanos, estaba destinada a sobrevivir sólo una, Lucy, heredera universal de mi ropa heredada. Todo eso pensaba mientras corríamos en dirección opuesta, rumbo al Vedado, atravesamos el puente que sale a 23, pasamos de nuevo por el Jalisco Park y por el restaurante de las mesitas trémulas, aquel Carmelo donde servían los mejores club sándwiches. A raticos cerraba los ojos, permanecía así unos minutos, sumido en la modorra de los golpes, y de pronto me sobresaltaba y los abría, veía fragmentos de la ciudad: La Rampa, Infanta, luego Carlos III; más adelante, los portales de la calle Reina, y de repente, sin darme cuenta, estábamos en el Parque Central, ¿adónde íbamos? El tipo no me contestó, ni siquiera se tomó la molestia de mirarme. Pero ya no volví a cerrar los ojos hasta que enfiló por el Paseo del Prado y se detuvo frente a la casa de Aurora.

—Bájate —ordenó sin mirarme.

Desapareció el sopor, pensé en echarme a correr calle abajo, aquel hombre no había mostrado un arma, me daba las órdenes esperando que yo las cumpliera sin chistar, sin él tener que usar la fuerza. Pero me vigilaba de cerca, no me hubiera permitido escapar, y seguramente había alguien más velando nuestros pasos, aposté a que no habíamos estado solos en aquel recorrido, y concluí que todo intento por huir hubiera sido inútil. Subí la escalera sospechando que lo que iba a ocurrir allá arriba sería más doloroso que los golpes, más infrahumano que el matadero. El hombre tocó el timbre, el eterno timbre que había estado en esa puerta durante tantos años, y que yo había tocado tantas veces, desde que me empinaba cuando era niño para poder alcanzarlo. Abrió Julián, me miró ávidamente a la cara, bajó los ojos porque no soportó lo que veía, el cuello inflamado que me asfixiaba un poco, como si las manos de un fantasma no me dieran tregua, y de nuevo un ojo fundido, y de nuevo los labios rotos y la nariz llena de sangre. Por primera vez, vi a un Julián sobrecogido respecto a otro ser humano, se puso blandito como si viera a un animal sufriendo, capté en su mirada la misma impotencia, la misma aflicción de aquella vez que estuvimos contemplando a los flamencos heridos. El hombre que me llevó hasta allí me ordenó que me sentara en el recibidor y se alejó hacia el interior de la casa, pero no estuve ni un minuto a solas con Julián, no alcancé a decirle una palabra porque Aurora apareció enseguida, creo que venía con la intención de abofetearme, no sé, traía la mano en alto, determinada a no sentir compasión, y sin embargo la sintió, la vi detenerse, coger aire y echarme una mirada desolada. Luego dirigió esa mirada a su hijo, que fumaba con la vista en el suelo, le dijo:

—Ve a buscar una bolsa con hielo.

Julián se levantó y aproveché para pedirle agua. No sé qué clase de voz me salió, presiento que fue una especie de gemido acuático, como si un pez sapo, o cualquiera de esas especies que se inflan, hubiera sido capaz de proferir palabras, ése fue el tono. Julián me preguntó si prefería un whiskito (era un infeliz mi amigo, dijo whiskito), pero su madre lo cortó:

—Busca el hielo y el agua, no me fastidies.

Cuando él salió, ella decidió hablarme, a eso sí que no iba a renunciar. Se me acercó bastante y levanté la vista porque quería llevarme esa imagen, aunque estuviera medio muerto, sabía que ése sería el rostro, la voz, el ángulo del cuerpo que yo iba a conservar de ella.

—Atiéndeme, Quin —me gustó que me llamara por mi nombre de antes—. Ya sé que no quieres a tu madre, ni tampoco a tu padre, ni me parece que te haya importado mucho que mataran a Santiago. No lo hago por ti, lo hago por ella, ¿cómo voy a dejar que le maten a otro hijo?

Nos interrumpió el hombre que me había llevado hasta allí. Volvía del interior de la casa con el ceño fruncido y cruzó una mirada con Aurora, movió la cabeza, era un mensaje que ella comprendió en el acto.

—Ahora vas a entrar tú —me dijo, parecía dispuesta a todo, a matarme con tal de que los demás no lo hicieran—, vas a oír lo que él tiene que decirte, y ni se te ocurra salirle con una malacrianza, ¿oíste?, porque la que te va a ir encima soy yo. Tú no estás muerto de milagro, pero te mato si lo echas a perder.

En ese momento volvió Julián con el vaso de agua, también traía una bolsa de hielo, pero ya no me daba tiempo de aplicarla en ninguna parte. En la entrepierna me habría venido bien, me ardían los huevos, me dio pavor pensar en las secuelas. El agua sí, la bebí de un tirón, se me escapó la mitad por la comisura y el espectáculo debió de estremecer a Julián, que no pudo permanecer de pie, fue incapaz de eso, se dejó caer en el sofá que estaba allí desde los tiempos de nuestra adolescencia, y prendió otro cigarro.

—Ya sabes el camino —agregó Aurora—, vete derechito al comedor y abre bien las orejas.

La obedecí, me dirigí al comedor arrastrando los pies. A medida que me acercaba, la música empezó a envolverme, tan cadenciosa que se dejaba oler: «Son de almendra, mi china... Son de almendra, guayaba no». Llegué a preguntarme si él también iba a tirarme un pescozón, y si lo haría con aquella música de fondo, con aquel ritmo, que era el enigma impúdico de la charanga: «Son de almendra y de piña...». La puerta estaba entreabierta, di un golpecito pero con la música era imposible que lo oyera. Me quedé quieto, decidiendo si empujaba o si volvía a tocar, o si esperaba simplemente a que acabara el danzón para hacerme visible. Nada de eso fue necesario, porque él abrió la puerta, me miró de arriba abajo y me hizo un gesto con la mano para que pasara. Había dos butacas frente al balcón, y me indicó que me sentara en una, pero él se quedó de pie, cual flaco y desteñido era, vestido únicamente con unos calzoncillos que aleteaban como papalotes, sin el menor asomo de pudor. De las perneras, que le llegaban casi a las rodillas, salían un par de paticas difíciles, y me pareció que a su alrededor aún flotaba una nube de talco. Julián me lo había dicho un día, muchos años atrás, que a Meyer Lansky le gustaba entalcarse.

—Siéntate —lo dijo en español, cosa rarísima, mal síntoma seguramente—. ¿No te gusta esa música?

Yo no podía sonreír ni contestar, así que me viré hacia el tocadiscos, fingí que me embelesaba oyéndola. Él no hizo nada hasta que se escucharon los acordes finales, fue al tocadiscos y lo apagó para poder hablar. Entonces continuó en inglés, eso me dio esperanzas: Aurora le había dicho que mi madre acababa de perder a un hijo, y ella quería evitar que se muriera el otro. Había sido difícil, dificilísimo convencer a Nick (supuse que se refería a DiConstanza), y más difícil convencer a Santo, que era uña y carne con el señor Raft. No comprendía por qué yo disfrutaba tanto ofendiendo a sus amigos. También le había costado trabajo conseguir que Joe (luego supe que se refería al capo llamado Joe Stasi) me sacara de su casa en el río Almendares y me llevara a Prado. Viera cuánta gente se había tomado molestias por salvar mi pellejo, ¿consideraba yo que me lo merecía después de toda la basura que había estado escribiendo? Quería decirme, por último, que no era la primera vez que en esa casa se lograba evitar que me pasara algo grave. Aurora, buena amiga de mi madre, ya había intercedido antes, ¿o acaso me creía que lo de Nueva York no había levantado ronchas y que el propio Santiaguito Rey (pronunció «Sant-guitorey»), ministro de Gobernación, no había pedido mi cabeza? Julián, que me quería como a un hermano, le había implorado que me salvara, aquella vez y ésta.

—Pero ya saben que no podrán volver a hacerlo —suspiró como si lo estuviera lamentando, se le marcaban los huesos y tenía tetillas de recién nacido—. Así es, hijo, créeme: la próxima te mueres. Será rápido, y prometo que nadie te volverá a poner un dedo encima. Un plomo, sí, en el único lugar donde no sale por el otro lado, ¿no sabías eso? Si el tiro te lo pegan aquí, no habrá orificio de salida. A ti, que te atraen tanto esas curiosidades, te gustaría saber que en el mundo en que se mueven mis amigos, ese tipo de balazo tiene un nombre: *Cu sgarra paga.*

Salió del comedor y me dejó a solas unos minutos. Desde el lugar donde me hallaba, por el balcón, veía las copas de los árboles, los grandes caobos del Paseo del Prado. Debajo de ellos estaban los leones de bronce, pero ésos sí que no los podía ver. Lansky volvió acompañado de Julián, lo mandó a sentarse en la otra butaca y dijo que quería que los dos oyéramos algo importante.

—¿Ven eso? —señaló el paisaje, los viejos tejados donde resbalaba el último solecito rojo, y el Roof Garden del Hotel Sevilla, en el que empezaban a prenderse las luces—. Todo se está desmoronando..., no lo parece, pero se va a pique, y se los digo yo, que lo capto en el aire, que pasé por lo mismo en Polonia. Esa sabiduría, ese recuerdo se le queda a uno. A veces estoy aquí, oyendo la música, y miro para afuera, lo veo todo cambiado, como si ya hubiera pasado el tiempo, no demasiado tiempo, veo ese mundo tan distinto abajo y me duele que tenga que acabar así. Esto se jode, Gumba, arréglalo con tiempo y vete.

Julián se puso de pie, fue junto a Lansky y le echó el brazo por encima.

—Nos queda poco —musitó el viejo, moviendo la cabeza.

Luego Julián me dijo que me llevaría a mi casa. Salimos al pasillo; no habíamos dado ni tres pasos cuando volvieron a escucharse los acordes del danzón. Lansky lo había puesto a todo volumen: «Son de almendra, mi china... Son de almendra, guayaba no». Aurora nos vio salir en silencio. Le dije gracias. Alzó la vista y noté que tenía los ojos aguados. Partimos en el Buick Special y al pasar frente a los Aires Libres, que se oía la música de las orquestas, el ruido de los vasos, las risas, todo el gentío moviéndose de un lado a otro como si nada fuera a cambiar, Julián detuvo el auto:

—¿Qué tú crees, Quin? ¿Será verdad eso que nos dijo Gumba?

Me encogí de hombros.

—No lo sé. Necesito una sopa.

—Haberlo dicho, coño... Vamos al Barrio Chino.

Epílogo

Habían pasado tres meses desde la caída de Umberto Anastasia en la barbería del Park Sheraton de Nueva York. Faltaba menos de un año para que cayera el Gobierno de Batista. No duré mucho en *Prensa Libre*. En represalia por la broma del «Money Messenger», y la consiguiente carta de protesta y amenaza de acción legal que envió George Raft, me mandaron de vuelta a Espectáculos. No creí que hubiera un jefe peor que el Flaco T., hasta que tuve que seguir las órdenes de Berto del Cañal. Se me curtió el pellejo durante aquellos meses. Me mandó cubrir, entre otras pesadillas, una «excursión» que organizaban cada jueves desde Miami a Tropicana, en un avión atestado de americanos a los que espabilaban en pleno vuelo con champán y un mini-show de Ana Gloria y Rolando, la pareja de bailes preferida de Rodney.

Tuve que entrevistar a Rodney con motivo del estreno de su nuevo espectáculo, «Rumbo al Waldorf», y con cada pregunta que le hacía, me acordaba intensamente de Fantina, estuve a punto de hablarle de ella, iba a pronunciar su nombre en el momento en que Roderico Neyra interrumpió nuestra conversación: lo lamentaba mucho pero se tenía que ir, lo esperaba Joan Crawford en el camerino, se iban a retratar los dos con Nat «King» Cole, gracias por todo, gracias por la entrevista, baby, «tienes un pelo de lo más bonito». Frases que reproduje palabra por palabra, excepto el piropo que Rodney dedicó a mi pelo. Añadí una especie de guiño para Yolanda en aquella entrevista:

era algo cursi, pero dije que Rodney, más que otra cosa, me había causado la impresión de un portentoso mago.

Cuando llegué al límite de mi paciencia y estaba a punto de estallarle a Berto, me ofrecieron trabajo en *Crisol* para cubrir Policiacas, con lo que me gustaban. Curiosamente me estrené en aquel periódico escribiendo sobre la muerte de Boris, acribillado a balazos en la puerta de su restaurante. Julián y yo habíamos comido allí por esos días, fue una comida de despedida porque el Gumba joven había decidido seguir los consejos del viejo Gumba y se largaba a Nueva York. La única testigo de la muerte de Boris fue una niña de cinco años que había entrado al restaurante en compañía de su abuelo. El abuelo fue a la cocina para saludar a Dimitri, el cocinero ucraniano, y Boris llamó a la niña para darle un dulce; en ese instante sonaron los disparos y ella lo vio caer, con un montón de caramelos en la mano. Quise entrevistar a la niña en la casa de sus abuelos, Compostela 611, a pocos pasos del Boris, pero no me dejaron ni siquiera hablarle, tampoco tomarle una fotografía. La vi apenas de lejos, y a veces me pregunto qué recuerdo tendrá de aquel día de marzo.

Juan Bulgado continuó dándome pistas sobre crímenes habaneros. Unas yo las usaba y otras las desechaba con dolor del alma: no quería que me volvieran a mandar a Espectáculos. La carta que me dio una vez, escrita por Santo Trafficante y con membrete del Rosita de Hornedo, aún la conservo. Es un raro recuerdo que guardaré por siempre.

La madrugada del primero de enero del 59, todo cambió, tal como presagiaba Lansky. Ciudadanos enfurecidos invadieron los hoteles, derribaron las mesas de juego, arrancaron las traganíqueles del coronel Fernández Miranda y las lanzaron contra las aceras. Sólo un casino fue respetado en La Habana. George Raft salió a las puertas del Capri para enfrentarse a la muchedumbre. Vestía aún el esmoquin de la despedida de año, le latían las sienes, puso un rostro terrible y se le oyó gritar: «¡Éste es mi casino! ¡En mi casino no!». Afuera había un hombre que se sabía su vida, conocía de memoria todas sus películas y lo adoraba en silencio. Ese hombre alzó los brazos frente a Johnny Lamb, frente a Nick Cain, frente a Johnny Marshall, frente a Joe Martin y frente a Guido Rinaldi (el de *Scarface*), pero también y sobre todo, frente a quien ya había sido Spats Columbo. «¡Es Raft! ¡George Raft! ¡Nadie lo toque!» Se produjo un extraño silencio, dos o tres milicianos que acompañaban a la multitud se quitaron las gorras en señal de respeto. Se dispersaron sin llegar a poner un pie dentro de aquel casino. Sólo Bulgado se quedó unos minutos, a solas frente al agradecido artista. Yo vi esa foto. El reino de Raft, y ningún otro, había quedado a salvo.

Poco después, Aurora partió hacia Estados Unidos. Supe que había pasado algunos días con Julián en Nueva York, y luego se instaló en Miami. Meyer Lansky también salió de Cuba por las mismas fechas, en realidad salió y entró varias veces a La Habana, se dice que con pasaportes falsos, pero luego del verano del 59 consideró que era muy arriesgado. Según Julián, su madre y Lansky siguieron viéndose en Miami, fueron amigos hasta que él murió, en el mes de enero del 83.

Santo Trafficante, alias Louis Santos, fue a parar a la cárcel del Castillo del Príncipe. Las gestiones de su gran amigo, Raúl González Jerez, quien en su juventud había militado en la Unión Insurreccional Revolucionaria y tenía algún contacto entre los jefes rebeldes, lograron su excarcelación. Lo volví a ver una vez, poco antes de su muerte, en un restaurante de Fort Lauderdale. Caminaba de una esquina a otra del parqueo, en compañía de otros dos viejitos, discutiendo por algo. Mantuvo hasta el final

su costumbre de no hablar de temas escabrosos más que
en garajes o en espacios abiertos, donde estuviera seguro
de no ser grabado.

Mi padre se suicidó en el año 61. Mamá partió
conmigo y con Lucy, teníamos algún dinero ahorrado, más
una buena suma que papá tuvo la precaución de guardar en
un banco de Miami. Con eso nos establecimos y conseguí
un trabajo como vendedor de acero estructural, una misión
caótica para alguien que sólo sabe escribir. La ironía quiso
que muchas veces me tuviera que reunir con mi mejor
cliente, Charlie Trafficante, hermano de Santo, dueño de
una empresa en Davie que fabricaba rastras y camiones.
Lucy continuó su amistad con aquella maestra igualita a
Doris Day. Cuando mamá murió, se mudaron definiti-
vamente juntas y hace poco se casaron legalmente en Cam-
bridge. Yo fui el padrino, no cabían en sí de la felicidad.

Julián sigue viviendo en las afueras de Nueva York.
Nunca se casó. Lo acompañan, hasta la última vez que
estuvo sacando cuentas, unos quince perros y como veinte
gatos. Alimenta ardillas y mapaches. Las ardillas mueren
a veces en las fauces de sus propios perros. Un vecino le
hace el favor de recoger los cadáveres. Julián no puede: sigue
siendo blandito.

A Yolanda la volví a ver en una foto, ya estaba yo
radicado en Miami. Abrí el periódico y me topé con un
reportaje del entierro de Benny Moré; allí la descubrí, entre
la multitud que acompañaba al féretro. Sentí esa clase de
emoción desengañada, una ternura que tenía que ver
conmigo, con lo que yo era entonces. Ella llevaba un vestido negro, sin mangas, y le busqué el muñón, que era
aquel signo riguroso y arduo; lo hallé, medio borroso en
la fotografía, pero más fiel que nunca a la abstracción del
nombre: era el fantasma de Fantina. Un año más tarde,
en el 64, supe que Rodney había muerto en México. Fue

una muerte súbita, en medio de los preparativos para una gran tournée. Volví a acordarme de Fantina. Y me acordé, sobre todo, de una foto que conservé mientras estuve en Cuba: Roderico abrazado a Joan Crawford, pero mirando tiernamente a Nat «King» Cole.

Yo me casé con Leigh, aquella americana que conocí en el Ali Bar, durante la despedida del año 57. Me la volví a encontrar en una fiesta por Miami Beach, había pasado el tiempo y era casi imposible que ella me recordara, pero yo sí, yo la ubiqué enseguida: aunque nadie lo crea, la reconocí por la forma de sus brazos.

Abelardo Valdés nunca pudo superar el gran éxito de su primer danzón: *Almendra*. El último intento conocido por desbancar a *Almendra*. fue un fracaso total, un danzón desabrido que él tituló *Horchata*.

A la memoria de mis abuelos,
Manuel y Amalia,
en Compostela 611.

Nota de la autora

Son muchas las personas que me ofrecieron su testimonio, o que colaboraron en alguna forma con la investigación que sirvió de base a esta novela, pero quisiera reconocer, de manera especial, a las siguientes:

En Puerto Rico: al coreógrafo cubano Víctor Álvarez, creador de los espectáculos del cabaret Sans Souci, y a su mujer, la bailarina Ada Zanetti, hada de las fechas y de los recuerdos; a la actriz Angela Meyer, que me habló de sus tiempos como *partenaire* del mago Richardini, y al musicólogo Cristóbal Díaz Ayala.

En Nueva York: a Kenneth Cobb, director de los Archivos Municipales, que facilitó en todo momento mi trabajo, cargó de un lado para otro con las ocho inmensas y polvorientas cajas del caso Anastasia, y tuvo una sonrisa afable que me animó en un viaje particularmente triste. Y por supuesto, a Susan Bergholz.

En Miami: la inestimable ayuda de una persona cuyo nombre no me es permitido mencionar, pero que sabe cuán indispensables fueron sus observaciones, sus datos y su paciencia ante mis pobres preguntas, que a veces lo llevaban a exclamar: «¡Qué mafiosa más floja me has salido!».

En Cuba: a Eliades Acosta, director de la Biblioteca Nacional, y al personal de esa institución, por la diligencia con que tramitaron mis pedidos.

A Enrique Cirules, cuyo libro *El imperio de La Habana* fue una valiosa fuente de consultas, y que gentilmente me permitió leer uno de los capítulos de otro libro: *La vida secreta de Meyer Lansky en La Habana,* por entonces inédito.

Al eficaz Ciro Bianchi, por sus sabias respuestas.

A Vivian Martínez, Dianik y Mario Flores, por resistir con paciencia el bombardeo de preguntas, unas disparatadas y otras también.

Y al filosófico Armando Jaime Casielles: amigo, guardaespaldas y chófer de Meyer Lansky, con quien bebí el pernod de la nostalgia en el Hotel Riviera. Por él, llegué a saber que Lansky se enamoró perdidamente de una hermosa cubana que vivía en el Paseo del Prado. A fines del 57 se mudó con ella. No se llamaba Aurora.